新世紀散文家 8

廖玉蕙

精選集

陳義芝◎主編

NEW CENTURY ESSAYISTS

目錄

201

輯三 天空的顏色

編輯前言

陳義芝

熟識中文創作的人，對先秦諸子散文、漢代紀傳體散文，以及李密、陶淵明、江淹、庾信等人的六朝文，韓、柳、歐、蘇代表的唐宋文，必不陌生。清初吳楚材、吳調侯叔侄編注的《古文觀止》，網羅歷代名篇雖有遺漏，但大體輪廓的掌握分明，仍是研讀古代散文最重要的讀本。

今天我們讀古代散文，除《古文觀止》上的文章，論、孟、莊、荀，也不可棄，因為是源遠流長的文化氣質。歸類為小說的《世說新語》，寫人敘事清雅生動，當小品文讀也不錯，可欣賞它精鍊的筆觸、機智的餘情。而繼明代歸有光、張岱之後，猶有黃宗羲、袁枚、姚鼐、蔣士銓、龔自珍……

古人說，「文之思也，其神遠也」，又說，「事出於沉思，義歸乎翰藻」，當文統與道統釐清，藝術的想像力與語言的精緻性即獲得高度發揚；迨至明代獨抒性靈，清代提倡義法，民國梁啓超錘鍊的新文體（雜以俚語、韻語及外國語法），兩千年來中文散文的山形水貌，因而更見壯麗。可惜今人不察中文散文有其獨特鮮明的傳統，往往以西方不重視散文為名，任意貶損散文價值，誤導文學形勢。

究實而言，粗糙簡陋的經驗記述，與不具審美特質的應用文字，當然算不得散文，就像這世界充斥許多聲音，只為溝通、發洩之用，或無意為之，毫無旋律可言，也就算不得是音樂。但我們不能因為聲音之產生容易而漠視聲音之創造，同理，不能因「非散文」之充斥而不承認散文所展現的生命價值、啓蒙作用。〈庖丁解牛〉、〈出師表〉、〈桃花源記〉、〈滕王閣序〉之所以千古傳誦，正在於作家內在精神之凝注與文學意趣之揮灑，代代有感應。

清末劉熙載〈文概〉講述作文七戒：「旨戒雜，氣戒破，局戒亂，語戒習，字戒僻，詳略戒失宜，是非戒失實。」分別關切文章的主題、文氣、布局、語字、結構、義理，我們拿這個標準來檢視現代散文，也很恰適。試以現代（白話）散文前期名家的看法為例。

周作人主張散文要有「記述的」、「藝術性的」特質，「須用自己的文句與思想」，「真實簡明便好」。

冰心主張散文創作「是由於不可遏抑的靈感」，並且是以作者自己的靈肉「來探索人生」。

朱自清說：「中國文學大抵以散文學為正宗，散文的發達，正是順勢。」他認為散文「意在表現自己」，當然也可以「批評著、解釋著人生的各面。」

魯迅主張小品文不該只是「小擺設」，「生存的小品文，必須是匕首，是投槍，能和讀者一同殺出一條生存的血路的東西；但自然，它也能給人愉快和休息。」

林語堂說小品文，「可以發揮議論，可以暢泄衷情，可以摹繪人情，可以形容世故，可以札記瑣屑，可以談天說地。」又說散文之技巧在「善冶情感與議論於一爐」。

梁實秋特重散文的文調，「文調的美純粹是作者的性格的流露」，「散文的美，不在乎你能寫出多少旁徵博引的故事穿插，亦不在多少典麗的辭句，而在能把心中的情思乾乾淨淨直截了當地表現出來。」

以上這些話皆出現在一九二〇年代，可見白話散文的基礎一開始就相當扎實。

梁實秋以降，台灣文壇的散文名家，從琦君到張曉風，從林文月到周芬伶，從王鼎鈞到簡媜，從董橋到蔣勳，並時聚焦的大家如吳魯芹、余光中、楊牧、許達然，幾乎沒有一個不是集合了才氣、人生閱歷、豐富學養與深刻智慧於一身。他們的散文大筆馳騁自如，頗能融會小說情節、戲劇張力、報導文學的現實感、詩語言的象徵性。散文的屬性被發揮得淋漓盡致，散文的世界乃益加遼闊；散文的樣式不再只循舊式美文、雜文、小品文或隨筆的路徑，科學散文、運動散文、自然散文、文化散文或旅行文學、飲食文學，為人間開發了無數新情境，闡明了無數新事理。

隨著資訊世紀的來臨，文類勢力迭有消長，我預見散文的影響力將有增無減，而每位作家收入一兩篇的散文選，光點渙散，已不足以凸顯這一文類的主流成就。「新世紀散文家」書系（九歌版）因而邀當代名家自選名作彙輯成冊。柳宗元談讀諸子史傳的收穫，曾說：「參之《穀梁氏》以厲其氣，參之《孟》、《荀》以暢其支，參之《莊》、《老》以肆其端，參之《國語》以博其趣，參之《離騷》以致其幽，參之太史公以著其潔，此吾所以旁推交通而以為之文也。」必先了解各家的藝術風格、表達技法，方能於自我創作時創新超越。這套書以宜於教學研究的體例呈現，歡迎走文學大道的朋友從散文下手！這批優秀作家的作品見證了一個輝煌的散文時代，他們的創作觀更合力建構出當代中文散文最精粹的理論！

推薦廖玉蕙

廖玉蕙敏慧多情，又擅於寫情。

只說她筆底匯聚許多人的前塵舊夢，而不察她那戲臺何以釀了金般璀璨，是不夠的。只說她有細膩的攝像能力，聲色逼眞，而不明其內藏的情性底蘊，更是不足。

她以憨、癡對抗人世的假面浮淺，不惜將尷尬的幕後景像搬到臺前，讓人看翩翩彩翼起舞的歡愉，也看蝴蝶倉皇換裝之際的痛。

越是識得人生滋味者，越能體會廖玉蕙以人生情淚換取千萬讀者一粲的用心。

——陳義芝

高貴而溫柔的心靈圖像
——讀《廖玉蕙精選集》

許俊雅

法國作家安那托魯・法朗士（Anatole France，西元一八四四～一九二四年）曾經說過，文學作家都是作家自敘傳。這個話被人們廣泛地引用，用來證明某部作品裡的某個人物是影射了作家本人或者其他人。這就難免有點牽強附會。但如果廣義地理解這句話也沒什麼不對，我覺得自敘傳並非一定要出現作家本人的影子，而是指作家在敘事時所表現的視角、立場和感情，往往遮掩不住他本人的風貌特徵，從這個意義上來說，作家自敘傳也可以說成是作家在自己的作品裡，有意或者無意地進行著自我形象的塑造。小說是通過比較隱蔽的一系列人物關係和典型性格來完成；詩歌是通過主觀感情的抒發來表達；而散文則要直接得多也容易得多。作家自敘傳是散文敘事的一個重要構成，無論抒情、議論、寫景，都離不開敘事者的客觀存在，作家自我形象也是散文藝術中的重要描寫對象。讀最好的散文總是能夠栩栩如生地面見作家的風姿容貌，能夠面對面地與作家款款談心和交流內心深處的情愫，在散文世界裡沒有抽象的藝術要素，所有的文字表達都是與作家的自我形象緊密結合在一起的，讀散文也就是讀作家的完整人格。因此，對批評家來說，要藝術地分析散文最難做到，批評家無法像對小說那樣把人物、故事、語言、敘事等元素一一抽取出來、分解開去作科學實驗似地解讀。散文是完整的藝術、混沌的藝術，唯一清晰的只有作家的自我形象，其他一切藝術隱藏在對形象想像的後面，幫助讀者加深對作家人格塑造的理解和感受，因此散文批評有時候僅僅能做到的是對作家形象的一種描述。同樣，對作家來說，眞正的「創作」意義上的散文也是很難做到的，散文最難掩飾自己，所以最糾纏作家的難題是，作家如何通過創作給自己一個藝術定位：自己將以怎樣的形象出現在自己的散文裡，將在散文裡描述一個怎樣的自我？

同樣，散文的結集也隱含著一個自我定位的潛在意義。散文通常沒有鴻篇巨製，散文裡的作家自我形象又是通過散見在各篇文章裡的零星描寫來完成的，要綜合地體現作家的完整人格，還需要從作家所創作的一貫風格和藝術實踐來完成。讀者眞的要認識一位散文家，也最好是去跟蹤讀散文家的散文集，從中可以眞實地看到一個靈魂是如何在現實環境裡掙扎與成長。過去有許多散文大家都深諳這個道理，他們在編輯散文集時也往往用編年的體例，逐年地將自己的零星文字結集在一起，由此使自己的生命血肉在文字中慢慢地積蓄起來和體現出來。但也有另外一種比較精緻的塑造自我形象的方法，那就是集中挑選自己多年創作的散文作品重新結集出版，通過編選藝術完成一個自我形象的塑造。這裡當然有著作家編選的潛在目的與匠心所在，但也能比較清晰地看到作家的風姿音貌，或者說，這也是作家願意在讀者眼睛裡所看到的個人形象。

以上的想法是我在讀《廖玉蕙精選集》時想到的，當我下筆時，就這樣想：讀者能在這本散文精選集裡讀出一個怎樣的「廖玉蕙」的形象呢？反過來也可以這樣問：廖玉蕙希望讀者在這部精心編選的散文集裡看到的「她」，是怎樣的一個私人形象或公眾形象呢？作家是一種社會性的職業，但是又不像演藝界人士那樣完全的公眾化，文學寫作還是需要有嚴肅性和隱秘性作爲生活的常態。聽說中國大陸流行著女作家專寫個人隱私的文學，被稱爲「私人寫作」，也許是大陸文學界久處於壓制性的文學環境裡，文學多被意識形態化，爲抗拒這樣的公眾寫作而產生的「私人寫作」立場也是有其存在的合理性，但進而再論文學中的個人立場，似乎也沒有完全與社會相隔絕的「個人性」。文學中的個人總是在與家庭、社會等外部環境的交流中體現出來，因而作家的自我形象也必然要在特定的外部環境下被體現出來。我覺得除去異端的文學不算，文學藝術的各門類是有一定傾向的，譬如詩歌通常是重於表現內心世界而拒絕外部世界的關照，而小說通常需要借助故事來表現人物的心靈世界，所以又不得不照顧到外部環境的描寫。散文往往介於兩者間，它所著重表現的內心世界很少像詩歌那樣抽象，表現外部世界也不像小說那麼具體，所以作家的人格形象還是通過特定環境下的心靈世界的細膩刻畫來展現。通讀廖玉蕙這部散文精選集，我感覺到她對自我的形象是有明確定位的，她自定的身分是：以女兒之心面對父母、以教師之心面對孩子、以作家之心面對社會。這部散文精選大致不出這三大類，其創作風格固非依歲月演變而變化，卻以藝術空間劃分而鼎立。在這三大劃分中我故意輕淡了廖玉蕙對於自己孩子的描寫，如在〈如果記憶像風〉、〈羅馬在哪裡？〉等篇裡，作家將甜甜母愛融化到一個教師的慈愛眼光裡，孩子也是母親眼裡接受教育成長中的孩子；而在〈永安與不安〉、〈長廊的腳步聲〉等描寫學生的校園生活的篇什裡，作者以教師身分道盡對學生的牽腸掛肚之婆心，也同樣貫穿了母性的愛，所以我把這兩類文章劃爲一類，均以教師之心來面對孩子。以女兒之親親，以教師之仁愛，以作家之尖銳，是廖玉蕙在她的散文精選中精心設計、努力完成的自我形象。

童年是一段永遠的迷離記憶

廖玉蕙出身於臺中鄉間，童年時代的生活環境與時代環境與大多數同輩人相近，一個普通、樸素和從貧窮中掙扎過來的家庭，一對充滿了民間活力和民間溫馨的父母，一段與臺灣斯地斯風血脈相連的經歷，其實是當代臺灣大部分中年人都能夠體嘗，並能夠引起親切回憶的話題，這也是廖玉蕙散文在大多數讀者中間備受歡迎的一絲掙不斷的紅線。自然作家有她自己獨到的處理題材的方法，那就是把敘述者的身分經常定位在小女兒的角色，在回憶父母親的日常性瑣事中暗示了民間所特別隱含的感情和魅力。因爲有過這段相近經歷的讀者大約也是中年人了，那段刻骨銘心的歷史對他們來說也是一種童年記憶，所以描寫這段歷史的最佳敘述角色就是小女兒，使作家的敘事視角和讀者的記憶視角產生某種同構性。

童年時代某些細微的生活細節，非本人親歷則無法想像或者虛構，但身臨其境的人必定不能忘懷。如下面這段描寫：

「我記得那場病！眞的！至今猶記得趴在母親身後，溫熱的鼻息噴在母親後頸後微微反撲回鼻間的感覺。」

家人齊齊駭笑，揶揄我：

「你那麼小！哪會有印象！八成兒電視廣告看太多了！這分明是中華豆腐廣告的再版！」

我慚愧的陪著吃吃發笑，現實和記憶有如同鍋熬煮的湯料，早已分不清虛實。

（〈永遠的迷離記憶〉）

這是作家敘事記憶和他人（轉喻為讀者、聽眾）的接受記憶發生衝撞的例子，作家是憑藉了童年時代刻骨的感受留下病中感受母體溫馨的記憶，但因為這種感受完全是單方面的、隱私性的，聽者（家人）不以為然，或者這「家人」就是母親本人，也許是她不好意思接受子女這類比較細膩的感情表述，但她也沒有拒絕，只是懷疑它的眞實性，因為在現實生活裡傳媒的廣告正是將人間美好的童年記憶轉換為商品，而作家也是顧慮自己這個特殊的童年記憶有雷同廣告煽情之嫌，才用含混的口氣承認「現實和記憶有如同鍋熬煮的湯料早已分不清虛實」。然而記憶不同於虛構，記憶本來就是以現實的個人經驗為基礎的，而傳媒中的廣告雖然是「現實」，卻是一種出於商業目的的虛構，「現實與記憶」暗示了現實中的虛構與記憶中的眞實之間的對比，因此「早已分不清虛實」既是社會的諷刺也是自我的解嘲。作家將這段隱秘感情寫出來，仍然是相信她的記憶才是眞實的，是現代廣告的編造術所不能取代的。四、五十年前臺灣社會醫療、交通等事業都不發達，有過童年時代伏在父母身上求醫治病的經歷並不在少數，但類似的細膩的女兒敘述視角並不是任何人都能保持記憶的，所以作家的獨特記憶必定能讓人回憶起許多珍貴的生活經驗。

作家對父親的深情描寫是散文中最有光彩的文字，這種依戀父親的文字不是爆發式的，而是如涓涓細水浸潤著她的許多散文篇章。我們在這本精選集裡不斷讀到關於父親的文字，多次在作家的童年回憶裡出現了父親的鄉公所和一些家庭生活片段，這位來自民間鄉村、與趣廣泛、性格趨新又爽快如筒的父親，讀者已經絲毫不陌生。但在父親去世前後，女兒一連發表〈我們明年一起去看花〉、〈繁華散盡〉等文字，使一位臺灣民間老人的肖像畢現紙上。文字有傳世的功能，但讀完這些文字，眞有點說不清，廖玉蕙的父親廖天送老人會緣了女兒的文情而傳世，還是父親所含有的強烈的臺灣民間傳統的魅力而使女兒的文字傳世。在讀這兩篇散文時，我更注意到作家的文筆所含的感情表述的形式，在前一篇父親尚在病中，女兒寫父親處處用了「柳暗花明」的手法，寫父親出國，寫盡了父親的病險與女兒的擔憂後，突然出現了一個神采奕奕的大喜劇。又寫父親重病氣若游絲，女兒心憂如焚，可是有經驗的母親卻說：

> 歹人長命！你免煩惱啦！你無看到伊和我相罵的時候，聲音多大哟！丹田多有力哟！是你轉來，伊在向你撒嬌啦！……果然——第二天早晨，我和母親一同上市場買菜，提著重重的菜籃子才轉進巷子口，就聽到父親扯著嗓門，大聲喊著：無人安捏啦！起手無回啦！起手無回啦！……於是——母親和我相視大笑。早晨的空氣中漾滿了淡淡的桂花香，在寧靜平和的巷道中，聽到父親生機勃發的爭執聲，我覺得快樂而安心。
>
> （〈我們明年一起去看花〉）

於是又是一個出人意料的喜劇出現了。這虛擬的喜劇結尾裡包含了女兒的一片拳拳愛心；而在後一篇〈繁華散盡〉裡，父親已經去世周年，女兒痛定思痛，自別有一番感情。女兒居然突然向死去的父親撒起嬌來。這是大殮時在靈堂的一幕：

我神經質地趁著四下無人，拿起一旁準備給花補充水分的風霧器，往父親的笑臉上噴，照片太高了，風霧器的水花搆不上，我使勁兒的壓，踮起腳尖費力的噴，父親居高臨下，一逕兒笑著，依然自信滿滿的樣子。我好恨他獨自開了這麼大個玩笑，居然沒事先偷偷向我——他一向最鍾愛的小女兒透露半分。那位同我一樣——喜歡吹牛，卻經常穿幫；喜歡說笑話，又常常說不好的爸爸，他怎麼可以無端的抛下了我，牽狗犁田！

（〈繁華散盡〉）

這段文字所記，不但是人物的舉動怪異，人物的心理與感情表述也怪異，父女之愛本來就不能相約生死，但是大悲慟卻使女兒激發出埋藏在心底深處的潛在的愛。從父親病中的時時祝福到父親去世後的失控之慟，作家在刻畫一個含義豐富的臺灣民間父親形象的同時也極爲眞實地寫出了女兒深深依戀父親的複雜心理。

教育：不信溫柔喚不回

我在前面說過，廖玉蕙的一些親子散文也是圍繞了教育而鋪張開去的，敘述者的立場相容了母親和教師的雙重身分。如〈如果記憶像風〉、〈羅馬在哪裡？〉、〈暑假〉等散文中，她的筆墨觸及學校裡的小霸王、考試制度、家庭教育等非常現實的現象，既是教育問題又是親子感情。雙重身分使散文的內涵超出了一般的感性散文，具有多重的含義。作家在敘述孩子在學校裡被小霸王所毆打的現象以後，作家不是描寫母親如何心疼的表現，而是著重寫她如何親自出馬代替學校方面去執行愛的教育，親自去找一些打人的小朋友談心，也可以說是做到了恩威並重。這裡，教師的身分代替了母親的身分，但是，文章的後半段又是奇峰突起，出現了女兒在數月以後又重提舊創傷，寫出了恐怖的挨打場景和她如何寬恕了那些兇犯。在讀了女兒聲淚俱下的文字以後，母親的身分馬上就取代了教師的身分，她不由自主地否定了前面的行爲意義：

我一邊看，一邊流淚，這才知道，我們的一念之仁是如何虧待了善良的女兒，那樣的暴行對她造成的傷害遠遠超過我們的想像，而那些施暴的孩子的行徑，著實可用「可恨」或「可惡」來形容，我必須慚愧的承認，如果我早知道那些孩子是如此殘忍地對待我的女兒，我是絕不會那樣委曲求全地去和行兇者打交道的，我也深信，沒有任何一個母親會加以容忍的，我是多麼對不起女兒呀！

（〈如果記憶像風〉）

然而作家似乎是不經意地忘記了孩子書寫的文本中還存在的另外一面，那就是母親對小霸王的行之有效的教育仍然在孩子身上發生了作用，那就是孩子在肉體上雖然被欺侮毆打，成爲受害者和弱者，但在人生觀的形成過程中，因爲母親的教育成功使她看到了寬恕的意義，雖然她仍然在害怕被打，但這樣的毆打畢竟沒有再次發生，而且在她的夢幻裡她顯示了比那些打人的孩子更加強大的一面——這種強大不是以力量去征服他者，而是在人格上她已經具有了不記仇恨，相親相愛的襟懷。在敘述中，爲了強調母親的身分，作家故意淡化了一點教師身分的意義，但再讀下去就會發現，作家並沒有眞的淡忘，這篇散文的最後一段寫導師對女兒的一段評價，她說了女兒在拔河比賽時爲毆打過她的T加油叫喊和看到老師時的一個甜甜笑容，都是女兒出自內心的無意識行爲，把孩子看作是小天使般的美好。這仍然是教育的成果，如最後作家所希望的那樣，如果記憶像風就好了，孩子的那些關於人性陰暗的記憶都吹得無影無蹤，可以充滿亮色地去迎接新的生活。

這是廖玉蕙的教育散文的重要內涵，在一篇題爲〈不信溫柔喚不回〉的散文中，她從學校老師對學生的體罰的議論開始，最後上升到一個教育的基本觀念：愛的教育。在文章裡作家嚴厲批評了現今教育中對學生體罰的野蠻行爲，並把這種陋習上溯到文化傳統蠻習遺傳和擴大到污染社會環境的後果來進行分析，她寫到：

我們有最源遠流長的體罰傳統。《周禮》中就記載著有鞭扑的刑法。但是，體罰眞是教育的萬靈丹嗎？四、五十年代出生的一群，飽受體罰之苦，如今正大搞示威遊行、跳上議事桌的非理性行爲，我們不禁要懷疑，是不是當年體罰的副作用。小時候，也常遭體罰，卻似乎從不曾由體罰而得到什麼教訓，改變了什麼不良的習性。偷看小說，被揍一頓，仍不改偷偷摸摸偷看雜書的樂趣；考試粗心，手心挨竹筍炒肉絲，也沒有因此而變得較細心；和同學吵架，被老師賞了一記耳光，除了更加懷恨，也沒有變得比較合群。倒是母親難得的淚水教我格外檢點，老師婉言的笑容讓我眞心奮勉，記憶中最美麗的回憶，全是溫柔的體貼。每一個人心中都有一根脆弱的弦，外表再是強悍，當那根脆弱的弦被溫柔的挑起，誰也沒有辦法禁絕一首纏綿的歌。

（〈不信溫柔喚不回〉）

作家在這裡又一次提到了母親的淚水，以之與教師的笑容並提，教育將體現的是教師和母親的雙重身分。當有的教師認爲一旦廢除體罰對頑劣學生便束手無策時，作家要反問：「當『愛深責切』成了體罰最美麗的護身符時，我不知道，愛的教育還剩下了些什麼？」中國式的傳統教育強調的是「棒頭下面出孝子」，「苟不教父之過，教不嚴師之惰」等等戒律，是將父母之愛轉換成嚴師之責，才是正統的教育規範。這是中國社會長期以來教育上實行法西斯體罰的倫理基礎。爲什麼說這是一種法西斯體罰？因爲它踐踏和無視人類生命最基本的因素，即愛的意義，把「愛深」的意義竄改成「責切」。說到學校體罰的問題不免讓人也有一點激動，廖玉蕙的議論引起我的許多聯想。美國著名的神學家保羅・蒂里希（Paul Tillich，西元一八八六～一九六五年）曾經說過這樣的話，上帝的概念應該是天主與天父的雙重結合，如果只有天主而沒有天父的話，上帝就沒有了愛，那就成爲惡魔。連上帝都有賴愛而存在，如果教育一味強調嚴責而忽略了愛，那也就是惡魔式的教育，除了在特殊的環境下以外，現代社會不需要這種教育。廖玉蕙從中學生的入學通知書上的懲罰式的語言議論到「孩子開心地期待進入中學，學校卻嚴陣以待」的現狀，指出了這是長期對人性亮色的無視造成的，心靈的盲者是看不到人生翩躚亮麗的色彩。也許是作家在軍校裡擔任過教師，對學校的嚴格制度與壓抑人性的教育模式有切膚體會，才會對教育中的體罰問題如此敏感，她在〈永安與不安〉、〈長廊的腳步聲〉等幾篇寫軍校學生與精神病患者的故事裡，這種母親身分與教師身分相撕裂所造成的惡果，有著很深入的描寫。

社會：讓我說個故事給你們聽

前頭說過，以女兒之親親，以教師之仁愛，以作家之尖銳，是廖玉蕙在她的散文精選中爲讀者設計的自我形象。在社會報導領域裡，廖玉蕙一改溫柔仁愛的形象，尖銳潑辣如鬥士，喜怒笑罵成文章，鋒芒直對社會種種怪現象：傳媒的荒誕、醫院的混亂、市民發財心理的騷動，市政建設上的拖拉……盡在筆底風起雲湧，爲臺灣社會的風氣留下了怵目驚心的一斑。「讓我說個故事給你們聽」，這是一篇文章的題目，也是作家面對臺灣社會的種種弊病的敘述身分和立場。

在這一類散文中，廖玉蕙確認了自己的作家身分，她是直接面對社會的批評，顯現了一個寫作者的應有良知。但她不同於一般記者的報導，在最尖銳的批評裡她仍然保持了一個散文作家的幽默和諷刺，她總是在講故事，設計了一個社會特定的場景，譬如圍繞白曉燕綁架案的陳進興、高天民的報導，或者是一條施工馬路、一座醫院、一場大家樂和購屋，都是濃縮地包容了社會風氣和它背後的社會心理，然後她的故事總是一步步把當事人逼得走投無路，忍無可忍，與此產生了反諷的強烈效果。下面一段話頗有象徵意義：

一回，樓下肢體殘障的胖小弟一個觔斗，倒在泥地上，半天爬不起來，哭得一臉泥汙，媽媽心疼地苦著臉埋怨道：

「天殺的！眞該死呀！這個噩夢到底到什麼時候才能結束！每天上學，像是跋山涉水一般，這是什麼世界！外頭有陳進興一樣的惡虎，割喉之狼四下流竄，投資的股票崩盤，先生又傳出外遇，現在，連一條安穩的馬路也不留給我們！啊！死死咧卡緊啦！」

（〈一條道路的拓寬〉）

這個婦人的抱怨內容究竟有幾分眞實性並不重要，重要的是那種把人逼得無路可走的絕望使隱藏在日常生活中的荒誕性充分暴露出來。廖玉蕙的社會性散文中，幾乎每一個故事都有這樣的精心設計，當讀者與敘述當事人一起陷入惡夢似的困境掙扎不開的時候，聰明的作家或許在一旁偷偷地笑。因爲她的正義的社會批評形象已經在那些惡夢似的困境清晰地樹立起來了。

廖玉蕙是位普通尋常的臺灣人的女兒，她的生活經歷史和人生道路在許多臺灣讀者中間都能找到感情的共鳴。她有意選擇了女兒、教師、作家三個不一樣的敘述身分，給讀者留下了一個精彩而飽滿的作家自我形象。其實在廖玉蕙的散文精選裡，這三個身分內包含了豐富的內涵，三個身分以外還有其他令人感動的敘述身分，如在〈看戲〉一篇裡的那個細雨中與民間藝人孤獨地氣息相通的新婚女郎的形象，非常動人。一篇短短的評論無法道盡廖玉蕙散文的許多佳處，讀者當在閱讀中細細地再品嘗才能領會眞正的賞心悅目。

自小乖僻，不善與人相處，便習慣了不斷地和自己玩遊戲，寫作或者正是這場遊戲的延續。遊戲的目的不過是讓自己開心，至於一旁偷窺的人如果也覺精采、看得高興，自然也有助興的作用；若是覺得乏味、無聊，也無損於我的興致，這一點，我有數十年的經驗，沒有觀眾、不需夥伴，依然玩得熱鬧繽紛。

既是遊戲，必有規則，雖說並無玩伴，規則仍不能免。因為起步較晚，早過了傷春悲秋的年歲，對哀感頑豔的題材不再流連，工巧穠麗的文字也非我所長，周亮工《尺牘新鈔》中所輯盧世㴶〈又與程正夫〉裡的一句話最能道出我的堅持：

「天下事，無論作文作人，只以老實穩當為主。」

「老實」容易，「穩當」難。「老實」只須字字由胸臆流出，「穩當」則牽涉寫作工力，未能一蹴可幾。然則，不尚奇巧雕琢、一以「真誠老實」自期，或者可以說是我一向自訂的寫作規則吧！尤其在年歲漸長後，我愈來愈相信，只有真心對待、不以諂笑柔色應酬，人間才有華彩；寫作也是這樣，唯有著誠去偽，不以溢言曼辭入章句，文章才有真精神。

——引自《不信溫柔喚不回》自序

輯一

永遠的迷離記憶

有關臺中的種種記憶，
卻從未隨時光的飛逝而淡忘，
反倒像盤根錯節的老樹般，
屹立在記憶的底層。
不時的，探出頭來，
和今日的我，頑皮的遙遙招手。

當火車走過

當火車走過，不管在人聲嘈雜的西門鬧區，抑或空曠荒僻的鄉野，我總是凝眸再三，癡癡地目送它巍然遠去。而童年往事，往往就在隆隆的車聲裡漸次展開，像一張張交疊的畫片，爭先恐後地躍上腦海。

上小學以前，我們住在鄉下老家三合院的房子裡，正廳對面，是一塘池水，池塘外的大門邊兒，則是一株鬱茂的老榕樹。樹下閒閒地散置了些大石塊。在哥哥姊姊都上學去的時候，我多半坐在石塊上，對著綠油油的稻田發呆。一望無垠的稻田中間，夾藏著一條運送甘蔗的臺糖小鐵路。小小的火車踽踽獨行在碧綠如茵的稻田中，另有一種動人的風姿。而在單調乏味的獨處時光裡，憑空拔起的汽笛聲及弓背慢行、一步一喘的小火車，在記憶中，確曾帶給我許多夢想。我常沉浸在哥哥姊姊講述的童話故事裡，假想著自己坐上小火車到處去流浪。而這種既不知起站又不知終點的無止盡的神遊，確實頗能滿足我孩提時期愛幻想的毛病。

傍晚時分，上學的人都放學回來了。小火車的笛聲乍一揚起，所有小孩便不約而同地從三合院的各個角落竄出，滾動著眼珠子，虎視眈眈地在鐵道旁站定。有時，火車飛快馳去，眾人無機可乘，便意興闌珊地做鳥獸散。多半時候，小火車總是一步一蹶、氣喘如牛地爬行，猶如重病的老人。這時，比較大些的孩子就大膽地靠近車身，奮力抽取捆綁在車子上的甘蔗，年紀較小的孩子則在一旁搖旗吶喊。火車過後，幾乎人人都有滿意的斬獲。童稚的心靈，沒有太大的野心，只要能抽取到一、兩枝，便歡天喜地，然而，在這每天例行一次的突擊行動裡，除了危險的顧慮外，還得隨時提防守車員狠命地追逐。也不知道，到底是守車員只是志在嚇唬不在逮人，或是小鬼們的確太過機靈，似乎也從來沒有人被抓到過。而類似的追逐，倒彷彿成了黃昏裡另一種生趣盎然的景致。

有一回，二哥奮力一拉，居然整捆甘蔗應聲而下，把一旁加油的我，看得目瞪口呆，一時之間，覺得恐懼萬分，竟害怕得大哭起來，把所有人都嚇得拔腿就往回跑。後來，這捆甘蔗被偷偷藏匿在床底下。白天，我每隔一段時間，就趴在地上，偏著頭往床下看，見那麼一大捆已經鬆綁的甘蔗直挺挺地躺在那兒，總覺大禍即將臨頭，惶惶終日。原來，超乎期望的非分，竟是如此教人無法安心！

上小學一年級時，我們搬離了老家。新房子坐落縱貫道旁，前臨公路，後傍鐵道。終日車聲隆隆。那時，電視尚未開播，爸爸每天固定收聽收音機裡的說書。收音機放在客廳和書房的隔間邊兒。我從小熱中於聽故事，雖然，因爲升學競爭得如火如荼，母親嚴格禁止我們偷聽。但是，我禁不住誘惑，經常把書本豎在書桌上作狀，一邊防範母親的腳步聲，一邊把耳朵貼在牆壁上，偷聽音量放得極低的故事。常常在緊要關頭，汽笛長鳴，接著如雷貫耳的車聲，排山倒海而至，往往使我錯失了最精彩的片段，而忍不住扼腕嘆息。而更糟糕的是，母親常藉震耳的車聲掩護腳步，進行突擊檢查，形跡敗露，少不得挨一頓竹板子。

在噪音的隙縫裡討生活，最大的影響還不在於嗓門的提高，而是對生死存亡的看待。家後面，除了縱貫鐵路外，緊貼著後門，另有一條通行得不太頻繁的小鐵道。印象中，一天大概不定時來回兩趟。日子一久，附近人家都能準確的辨識兩種車輛的不同笛聲。當時，飼養家禽的風氣甚盛，平常雞鴨多在小鐵道上悠遊行走，小火車汽笛一響，人們便放下手上的工作，火速衝向後門，趕回自己飼養的雞鴨。然而，手腳再是俐落，仍常有雞鴨走避不及，當場罹難。全家便在悲傷的氣氛下進行晚餐。傷心的不僅是親手飼養的家禽橫死，在那樣艱難的歲月中，恐怕更多的是對生計摧折的憂心吧！

雞鴨固然常遭不測，身爲萬物之靈的人類又何能倖免。一天，我從學校放學回來，放下書包，奔到小鐵道上練習走鐵軌。不經意瞥見一張竹蓆被丟棄在鐵道旁的石子上，小小年紀的我，不知天高地厚，竟玩笑般地把它一把掀了開來。死在鐵道上的人鮮有全屍，一聲慘叫過後，我白著臉，跌跌撞撞地衝回家，足足病了一個月，天天做噩夢。一直到現在，我仍然對草蓆心存戒懼。

公路上、鐵路邊，長年有不小心的人慘死輪下，家屬們呼天搶地的哀號常引得人心酸落淚。然而，這樣的刺激終究也會麻木。看多了死別的場面，慢慢領悟到人生原如朝露，生和死，不過一線之隔，而死，也不過是生命過程中的一個必然的階段。到後來，我已經被頻仍的事故訓練得連看到前來超渡亡魂的遺屬們痛哭失聲，也不再會掉一滴眼淚了。

一回，我和爸爸站在後門，從疾速轉動的車輪下，彷彿看見有什麼東西從車上落下。車子馳過後，爸和我飛奔前去，發現一名高工男生被摔落到田裡。原來，高工學生在學校釘了一張小板凳，大概車上已無空位，就把板凳放在車子中央坐下，遇到一個大轉彎，被離心力離出。幸好，稻苗正長，沒有摔死，只昏了過去，爸趕緊送他到醫院急救，才沒有造成悲劇。記得，學生的母親後來抓了隻大白鵝來向爸爸致謝。父親、母親和那個女人站在大門外的夕陽裡，拉拉扯扯大半天，白鵝一旁躁急地ㄍㄨㄚㄍㄨㄚ叫。如今也不記得，到底最後是誰的力氣大。

初中和高中，上的是臺中女中，必須坐火車通學，也不知道怎麼搞的，似乎每天都在趕車子。縱貫鐵路在靠近我們家那一段有個急轉彎，火車一到那個轉彎處，必先鳴笛示警。每天早上，我幾乎都要蘑菇到火車鳴笛後，才含著一口飯開始起跑，總是在最後一秒鐘才勉強擠上。而說也奇怪，和火車足足賽跑了六年，居然一次也未曾趕脫過，現在想來，眞是不可思議。

擠火車是個可怕的經驗，車子擠成那個樣子而居然從不考慮加掛車廂，也是我至今仍百思不得其解的。常常，我一隻腳懸空，只有一個腳尖踮在車門的階梯上，一手掛在門把，另一手只能搭在同學的手腕上，大半個身子露在車門外，一路掛到臺中車站。臺中到潭子，又聽說正好是縱貫鐵路上最長的一段距離。一路上，險象環生，遠遠看見路旁林立的電線桿直刷過來，整個身子急忙往裡一縮，躲過一劫又一劫。更甚者，手腳痠麻，又無法換手，好幾次都覺得一定要完蛋了，一定會鬆手掉下鐵道，而終究還是活著到站。哪裡能自行下車？都是被硬生生擠下。手腳根本不聽使喚，往往在下車後的很長一段時間內，還得保持剛才倒掛的姿勢。

高中時，不知道看到哪一本書上面記載，說孟姜女夏天乘涼，因為扇子掉進荷花池，捋袖露臂，入池拾扇，被藏在樹林後的萬喜良看見了，不得不嫁他。又說一位女子在幾乎溺斃的情況下，被男子用手拉了上來，回家馬上砍掉被男人碰過的手，以示貞節，不覺冷汗涔涔下，慶幸風氣漸開。否則，像這般擠車上學，鼻子碰眼睛的，肢體砍不勝砍，哪能全身而退。不過，儘管風氣較為開放，畢竟仍嫌閉塞。尤其長年在尼姑學校念書，把男女關係看得很緊張，莫說和男生交談，一定要被口誅筆伐、視為異端；即使在車上自然平視，如果不幸正好四目相對，而不稍加遮掩，也將為人所不齒。因此，車子雖然擠得水洩不通，幸而有寸土可立，多半人手一書，以避嫌疑。其中尤以女中及一中學生最爲矯情。當然！也包括我在內。在那擁擠不堪且不規則跳動的狀況下看書，至今視力居然毫髮未損，也算是個奇蹟。

擠車雖苦，其實，我是最沒有資格抱怨的。因爲，當時三姊在觀光號上服務，可以申請免費月票，嘉惠眷屬。我足足坐了六年免費火車，可說受益良多。

三姊上車服務的時間有個周期性，我們可以依照固定周期推算出她的班次。常常舉家在後門鵠候，和三姊遙遙招手致意。姊姊每次發了薪水，就在薪水袋裡裝上幾枚石子，外頭再包上一層塑膠紙，從車上丟下來。有時，距離沒算準，丟到鐵道旁的菜圃裡，甚至不小心丟進河水中，便全家總動員，「上山下海」搜索。雖說包了塑膠紙，有時水仍滲進，撈起來後，通常一張張鋪在天井曬乾，堪稱吾家一景。

最絕的是，這種招手致意的方式，原本是親情的流露，後來，竟似傳染病似的傳了開來。先是姊姊的女同事，常在姊姊沒跑車時，代她招手。接著是男性服務生，甚至司機。汽笛一響，全都本能的會集到車門口，往外招手。到最後，連經常定期乘坐火車的乘客，也開始在車窗內和我們打起招呼。而車下的，也不再限於我們家的人，鄰居開始加入了，車裡車外，車上車下，好像滾動的雪球，人愈來愈多，招呼愈來愈熱烈。在固定的時候，有志一同的揮手，眞眞印證了「相逢何必曾相識」。

考上大學的那年暑假，我們終於搬離了這個各種噪音交攻、卻又教人戀戀不捨的房子，而換到一處僻靜的所在。第一晚睡覺，覺得四處靜得嚇人，直聽到自己呼吸的聲音，竟至徹夜不眠。第二天，閒下來和家人聊天，每人都彷彿忽然發現到自己的嗓門太過誇張而使得場面時呈尷尬。逐漸地，媽媽罵人的聲音太過嘹亮、收音機的音色原來如此明晰……所有的聲音突顯在沉靜的空氣裡，連我數年來慣常的喃喃自語以頂嘴的毛病，在失去了車聲的屏蔽下，也突然被母親逮個正著。

興高采烈地坐上火車，準備負笈他鄉，離情別緒不敵脫離家庭約束的自由歡樂。然而，隨著一個又一個被撇在身後的隧道逐漸遠去，興奮沉澱了，眼淚卻掉下來了，臺北已然在望，我卻已開始回望南下的列車。

大學四年，最大的期望依然在火車——放長假，坐火車回家。火車的這頭是盼望，火車的那頭是不捨，依違於如此矛盾的情感裡，來來回回，竟已是幾個寒暑。

一年，考完期末考，行李老早打包完畢，和同學在前一天預購車票，寄送行李。當時，沒能力坐對號快車，只能買慢車票，而連這慢車票票款都是跡近苛刻的省吃儉用才存下來的。第二天清晨，坐上南下的火車，車行至苗栗，列車長查票，突然宣佈我的車票失效，理由是員林（或彰化）以北的車票只有當天有效，員林以南，才可預購。同學全住南部，只有我得重購。乍聽之下，如遭雷擊，至今還清清楚楚地記得當時那種狼狽灰敗、如喪考妣的感覺。不甘心哪！也捨不得呀！更嚴重的是，口袋裡只剩了幾塊錢，根本不夠再補一張票。後來，好像是幾個同學先湊了借我，才了了這樁難題。回家的歡樂，在無情的現實打擊下消失了，那年的暑假，過得抑鬱不歡。

結婚生子後，我常帶孩子回娘家度暑假。每次，假期結束，決定返回龍潭的前一夜，母親總是顯得焦躁不安、容易動怒。而我常因整理行裝而無法顧及母親的心情。坐對號火車必須到豐原火車站，通常是母親幫我提行李，送我去。一路上，兩人都沉默著，不知說些什麼才好。長久以來，母女二人似乎從沒有像當時那般貼心、親密。「養兒方知父母恩」，我是養了孩子才更深切體會母親的劬勞；而母親許是年紀大了，再沒年輕時橫潑的銳氣，在等車的當兒，常不自覺流露出濃郁的不捨。車子來了，母親幫我把行李提上車，再匆匆下來，火車已然徐徐開動。我和孩子隔著窗子和母親招手，一向堅強的母親常脆弱地眼紅落淚。我則心似油煎，火車的這頭是我最最親愛的母親，在火車的那頭等待的，卻又是孩子最最親密的爸爸。我在火車上，心情擺盪，神魂俱奪，只能靜靜垂泣。

時光催人。自從買了車子，正式告別坐火車的日子，至今業已數年。當火車走過，我總要駐足凝眸。那先火車而至的拔尖的汽笛聲，早已成爲記憶裡最爲美麗的聲音。當火車走過，容我溫習一下幼年的習慣，招一招手，想一想父母的愛，兄姊的情，還有那一段永遠不褪色的童年往事吧！

——一九八六年十月・選自圓神版《今生緣會》

流年暗中偷換

總是這樣，原先大概是爲了找一個老朋友的電話號碼吧！翻箱倒櫃的，竟在書房裡席地而坐的開始拿起一本本舊相簿端詳起來。

泛黃的黑白照片在老式的、窄小的相簿裡，怔忡著不說一句話，卻又像千言萬語般的提醒我一樁樁幾乎早已淡忘的往事。有些畫面竟是一點印象也沒有了，我在記憶的底層一點一滴地打撈。偶爾因爲某些有趣的聯想而輕聲發笑；而多半時間，我是凝肅的。艱困而寂寞的童年裡，笑容是罕見的。即使在面對鏡頭時，鎖在眉頭、流在眼波的，也只是和那個年齡不相當的沉鬱和哀愁。我和照片一起沉落到久遠的歲月中，彷彿也同樣感染了那份早熟的荒涼。

我挑起其中一張，梳著馬尾的我，穿著小學的黑色冬季制服，背對著馬路，逆光坐在客廳的竹椅上，前面的茶几上，一缸金魚，搖著尾巴，各自擺著永遠不變的姿勢。我的前額上，覆著零落而稀疏的瀏海，偏著頭，表情陰鬱的看著鏡頭旁的某個地方。背後，招展的窗帘露出一角，窗帘外則是兩株細瘦的鳳凰木，離離的樹葉斑斑駁駁的貼在天空，兩株樹中間的白色帶狀物看得出是屋前的縱貫公路。攝影的人顯然不善佈局。約莫三寸見方的照片，人物佈景挨挨擠擠的集中在右方，左邊是一片讓人睜不開眼的強烈光影，除了上方隱隱約約的一個影子外，完全空白。我湊上前去，仔細辨認，才發現似乎是個女人走路的側影。披披掛掛的衣服，張皇的姿勢，眼熟的帽子，走在那條白帶子似的縱貫道上……。我吃驚地幾乎叫出聲來！眞是個奇異的偶合！二十多年了，怎麼好像從來未曾注意到，那個在我鮮明的童年記憶中扭曲的生命，竟於無意之中被攝進了鏡頭，而那雙永不疲倦的腳和那條對她而言似乎永遠走不完的縱貫道，突然在二十多年後的今天，一個寂寞的暗夜，灼灼突現於窄小而發黃的相簿中。

小時候的我是孤獨的，沒有什麼朋友。做完功課以外的大部分時間，多半在閣樓上支頤發呆。從閣樓上往下看，一條偌大的縱貫公路便橫在眼前。在那般寂寞的日子裡，眼裡的景物也一逕是冷漠而慘澹的。灰黑的公路、弓著背匆匆來去的大小車輛，不停歇的飄著落葉的鳳凰木，再有就是頻仍的車禍中呼天搶地的哀號。我冷冷地望著，細細地咀嚼單調鹹澀的生活所帶給我的破繭而出的掙扎。

一日，我又像往常般，站在閣樓的窗前往下望，是那種百無聊賴的心情。一位經年在公路上指天畫地、喃喃自語的來來去去的瘋婦，突然抬頭望向我的窗口，迎向我的眼光，四目交接的剎那，由於措手不及和猛然而至的驚恐，我竟然和她相互瞪視足足有五、六秒之久而莫知迴避。等到我回過神來，忸怩的緩緩隱身躲進窗帘後，那位婦人方才掉回頭繼續她漫天的比畫和自語。其後，我吃驚的發現，那位瘋婦在每次行經我家門前時，似乎都有意的仰頭尋找我的身影，而我每每心虛的退回到窗帘後，偷偷的看著她的背影離去。那感覺，就像偷窺他人隱私般，竟然有些不安。我開始懷疑，也許早在那首次的目光交疊之前，婦人已注意到我無聊的佇立。如此說來，到底是她偷窺了我，抑或我侵擾了她，竟是不易弄個明白了。

逐漸的，我不再閃躲。有一回，我甚至試探地舉起手，向她輕輕招了一下，不知是否錯覺，雖然隔著不短的距離，我似乎看到她嘴角一抹恍惚的笑，年幼的我，竟因此而有種陰霾天乍見陽光的歡喜。

日子一天天過去，我依然在煩瑣的課業和母親無所不在的叨念裡載浮載沉。而可笑的是，和瘋婦人每日心領神會的遙相照面倒成了我生活中一樁秘密的期待。婦人的遊走沒有固定的時候，我必須在雞兔同籠、國父的十次革命中，時時伸長脖子張望，並隨時提防母親對我這等不專心課業的嚴厲斥責。

不管寒風或酷日，婦人一逕在馬路上心無旁鶩的玩弄著自己的口舌。雖然，誰也弄不清楚她到底在說些什麼。五顏六色的衣服，披掛在她高䠷苗條的身上，在色調偏淡的景致裡，是一種怵目驚心的熱鬧，而由於一天好幾回合的往返，總讓人疑心到如此彩色繽紛的身影是否僅是個人的幻覺。

為什麼這樣風雨無阻的來來去去呢？偶然也會聽到大人在談到她時夾雜的幾聲歎息：

「可憐哪！本來真水哪！聽說先生出海，無倒轉來，就變安捏！」

「好像還有三個細漢囝仔哩！」

我默默地聽著，揣測著孩子如何過活，卻一直沒有得到進一步的答案。

而她又是如何來界定行程呢？到底她去了哪裡，去做了什麼呢？日日我坐在窗前冥想，而至有一天，強烈的好奇終於驅使我偷偷地、保持某種距離的尾隨她，想一探究竟。我像電影上的偵探一般，穿了件黑色外套，豎起衣領，手插口袋，頭上戴一頂隨著夏日遠颺而被拋棄在牆角的草帽。鬼鬼祟祟地出門。是一趟十分無趣的行程，並無任何斬獲。她只是走到某一個定點，然後折回。我在她折回的那塊土地上反覆地尋找蛛絲馬跡，企圖找到某種訊號或特殊的物件，譬如大樹、石頭甚或一條白線、一個蟻洞什麼的，結果只是徒勞。倒是回家時，被家人發現我的怪模怪樣，結結實實被母親痛斥了一場，姊姊在旁吃吃地笑說：

「像猾的（註）共款！」

我心裡一驚，表面上則若無其事的上樓，去反芻那樣一句切中要害的嘲諷。

一天，不記得為了什麼事，到爸爸辦公的地方，正無聊的坐在長凳的一角，好奇的東張西望。無意中瞥見背後的窗口外，那位瘋婦正歪歪斜斜地從陽光下拐進長廊。手上拿了頂草帽，額上全是汗，向迎面經過的一位男士很清晰的問：

「阮坤林咧？」

那位男士回頭指向裡面，調高了嗓門衝裡頭喊：

「坤林啊！你阿姨來囉！」

那位叫坤林的人隨即跑了出去，從口袋裡掏出一條手帕，疼惜的爲婦人擦汗並說：

「叫汝要戴帽仔，汝就是不肯，要戴咧！知嘸？」

婦人憨憨的笑著，一下子變成個無知的嬰兒似的，男子把她扶到長廊盡頭的水龍頭邊兒，把手帕在水中打濕並絞乾，小心翼翼的爲她擦臉抹手。並問她：「要轉去嘸？」

婦人的頭搖得像波浪鼓。男人把她帶進屋裡，爲她倒了杯水並服侍她喝下，這才讓她坐在他辦公桌前的長凳上。

婦人溫馴地坐著，兩隻腳整齊的併攏，像個規矩的小學生，只是不時吃吃地笑著，我和她之間相隔不過六、七公尺吧！這麼近的距離，使我隱隱有些不安，又有些興奮。我踟躕半天，決定試她一試。在她抬眼向我掠過時，仿照在閣樓上的姿勢，向她擺了擺手，期待她有所回應。然而，女人似乎是毫無所覺，就像是從來不曾認識過這個動作般，把渙散的眼光移到別處。對她這般的全盤否定，我不覺有些悵惘，我原是充分相信自己和她有著某種宿世的緣分的，如此看來，竟也只是我個人的一廂情願罷了！

男人不時從辦公桌上抬起臉向她溫和的笑著，偶爾問：

「要轉去未？」

如此者好幾次，女人終於做了決定。男人帶她出門，從車棚裡牽出腳踏車，等她笨拙地爬上後座，才搖搖晃晃的騎上車子。我從屋裡衝出，只看見最後一點飄飄衣裾，消失在不遠處的街角。

那天晚上，母親正縫補著手上的衣服，我幾經隱忍，最後，終於忍不住發問：

「媽！那個猾的今天去找爸爸的同事耶！」

媽媽停下針線，用無限感慨的聲音說：

「可憐哪！七少年八少年就守寡，好加在有坤林仔照顧伊。坤林仔，實在沒話講，極有孝咧！你無看到坤林仔對伊阿姨多好，實在極有孝！」

一向嚴厲的母親說這話時，眼裡透出難得一見的溫柔。顯然這份反哺的孝心早已在小鎮上廣爲人知。而罩在昏黃燈光圈中的母親在傳述這件事時的表情是我從沒見過的，她又說：

「自從伊尪死去以後，伊每天就四處行，逢人就問：『阮阿雄咧？』大家驚伊再受刺激，攏安慰伊講『去日本做生理啦！』伊就歡歡喜喜走開，實在有夠可憐……」

我聽得發癡，淚水氤氳中，母親突然坐直了身子，收回溫和的語調，大聲喝斥：

「囝仔郎，管這麼多做啥米！還不趕緊去讀冊！」

我訕訕然爬上閣樓，在沒有開燈的黑暗中，坤林仔的臉，我所不曾見過的母親的臉，還有那個女人渙散猶疑的眼神交疊的出現在腦海，一種漸次在心底升起的溫柔伴隨著鄰居收音機裡歌仔戲哀傷的聲調，我不知道自己為什麼流了一臉的淚。

上了六年級，升學的陰影，像是濃深的墨彩，殷殷的滲透了整個生活。除了讀書、應付考試，沒有任何被允許的餘暇。我變得緊張，而且神經質。每天在極其難辨且又處處陷阱的錯別字改正及一不留神便要出錯的時鐘、植樹問題中晨昏顛倒，有關瘋女人的點點滴滴，不知從什麼時候開始，已不再引起我的注意了。

初中聯考完畢，我如釋重擔，卻又若有所失。忙碌的腳步一旦停歇，生活頓失重心。當眾人在喧騰的熱鬧中，集體偷採鄰居的芭樂或釣青蛙、打球時，我突然像得了失心瘋般的沉迷在一種奇異的遊戲裡。每天孤魂野鬼似的在屋後的小鐵道上全神貫注的走鐵軌。把昔時唸書的全副精力全投注在兩條細瘦的軌道上。從家裡直走到火車站，再由火車站走回。只要雙腳中的任何一隻，有一次失足，便得從頭走起。為著如此自訂的嚴苛規矩，我不知在炎陽下幾番鍥而不捨的行走，每天把自己弄得五臟俱焚，猶不罷休，那般不由自主且又毫無商量餘地的堅持，到底代表些什麼意義，我自然是完全不明白的。

一天，我在無數挫敗後的成功裡，紅通著臉回家，亢奮地向小哥炫耀。母親一旁聽著，沒說什麼話。一直到爸爸下班，我在浴室裡洗澡，才聽到母親壓低了聲音和父親說：

「這個囝仔，最近奇奇怪怪，每天去行鐵路，像猾的！」

像猾的？我抬眼望向浴室中被熱氣蒸騰得全失了面貌的老舊鏡子，用手抹出一角水汪汪的臉孔，不覺淚如泉湧、慟不欲生。瘋女人的種種不期然又回到心底。

最後一次看到那位瘋婦，也是在爸爸辦公的地方。燥熱的黃昏，我在水龍頭底下，兩手捧水往臉上潑，潑完，用張開十指的手反覆在臉上抹乾，正待轉身走開，突然從指縫裡看到那位瘋女人的臉就直逼在眼前。因爲那樣近，她的臉幾乎整個貼到我的瞳孔上。驚怖中，我只感覺到自己劇烈地發抖，她的臉經過放大似的注視著我，細細的皺紋牽起一抹愚騃的笑，她忽然咧著嘴問：

「阮阿雄咧？」

我瞠目結舌，莫知以對。她就那樣直直的盯著我，毫不放鬆的。我進退失據，窘迫中，靈光一閃，母親的話掠上心版，我結結巴巴地說：

「去……去日本做生理啦！」

女人笑了，露出微微發黃的牙齒，一派天眞的樣子。我發現她其實有一雙非常美麗的眼睛。只是，眼睛裡自有一個世界，恐是任誰也進不去的。然後，她返身走了，又回到她最熟悉的公路上去。我撫著胸口，驚魂甫定的目送她遠去，一邊揣想，如若我沒能及時說出答案，抑或未能按照固定答案作答，則又可能是個什麼樣的光景？當然，這也不過是短暫的疑惑罷了，而眞正盤據在我心頭的，其實是一種莫名的快慰，似是回營軍士順利通過秘密口令測試的一種心安，這證明了我們是友非敵。至少，在如此陰鬱的夏日黃昏裡，我曾用一種被認同的語言和她做過一次奇異的溝通，我感覺到從未有過的通體沁涼。

其後，聯考放榜，我考取了當地的女中，脫下白色的制服，換上了一身晴天般的藍色。鐵軌依舊固執地匍匐，我的雙腳卻奔向另一片熱鬧。

奇怪的是，從那時候起，我就再也沒看過她了。到底她去了哪裡？抑或發生了什麼事？雖然，在沉思默想的午後，偶爾也會無端想起。可是，不知爲什麼，我卻從來不曾也不願向母親或任何人探詢，任它在腦海中如潮水般揚起又沉落。也許，隱隱之中，這正是對過去的一種逃避也未可知吧！

流年暗中偷換。二十多年過去了，我早在人事紛紜裡逐漸淡忘了這段往事。沒想到，卻在如此特殊的機緣裡，因著一張發黃照片的出現，而將我的記憶帶回到那段青澀的歲月中。人生的遇合，在多變的世代裡，容或有許多無法解釋的牽扯交纏，然而，能讓人如是深心記憶的，一生之中，怕也是不多的吧！

夜深了，悵悵然闔上相簿，關上燈，彷彿聽到一聲輕輕的歎息由相簿裡滑落到沉沉的黑暗中。

註：瘋子。

——一九八七年一月・選自圓神版《今生緣會》

永遠的迷離記憶

十七歲以前，在臺中度過。有關臺中的種種記憶，卻從未隨時光的飛逝而淡忘，反倒像盤根錯節的老樹般，屹立在記憶的底層。不時的，探出頭來，和今日的我，頑皮的遙遙招手。

最早的記憶，可追溯至三歲時的一場大病。

據聞病名蜂巢症，母親回敘那場曾經教她魂飛魄散的災難時，猶心存餘悸，她說：

「伊時，你一粒頭腫做兩粒大，眞正是驚死人哩！臺中病院的醫生講無救了，教阮好轉去準備後事。我揹著你，坐公路局車子轉到潭子，一路流目屎，行轉去丸寶庄（現在的東寶村）。厝邊隔壁攏來看，看了攏搖頭。一暝後，你還有氣息，我不死心，再揹你起來，去看臺中黃小兒科的醫生，才給你救起來。」

我急忙插嘴說：

「我記得那場病！眞的！至今猶記得趴在母親身後，溫熱的鼻息噴在母親後頸後微微反撲回鼻間的感覺。」

家人齊齊駭笑，揶揄我：

「你那麼小！哪會有印象！八成兒電視廣告看太多了！這分明是中華豆腐廣告的再版！」

我慚愧的陪著吃吃發笑，現實和記憶有如同鍋熬煮的湯料，早已分不清虛實。

再往後些，印象最深的，莫若隨母親回外公家。

外公住豐原（原名葫蘆墩），母親一口氣攜帶七名子女由潭子出發，不可不謂盛事一椿。階梯式年紀的七個小蘿蔔頭，自有存活之道。往豐原的班車一到，即刻化整爲零，各尋陌生大人一名，尾隨其後上車，造成各有其主的印象，其餘則屈身弓背，假裝矮上幾公分，以逃避購票。身手不夠靈活，以致當場被識破者，不可避免的，要接受兄妹們衛生眼珠的譴責，甚至母親的怒斥。因此大夥兒從小各自練就一身本事，可謂無往而不利。

當時年紀小，不知外公到底從事什麼行業。其後，每次問及母親，母親總笑說：

「十做九不成！這陣嘛想未出，到底阮爹在做啥米！」

只知院中常堆放一堆堆的瓶蓋，暑假中，孫子及外孫群集，瓶蓋常成爲孩子們打仗的玩具，滿天飛的瓶蓋中，經常夾雜著大人的怒斥聲：

「夭壽哦！連這也拿來玩，爬進天哦！這些死囝仔！實在哦！……」

文靜些的女生則相偕到附近的光華戲院去看戲。年紀小的時候，就用坐車時使用的慣技，尾隨大人入場；稍大些，這些把戲再不靈光了，便只好等著看戲尾，等到散戲前的十分鐘，看門的撤守，我們便蜂擁而入。記憶裡，光華戲院專門搬演歌仔戲，大約三天或一星期演完一齣戲，雖然每天只看十分鐘，但多屬精華或高潮戲，所以仍然看得津津有味。只是，戲院邊兒是一家知名酒家，每每被大人恐嚇，可能被抓進去，從此淪落風塵。因此，每回經過，總夾雜著興奮與驚恐的莫名情緒。

看完戲的黃昏，不知怎的，一逕悲傷惆悵。回外公家的路途，好像陡然變得又長又荒涼。我常常仍沉浸在劇情中，不願出來。不發一語的詭異，引得眾家表姊妹義憤塡膺，發誓再不一起同行。然而，一到次日，又禁不住我賭咒發誓、腆顏央求，便又高高興興攜手奔赴。整個暑假，便如此這般，日復一日。

那時，是這般熱愛著戲劇搬演的人生。因爲愛看戲而喜歡回外公家。其實，母親自小被領養，和這個家的關係有些迷離，藕斷絲連的，是一種說不出的曖昧。這樣的特殊身分，自然影響我和其他表姊妹的情誼，我總偷偷的忌妒著她們之間看似渾然無間的打鬧，而我，刻意模糊之間的差異，假裝沒有任何不同。但這樣的刻意，其實有著濃厚的表演性質。我一邊看戲，一邊模擬著，也自己擔綱演出一場。演出時，彷彿一邊享受著悲劇性的快樂，一邊痛苦的佯裝豁達。

癡狂的愛戀著戲裡的小生，彷彿叫洪秀玉的。爲了她，一度曾經強烈地想偷偷跟著戲班子跑。然而，畢竟膽子小，也沒有管道，只能躲進屋裡，披上大袍，對著鏡子，悲痛地比畫，並哀哀唱起七字調，覺得自己歷盡滄桑、地老天荒。

上國小時，在潭子鄉公所任職的父親，因爲無閒整治田地，賣掉了微薄的祖產，帶著我們從偏僻的丸寶庄，搬遷至潭子街上。前臨縱貫公路，後傍縱貫鐵路，比起老家的堂兄們，我們算得上是城裡人了。其後，每次回舊居，我們總穿上最體面的新衣，擺出最驕傲的神色，而把生活窘迫困頓的眞實面，緊緊地隱藏。

臺灣經濟起飛之前，父親自潭子鄉公所退休，用微薄的退休金投入土地買賣行業。一邊仲介，一邊也嘗試自行投資。事後，母親回憶說：

「恁老爸的運氣未歹！」

老爸可不這麼想，每次母親如此說，他總急急申辯：

「誰說運氣！如果不是有幾分頭腦，要賺啥？一家口這尼多人是要吃啥！重要的是頭腦啊！」

當時，對面的糖廠關閉了。童年時，躲過守衛，混進混出的大遊樂場，終於改易主人，聽說要成爲大型加工出口區。父親眼光精準地在節骨眼，高價賣掉縱貫路旁的住家，並同時以低廉價格，在加工區的緊鄰處，買了一塊地，自地自建了一幢二層洋房。

大片的糖廠宿舍區，瞬間被夷爲平地。似懂非懂的年齡，分不清到底是感傷還是興奮！只記得黃昏回家時，揚起的塵土，猶自裊裊的四處冒煙，昔時因偷採芒果、芭樂而被警衛追得驚心動魄的園區，驀然門戶洞開，反倒隱隱讓人覺得不安。缺乏娛樂的年代，糖廠裡，每隔一段時日，總有康樂隊前來演出。本是提供糖廠員工及眷屬觀賞的，但是，附近的鄰居，不拘大人或小孩，總是千方百計突破重圍，竄進裡頭去看楊小萍載歌載舞、聽聽黃小冬夫妻高亢的對唱，單口相聲、對口相聲、雙簧、各式特技、魔術表演，不一而足。黃梅調流行的時候，十八相送是最熱門的節目。而我便是在糖廠門口的空地裡，學會騎腳踏車。哥哥鬆手的那一刻，我驚慌地衝進糖廠開著的小門並卡在其間，動彈不得。到現在，還遺留著因害怕而雙足直覺地大張時，腳趾頭被粗糙且尖銳的石門兩壁削掉皮肉的痕跡。

童年的夢，終結於糾纏難分的綵帶舞裡。

一間間的工廠和辦公室取代了如茵的草皮，精密的加工進駐，引來大批的就業人口。潭子像暴發戶般，一夕之間，腰纏萬貫。然而，富有的園區，卻屢傳失竊事件，原本虛設的警衛，忽然目光炯炯地逡巡在每個進出的員工身上。戒嚴尚未解除，威權的老闆和腐朽的警政，同心協力羅織了幾宗駭人聽聞的冤案。被冤枉的工人，手無寸鐵，被折磨得不成人形後，眞凶方才以極其荒謬的破綻被發現。年少的我，親眼目睹清白的嫌犯自警局回歸時，手腳血跡斑斑，形容枯槁，驚惶的眼眸猶自藏匿著說不出的恐懼。我因之噩夢連連，經旬不斷。鄉民的憤恨，只能在里巷間耳語流傳，不但未有平反或賠償的要求提出，充滿禁忌的時代，甚至連正當的防衛都不能！是非黑白，連家人都說不得。

我們的樓房和加工出口區同步落成。

圍牆成為我家和加工出口區的楚河漢界，母親在圍牆邊親手栽種了五株櫻花，幾年後，每到冬季，粉紅色的櫻花盛開，每每招引許多行人駐足。

我在那屋子度過最慘綠的初中及高中時代。成天和始終搞不懂的數學奮戰，聯考的陰影和積弱不振的成績共終始。每到重要的考試，就開始發高燒，起紅疹。大專聯考的前夕，我全身紅腫，奇癢無比，一夜輾轉無眠，次日清晨即起，到考場應試之前，先行去醫院打了一針。強烈的藥效在第一場的應試考場發作，我呼呼大睡了一場。放榜後的那段日子，朋友們都浸淫在解放後的快樂中，唯獨我，一到黃昏，體溫便急急上升，總要父親下班後，騎摩托車送去一家西藥房打針。在負笈北上的前一天，母親憂心如焚，深恐離家的女兒在遙遠的外雙溪，仍舊高燒不退。她拿著藥單，再三叮囑自處之道。託天之幸，離開了那幢樓房，病情竟然從此不藥而癒。

因為寫作，我經常和母親共同回首過往。一回，述及那幢二層樓房，問她多年前屋旁種植的一棵楊樹，她納悶地說：

「有嗎？我哪會未記得了！敢有種楊柳？」

「怎麼沒有？每到春天，屋子裡老白茫茫一片，不是後來才發現是楊花作祟嗎？」

「啊！想起來了！是有一株楊樹……你敢還記得那些櫻花？我種的呀！冬天的時陣，多水哩！你敢還記得？」

我把話題硬生生搶回：

「記得啦！還有那一大片空心菜，後來怎麼不種了？」

「有種空心菜嗎？我哪會忘記！」母親又露出迷惘的表情。

「有啊！你怎麼忘了？不是每回客人來，你都叫我去摘一些回來，現炒一盤嗎？」

「啊！想起來了！是啊！差一點忘記了！……伊時，我種那五株櫻花，花開起來，一大遍，實在極水哩！我常常站在廚房窗口欣賞，感覺心情極爽快咧！」

怎麼又回到櫻花！後來，我驚詫的發現，年紀越大後，母親的記憶竟似經過篩選或過濾般地，僅剩了她深心繫念的一片花海。她不時地以極度遺憾的口吻說：

「你知後來那五株櫻花安怎麼？一天，不知爲啥米，突然從加工出口區潑出一堆用剩的水泥，泥漿沿著牆邊流竄，活活淹死了那遍水當當的櫻花，實在有夠夭壽哦！這款代誌……」

「這尼水的花，實在有夠可惜啦！有一款人就是無眼光啦！……啊！講起來，也已經過幾落冬囉！……那時陣，閒下來的時，每天，目睛看著櫻花，就好像在日本東京旅行共款：

……」

一直懷念著日本統治時代的井然有條的母親，在經濟拮据的年代，猶然思思念念著有朝一日能做一趟東京遊。如此背離生活軌跡的幻想，在我孩提時代經常聽母親不切實際的叨念著。如今說來，或者母親便是藉栽種滿園的櫻花，來圓她人生的大夢亦未可知吧！

櫻花樹下，不只埋藏著母親的夢，也同時掩映著父親由黑白轉爲彩色的人生。一個基層的公務人員，以一份微薄的薪水，餔養一家十口的辛勞，不難想像。我的一位姊姊，曾因經濟因素，不得不放棄免試保送升學的機會。那時節，在煤油燈下，曾照見父親因歉疚而深鎖的眉心。當時，連渾不知事的我，都強烈感受到父親輾轉反側的心痛。是否是灼灼的櫻花帶來了生命的轉機，是永遠也無法識解的謎題，然而，清清楚楚擺在眼前的是，父親一向深鎖的眉心，在櫻花粉紅嫩綠妝點的新家裡，乍然舒放開來。

一個疑惑老沉澱在心底：到底是父親的聰明轉換了低迷的窘境？抑或臺灣經濟奇蹟使得人民普遍提升了境界？而無論如何，躬逢其盛的我，都是最大的受惠者。仗著這樣的幸運，我才有比兄姊更好的機會，跨進收費昂貴的私立大學的窄門。一九六八年秋天，我懷著雀躍的心情，迫不及待的飛離了哺育我十八載的臺中。

從此，臺中成了我永恆的迷離記憶。

——一九九八年八月・選自九歌版《讓我說個故事給你們聽》

走過歲月

第一次上臺北，是我考上大學那年。

母親和我，提著笨重的行李，打火車站出來，一眼看見鱗次櫛比的高樓大廈，就傻住了。懷著忐忑不安的心情向路人問明了十路公車站牌，兩人站在車站前的廣場上，望著眼前川流不息、飛快行駛的車輛，嘆著氣，一籌莫展，但覺咫尺天涯，不知如何過街。最後，決定二人聯手一搏，便又閃又躲，驚慌失措的橫過忠孝西路（當時叫中正路），汽車司機氣急敗壞的朝我們按喇叭，有一位司機還恨恨地伸出頭罵三字經，虎口逃生般的，我們站在對街上喘息。一向潑辣明快的母親，一反常態的如驚弓之鳥，心有餘悸的叮嚀我：

「臺北人實在有夠惡！下次，你要卡注意哩，要無，會吃虧。」

我則睜大了眼，鄉巴佬進城似的感歎：

「臺北人眞奇怪，馬路上都不走人，全坐車吔！」

過了好些時候，我才知道，原來過馬路得走天橋或地下道。我的老家——臺中，那時候根本沒有這些東西。

到了十路公車站牌下，戰戰兢兢跟著排隊。車子來了，居然排隊的人都不上車，我們慌慌張張的趕到前頭，好不容易把行李扛上車，耳邊卻傳來司機凶巴巴的喝斥：

「下去！下去！這裡不能上，不守規矩，投機取巧。」

我們被罵得丈二金剛摸不著頭腦，紅著臉，連忙拖著行李下車，這才看到車子還有一個後門，大家都從那兒魚貫上車。我又羞又氣，當場眼淚就掉下來。母親想來也是氣惱的，可又不知如何排解那分尷尬和狼狽，只恨恨地嘟囔著：

「笑死人！誰人知影臺北的車生做這款，有兩個門！誰人知影……」

我的家鄉——臺中的公車，一直到現在，似乎還堅持一個車門的傳統，由前頭上，也由前頭下，幾曾見過這種雙門的怪物！

初次負笈北上時的一團高興，被兩盆冷水給當頭一兜，霎時變成了兩行眼淚，一直流到外雙溪。這是我對臺北的第一印象，很壞。

沒想到在這個可恨的地方，一住就是十多年。現在回想起來，當年的臺北固然教人眼花撩亂，和目前相比，究竟還是單純多了。如今，每回開著車子，陷在火車站前的車海裡進退失據時，總不由得想起那段劉姥姥進大觀園般的歲月，甚至要不計前嫌的懷念起那時風馳電掣般的交通流量了。

最早在臺北的落腳處是外雙溪。剛進學校，就被周遭環境所吸引。當時人少車少，到處一片天然的青綠，隔著外雙溪，就是中影公司，灰黑的外觀、拙稚矮小的建築，卻從事著最摩登的行業。在黃昏時分，我們總會行過望星橋，潛進片廠裡，看人們如何在室內搬演人生。右邊是清靈幽雅的妙光寺。在功課與情感兩皆疲累時，站在木魚青燈前合十一拜，確能讓人滌盡塵思，悠然塵寰之外。再往陽明山方向行去，是芝山公園。無論拂曉或黃昏，綠煙紅霧瀰漫，一逕的幽靜絕俗，令人神往。女生宿舍位居最高處，往右邊閒眺則是故宮博物院。院內文物眾多，常教人廢寢忘食、流連忘返。而我，當時最常去的地方，倒非博物院內，而是它旁邊一片野趣十足的相思林。帶著一本宋詞，往樹下一坐，斜倚樹幹，稍做閉目，再睜眼時，往往已被黃花淹沒，書上、裙上、髮上俱是落花飛絮，眞如人間仙境。再往內雙溪方向行去，則飛瀑怪石，奇花異草，不可勝數。

我在外雙溪共待了五年，四年大學、一年助教，到了後期，已逐漸感受到文明入侵實在不是件可愛的事。先是往陽明山和去外雙溪交會的三角地帶突然用水泥柱假冒的竹節砌起一座小題大作的雙溪公園。公園面積很小，卻充滿了假山假水、迴廊曲橋，外加密密麻麻的花草，教人看著幾乎喘不過氣來。接著是內雙溪瀑布無端妝點上大幅商業廣告看板，把整個天然景觀弄得慘不忍睹。最可怕的莫如中影公司突然福至心靈，搞了個文化城，招徠了大批遊客，終日遊覽車不斷，麥克風喧囂，外雙溪的寧靜終告淪陷。而故宮旁的相思林終也未能倖免於難，被開發爲一片詩意蕩然的井井有條。我年輕時浪漫的情懷，終於隨著歲月的流逝和環境的污染而逐漸遠去。

進東吳念書的人，很少不對那窄小、寒酸的大門失望的，總覺和「巍峨黌宇」相去太遠。多年來，外雙溪變化太大，只有東吳的校門以不變應萬變，依舊以純樸的面孔，吞吐著進進出出的學子，在「物非人非」的現世裡，這樣的堅持倒成了懷舊人唯一的安慰了。

多年來，我四處流徙，未曾有機會回去舊地重遊。外雙溪的改變固然教人心傷，卻始終是我心底深處的一塊寶地。五年前，我應聘回母校教書，再度踏入外雙溪。由百齡橋一路行走，觸目俱是驚詫。林立的速食店、風靡的東洋風，士林已逐漸失去了它原有的獨特風貌，和臺北的其他地方相較，已沒有任何不同了。車行至外雙溪，我環目四顧，不覺大慟。原本翠綠的山巒，已被一排排擁擠的建築物所取代，遠山被怪手翻攪得千瘡百孔，汽車揚起的漫天塵土，使得整個景致蒙塵，文化城哪裡還有文化？車水馬龍，人潮洶湧，除了商業氣息之外，我們還看見了什麼？近兩年來，道路拓寬，望星橋更是今非昔比，在陽光下誇耀著它俗麗的新裝，而我卻寧願它像從前一樣，只是鄰居家舊布衫的小家碧玉。我撫觸著它，望著橋下依舊悠悠流著的溪水，只是無語凝咽。如果這是人類文明進步必須付出的代價，那麼，我們相信大多數的人還寧願過著遺世而獨立的生活。但是，在現實中，我們又能到何處尋找到這一方桃花源呢？

學校裡，建築物增加了，人也增加了。

上課時，看著幾十雙擡頭仰望的眼，竟突然無端的心虛起來。滿滿一屋子的青年男女，我能教給他們什麼呢？虛長的十多年，也不過平添一些頭破血流的經驗罷了。而這些經驗，又能提供他們多少的幫助呢？誰又眞能從別人的經驗裡取得教訓呢？坐在前排中央位置的同學，一如從前的我，微笑頷首做領會狀，他果眞聽進去了嗎？還是也像我當年一般的好心，只是給寂寞的老師一些愛的鼓勵。

下課時，波動的人潮在校園裡嚴重的氾濫著。我立在楊梅掩映下的階梯上，看著來去匆匆的學生在我身邊如一枚枚游魚般隨著人潮流動著，嬌脆的笑聲不時掠過耳邊，年輕的心勃動一如春雷之乍響，我想起自己青澀如伊的大學生活，不覺也綻開了笑容。

走下短命坡，我叩叩的高跟鞋聲成了冤家路上唯一的高音。仔細一看，學生全穿著短襪、布鞋，當年最寒酸的穿著，倒成了今日的流行。寬鬆的、披披掛掛的服飾取代了原有合身的剪裁。我混跡在學生群中，卻被迥異的裝扮及新潮的談吐，孤立在人群之外。我和大夥兒一起排隊吃自助餐，幾乎是愧赧的、不自在的面對一群無畏的、落落大方的學生。

負責盛飯的老闆娘是十多年前的舊識。她卻認不得我了。十多年的時間全寫在她微微顫抖的雙手上。我看她是兩鬢如霜，她視我呢？恐亦風塵滿面吧！猶記當年一場大水災，年輕莽撞的我們，無視於滔滔的溪水，結伴捲起褲管，涉水到故宮。她立在窗口邊苦口婆心地，斥責我們：

「夭壽！不知死活！會被溪水淹死哦！爸母白飼你啦！這些夭壽囝仔……」

我們猶欣欣然嘻笑以對，全然對她的忠言不加理會。如今，一晃十餘年，看來她已銳氣全無，而我，有時竟恍惚以為自己正立於昔日的窗口，對著一群不知天高地厚的孩子，如伊般痛心的譴責著，疼惜的嘮叨著！人生可眞是奇妙啊！角色的轉移，在歲月不捨晝夜的飛逝中，無聲的進行。而再過十多年後呢？我是不是也似她如今般，雙手微顫、兩鬢飛霜呢？

文學院旁那株亭亭如蓋的楓樹，每到秋日，紅豔豔的，透露著生命盛極而衰的蕭颯，我曾流連在低矮繁茂的枝葉下，編織過無數綺麗的美夢。如今，楓樹已長得壯碩挺拔，只能辛苦的抬頭仰望。那分詩情，遠遠掛在天邊，高不可攀，像我逝去多時的、充滿羅曼蒂克思想的大學生活。

變了！臺北變了，外雙溪變了，而我呢？在人海裡衝撞，自覺一日比一日更近似老舍「駱駝祥子」裡日益沉淪的祥子，又哪裡是往日那個剛烈嚴明的烈性女子呢？如此說來，我又有什麼資格來數落臺北的善變呢！

——一九八七年四月·選自圓神版《今生緣會》

鳳凰花開

小學畢業那天清晨，我穿著前一晚母親爲我漿洗熨燙過的雪白筆挺的制服，和母親一起去參加典禮。迎著拂面薄涼的晨風，我們走在縱貫路兩排綠蔭濃密的行道樹下，遠遠近近俱是紅綠相間的鳳凰木。綠，像天羅地網般，當頭罩下，而那教人吃驚的紅卻似乎直燒灼到天邊似的，一發不可收拾。我牽住母親溫熱的手，恍若行將趕赴一場盛筵。然而，不知怎的，我的心卻無端紛亂了起來，我仰頭朝母親擔心的說：

「媽，糟糕吔！我突然一句也記不得了吔！」

母親在我的手心上使勁的握了握，沉隱堅定的回說：「不會的，不要緊張，你會記得的。」

我們坐上公路局車子，往臺中行去。窗玻璃外，離離的鳳凰木正以一種謙遜的、微微佝僂的姿態，漸次向後倒退了過去，車子愈走愈快，一叢叢的紅，倏忽成爲一隻隻奪樹而出的紅蝴蝶，在藍天中舞將起來。我對著這些蝴蝶，低聲背誦起來：「校長、各位老師、各位貴賓、各位在校的同學們：驪歌初唱，又是鳳凰花開的季節，今天……今天……」

母親一旁提醒我：

「今天，我們即將踏出校門，面對一個嶄新的未來。……」

車子愈行愈快，我如行雲流水般接口背了下去，似乎眞的有那麼個嶄新的未來，正等候在那遙遠的地方。

典禮開始，輪到我代表畢業生致謝辭，在「全體畢業生起立」聲中，我站上前面預先準備好的臺子上，侃侃而談：「校長、各位老師……驪歌初唱，又是鳳凰花開的季節，今天……」

講到這兒，不知怎的，忽然記起那些在天空飛舞的紅蝴蝶，腦中霎時一片空白，頓了約一秒左右，我白著臉，怯怯地轉過身去，慌張地尋找母親。母親在人群中，踮高了腳尖，著急地用無聲的嘴形幫我提辭兒，我看著母親張張闔闔的嘴，卻一句也想不起來。這時，人群裡開始騷動起來，竊竊私語從各個角落傳來，我尋求援助失敗，索性轉回身子，自己胡亂編排起來！

「今天，我們就要畢業了，心裡是既高興、又惶恐……。」

那是我生平第一次不打草稿的即興作文，堪稱纏綿悱惻，說到後來，連我自己都爲之動容，數度哽咽。事情雖然順利收場，可是，對那般瑕疵的開場，母親委實耿耿於懷，整整嘀咕了一個夏天。

典禮過後的第二天清晨，我依然和往常一般，揮著比我還高的掃帚清掃屋前那片似乎永遠都掃不完的落花和落葉，密密勻勻的黃綠葉上，點綴著血色的蝶形鳳凰花，雖是匍匐於地，卻妖嬈依舊，舞姿不改。我忽然想起昨日那番有關鳳凰花開的抵死纏綿的講詞，恍然憬悟到拿著彎若關刀的鳳凰果和鄰童追逐嬉戲的童年歲月，縱然只是昨日，縱是依然歷歷在目，恐已眞的成爲過去，再也追它不回。平日一邊清掃、一邊詛咒的心情，瞬息轉化爲黛玉葬花的悽愴感傷。似乎懵懵懂懂中開始體悟到鳳凰花開和別離眞正的牽連，雖然，這在我的畢業答辭裡早已再三指陳。

那天黃昏，我搬了張小凳，坐在鳳凰樹下乘涼，和風徐徐，不知不覺盹著了。醒來時，飛花落葉竟堆滿了膝上的白裙。正怔忡間，無意瞥見遠方大路的轉彎處，人群蟻聚。我信步踱了過去，原來是該處車禍頻仍，人們爲了祈求平安，集體普渡亡魂來了。成簍的米粉、米、粽子、發糕……等祭品，在迷離的香煙繚繞下，逐漸綴上細碎的鳳凰葉和殷紅的鳳凰花。恍惚中，鳳凰花俱成了亂蘸的鮮血，而魂輕似葉，生死一線，「百年離別在須臾」的感歎，驀然竄上心頭。我擔心這些悠悠盪盪的魂魄，枉死旅途，會不會因此找不到回家的路，不禁悲從中來，倉皇奔回，抱著母親痛哭了一場。鳳凰花開於我的意義，已不僅生離的惆悵，抑且是死別的呑聲。

這些年來，羈旅北地，傳說中，是個鳳凰不開花的城市。每年五、六月間，但見木棉花囂張傲岸的俯視。我在城市中，四處遊走，竟覓不著一朵血色蝴蝶。而故鄉那兩排鳳凰木，也因拓寬馬路，被砍伐殆盡。然而，沒有鳳凰花的世界，生離死別也並不因之銷聲匿跡。驪歌依然年年低唱，黯然銷魂者豈獨畢業典禮？出入殯儀館的次數和年齡的增長成正比。昔時倉皇奔走於鳳凰花下的女孩兒，業已塵土滿面，早非往日情懷，只是啊！當年那份敬謹赴筵的心情，卻如燒灼的鳳凰花般，隨著歲月的流逝，反倒日益明晰，且永不老去。

——一九八九年七月・選自圓神版《紫陌紅塵》

癡狂記事

喇叭褲開始流行的七〇年代，正當我的人生轉捩點。大學快畢業，生命情調鬱躁不安。緊接下來的幾年，事業婚姻俱進入關鍵抉擇。我在每一個岔路上，搔首踟躕、輾轉反側。雖然，我也不能免俗地追隨潮流，換下迷你裙，穿起上窄下寬的喇叭褲，足蹬矮子樂，趕赴每一場生命的盛筵。但是，也許是厚底的鞋子不安穩，也或者是寬飄的褲管本就容易絆腳，那一段風狂雨驟的人生行程，竟成我生命中最顛簸、最不堪回首的記憶。

由外雙溪到西門町；由迷你裙到喇叭褲；由天真浪漫到風塵滿面。大環境有種種的禁忌，周遭的小人際也因之顯得小鼻子小眼睛。任職幼獅編輯的我，經常在作家、學者間打轉，既窺透知識分子矯情的身段，又不自覺間觀摩學習。生活中充滿矛盾，既鄙夷，又像昂首展翅的孔雀般自傲自憐。在仍充斥偶像、英雄的年代，我已對人性的弱點，頗多體會。而生就多情善感，我困坐情愛的愁城，視事業如灰燼，天天準備好如張愛玲小說中的女主角般，只要時機一到，立刻飛蛾撲火似的，談一場悽悽惻惻的戀愛。在悶熱的印刷廠裡，聽收音機不斷地播送姚蘇容咬牙切齒高唱「負心的人」；走在街上，尤雅以稍帶童稚的聲音向世人宣告「往事只能回味」；鄧麗君則顯然樂觀許多，一曲「小城故事」攪得臺北人個個心裡暖暖的，充滿喜和樂。七〇年代，我的世界，除了哼哼熟爛的流行歌曲，就是不停地等待愛情的到來。等電話，等信件，等愛人，而大多時候，等無人。

那些年，我住延平南路底的巷內，是一幢專門出租給女性的小洋房。位於東吳大學城區部的旁邊兒，雙層的建築，隔成一間間的小房。屋內採光不佳，常年黑闃闃的。走道裡，慣常得側身和人擦肩而過，在人人一襲喇叭褲的時期，褲管寬大飄逸，感覺屋內更形擁擠而陰暗。沒仔細算過鼎盛時期住了多少人，但少說總有十餘人在其間穿梭，流動率極高，不時可以發現又有新面孔出現。我和其他三位同住在靠近防火巷的邊間。巷道內，不時有年輕的男子用壓抑的聲音喊叫住在屋裡的女性，偶爾也傳來被潑到水的慘叫及咒罵聲。基於經濟及方便兩方面的考量，我雖然對此環境一直不甚滿意，卻也無力遷移。

記憶中，最大的困擾來自於鄰房的收音機。一位在西門町上班的小姐，每每在下班後的黃昏，便打開錄音機，以相當的音量，反覆地和鳳飛飛的流行歌曲相纏綣。原本對各色音樂俱無成見的，然對如此毫無商量餘地地被迫聽歌，實覺反感至極。可恨的是，當時的我，膽小羞怯，儘管生氣，卻沒敢以任何行動表達心裡的憤恨，甚至在走道的狹路上相逢，仍然鄉願地以笑容相迎，只是很可恥地遷怒鳳飛飛。在鳳飛飛的歌曲席捲整個島嶼的年代，以拒聽、拒唱來唾棄她。

幾年間，我的室友幾度易人。印象最深的是，一位嬌滴滴的女孩兒，成天懶洋洋的，老有一位狀貌勇毅的女友帶一些從美軍俱樂部買出來的化妝品、洗髮精等的東西來拜訪她。據說這位女友已婚，嫁了一位校級美軍。兩位女子常同進同出，狀至親密。一日，大熱天，我從外頭回來，用鑰匙開了門，就一頭闖進屋內，冷不防發現他們二人正擁被高臥。滿頭大汗的我，亦不疑有他，只大聲嚷嚷：

「熱死了！還蓋被子！不嫌熱呀？」

二人神色顯得很不自在的樣子，似乎把被子抱得更緊了，我一邊擦汗，一邊和她們說著話。就在一個轉身之間，突然眼睛的餘光瞥見兩人迅速套上上衣，被子下，居然是兩個赤裸裸的身軀。在那般保守的年代，這一發現眞是非同小可，我唯唯退出門外，靠在洗手間的門上，心裡怦怦跳了許久。從那以後，我再看到那女子，心裡總覺萬分不自在。我認眞地保守著這個秘密許久，苦惱得什麼似的！

住在那兒的最後兩年，同住的是一對姊妹陶天培、陶天惠。另有一位長年掛著耳機聽空中英語教學的新聞系學生周靜珩。四人雖脾胃各自不同，偶有齟齬，卻奇異地培養出相濡以沫的患難情懷。剛自大學畢業的我，白天在幼獅文藝當編輯，夜晚就在隔壁的東吳大學兼任夜間部助教，生活忙碌而空虛。一到假日，慣常外食的「江南小吃店」不做生意，我們要麼就相偕到中華路邊的長沙街去打打牙祭，要麼就偷偷在禁止煮東西的宿舍裡吃火鍋；冬日的夜裡，經常在睡衣上套上大外衣，髮捲上紮上大頭巾，便一路直殺到小南門，去吃一碗熱騰騰的酒釀湯圓，或踱到國軍英雄館前的小巷內，去叫一碗傻瓜乾麵，外加蛋包湯。喇叭褲盛行時，大夥兒一齊搖晃著寬褲管，到西門町瞎逛，順便趕看一場午夜場電影；星期六的晚上，如果都沒有約會，則相約到士林夜市吃大餅包小餅，買一買「彎腰牌」地攤貨；夜裡，則躲在棉被裡流淚、互訴心事、咒罵男人都不是好東西；而一有合意的男士召喚，當下見色忘義，穿著全寢室最美的新衣去赴會，管它衣服的主人同不同意！

前年，我們舉家至洛杉磯旅遊，造訪當年室友中的妹妹——天惠。她突然和兒女提起陳年舊事：一回，中午煮了鍋綠豆湯，夜晚回去發現整鍋湯全被喝光的我，竟然嚎啕大哭起來，讓他們感到十分錯愕，一直到現在還記憶深刻。

回臺北後，我一直思考著，何以一鍋綠豆湯竟能引起這般沸揚的反應？在那闃暗的夜晚，到底是經歷了何等難以言宣的痛苦，以致情緒瀕臨臨界、一觸即發？我翻出了昔時發黃的照片，細細尋找蛛絲馬跡。由穿迷你裙的神采飛揚到喇叭褲上身後，陡然的消瘦黯然。面對鏡頭的臉，滄桑得幽幽忽忽，身子竟似可凌空飛去般。我驀然墮入時光隧道中，跟著往日的足跡前行，方知青春期中的痛楚是如此深沉而無邊，才知再深的悲痛，原來都可以不著痕跡的隨著歲月死去。

一首歌，彷彿名叫「重相逢」的，是我當時最愛唱的：

「重相逢，彷彿在夢中，其實不是夢。還記得幼年時光，你我樂融融。你扮公主，我作英雄，假扮鳳與龍，青梅竹馬，回憶深濃，如今都已成空。」

因爲旋律簡單，歌詞纏綿，深獲聽眾的喜愛。二十年後，我在幾次朋友聚會的卡拉ＯＫ點唱中聽到朋友引吭高歌此曲，竟仍不自覺地喉頭酸哽，可見伴隨著這首歌的所有記憶，全是哽咽吞聲。那些日子，我狂亂的在明知無望的愛情爭奪戰中做垂死的掙扎，希冀一覺醒來，情勢逆轉，奇蹟降臨。而世事原是簡單到明眼一望，便透徹淋漓，哪會有什麼奇蹟呢！我於是日日唱著歌，帶著愛恨交揉的刺痛，白日談笑自若，倔強堅強；夜晚輾轉反側流淚到天明。「重相逢」像一首預言的歌，卻迴異於何其芳「預言」的纏綿，它嘲諷地預言了二十年後的風流雲散：雞尾酒會裡，舊夢如同飄過的風，隔著衣衫鬢影，你冷眼遙望，知當年的痛早早散了，以爲將如江海滔滔，卻連溪水潺潺都不曾。屬於喇叭褲年代的愛恨怨嗔，終於隨著喇叭褲風潮的過去而消逝無蹤。

——一九九七年・選自九歌版《讓我說個故事給你們聽》

回首事如前夕夢

——記在臺中求學的那段日子

小學四年級結束的那年暑假，母親不知道聽了什麼人的恫嚇，突然對我就讀鄉下小學這件事大大不放心起來，於是，千方百計地把我轉學到當時臺中市最負盛名的小學——臺中師範附小，從此，展開了我長達八年的通學生活。

在這之前，我是十足的鄉下土包子，雖然在鄉下小學裡稱霸一方，然而，畢竟沒見識過什麼大場面，乍然投身到五光十色的都會裡，心中的恐懼可想而知，何況，那年我才十歲。

第一天上學，母親帶著我坐上公路局班車，一路講解路線，在當時的第二市場站下車後，左彎右拐地繞到位於民權路的附小，便放下我，兀自回家去了。一整天，我靜靜地坐在自己的位置上，既無心認識周遭的環境，也聽不進任何的課程，心裡一直反覆記憶著早上走來的路線，發愁著晚上或者回不了家。

放學後，我拈著母親爲我買的月票，循線逆向回返，走著走著，果然不出所料地失去了方向，怎麼也尋不回記憶中的目標。害羞的我咬著唇、忍住即將奪眶的淚，在看起來大同小異的街道中倉皇尋索，不敢開口向人問路。天色逐漸暗了下來，昏暗中的街道更加不易辨識，我終於確信自己完全迷失了，驚嚇的眼淚再也藏不住，站在陌生的路口，我一邊詛咒著這個可恨的城市，一邊任憑淚水奔流而下，卻執意不肯向這個城市討饒。就在幾乎絕望之時，忽然瞥見一輛標示著「往豐原」的公路局班車從眼前飛馳而過，我幾乎是沒命似的尾隨其後奔跑，以從來沒有過的快速，方才在另外一個陌生的站牌下擠進了車內。那日回到潭子時，天已經全黑，母親焦急地跑到車站來守候，跳下車的我，涕淚縱橫，和母親緊緊相擁，恍如隔世。臺中市便是以如此「鴨霸」的姿態和我這素面女子初次相逢。

其後的兩年小學生活，就像那日傍晚站在十字路口的心情——充滿了沮喪和悲情。我揹著沉沉的書包不停地在中正路、民族路和民權路間寂寞地走著，不時地追趕著即將發動的汽車。雖然在學校裡的表現依然一如往昔般堪稱傑出——各項語文競賽仍無往不利，甚至站上了全校最風光的指揮位置，但那種自卑的鄉下孩子面對都會小孩強烈優越感凌逼的痛苦卻與日俱增。好強的母親從拮据的家用中，挪錢出來爲我裁做合身的制服、購買流行的鞋襪，制服燙得筆挺，長髮梳理得光潔，讓我和那群出身臺中貴族家庭的孩子站在一起不顯得寒磣。然而，在光鮮的外表下是一顆自卑的、脆弱的心，就算是神氣地站在陽光璀璨的升旗臺上指揮全校唱歌，心情卻慣常是晦暗而苦澀的，長期被孤立的痛楚是用盡苦心的母親一直所不知道的。

考上臺中女中時，舉家欣喜若狂，自然我也是歡喜的，但我的歡喜不在於考上好學校，而在於終於可以脫離那樣一個充滿勢力氣息的苦海。我憤恨地剪碎附小的白色洋裝制服，換上一身的藍，驕傲地走進自由路的臺中女中。但是，我的驕傲並沒能持續太久，對自由過度的欣羨和追求馬上讓我嚐到了惡果——我的功課一落千丈。我拒絕和黏纏如漿糊的數學再作溝通，英文文法又像一扇無法開啓的大門，於是，我放任自己朝抵抗力最小的地方走，耽溺在瓊瑤所織就的愛恨情仇裡，不停地在日記中傾訴無法言宣的同性戀情。每天追趕著火車，並在臺中火車站前和所有的通學生整隊齊行，魚貫地沿著建國路奔向自由（臺中女中位於自由路）。凌波征服臺灣時，我哀怨地坐在教室中，對著同學厚厚的剪貼簿怨恨自己的零用錢太少以至無法和同學競賽對偶像的愛，「我愛西施」的羅美雪妮黛以她那光燦的笑容橫掃臺中市時，我和同學在電影院裡如癡如狂。中央書局和大眾書局是我的最愛，除了搜集明星的照片，就是站在書架前，免費看完一本又一本的言情小說。

初三時，功課仍然沒有起色。著急的母親又透過重重的關係，把我送進了當時臺中最有名的柯萬蛟英文補習班，因爲憑著我那時的英文成績，是無法進入那個專門搜集菁英分子的補習班的。英文班全用英文教學，偶爾才摻雜稀有的幾句中文。柯老師的女兒是我的小學同學，進入之後，我才赫然發現班上多是小學舊識，這一驚眞正非同小可。昔日的自卑再無光采的表現以資掩飾，每日由前方傳回的微薄分數的英文考卷將它暴露得赤裸裸的。每逢必須補習那天，心情便掉入萬丈深淵似的，沮喪透頂。唯一值得告慰的是，那日可以在四姨家吃一頓比家中豐盛甚多的晚餐。精神上的極度空虛緊張，全仗狼呑虎嚥來補充。然而，亢奮的晚餐過後，依舊得經過長長的暗路到一個更沒有光明的地方。我從林森路的四姨家，一路踱蹀至位於柳川邊的補習班，黝黑的巷道一如我陰暗的心，我總是走得極慢極慢，期待地震、嚮往風災、祈禱水患，甚至壞心腸地詛咒老師頭疼或肚子痛什麼的，但是，不管如何，我還是得走進那個沒能聽懂幾句的世界裡去接受煎熬。像一個出身豪門世家的女兒突然在結婚多年後被發現幾十口陪嫁的箱子內原來空空如也。

其實，補習班的柯老師是很風趣的，天生一張笑臉。我常想，如果不是和他學習英文，我一定是會很喜歡他的。他往往從一進門，便開始說笑話，同學們笑聲連連，我卻只聽到幾個破碎的單字，初始，我總假裝聽懂般的隨著大夥兒發笑，多半時，我在腦中努力地由聽來的有限單字去拼湊內容，最後那一段時間，我索性全盤放棄。

一回，老師決定讓同學分組上臺授課，用的教材是英文版《讀者文摘》。同學們每人分配一段，不管解釋單字或課文全用英文進行。爲了不在臺上發窘，我努力準備著，刻鋼版、發講義，在家裡對著鏡子再三練習。記得是一篇叫〈I SHOT DOWN YAMAMOTO〉的文章，因爲準備充分，平日又常有演說機會，倒沒有太大的壓力。除了三、四句用中文補充翻譯外，全部使用英語，同學提出的問題，也算應對得體，自認表現不算太差，應該會得到嘉許，誰知老師講評時，第一句竟說：

「廖同學的國語很標準。」

全班同學哄堂大笑。我一時之間無法辨識這句話到底是讚美抑或諷刺，只好跟著胡亂發笑。回家途中，這句話一直在腦中盤旋，自卑的我左思右想，終於判定它是一句不懷好意的揶揄。坐在暗暗的車廂中，我默默地流淚，心酸得無以復加，決定就算被母親打死，也絕不再踏入那個補習班一步。

高中聯考終於全盤皆墨。雖在意料之中，卻仍然震驚不已。幸而因招生不足，有些學校又進行二次招生，方才抑鬱地進入郊區的豐原中學就讀。因爲慘痛的教訓，再不敢掉以輕心，一年後，又藉由轉學考重新踏入臺中女中的大門。

離開臺中市的那一年，我發現自己竟強烈地思念著它。儘管有關臺中的種種記憶，幾乎尋不出幾樁可喜的事，然而，挫敗的經驗經由歲月的發酵，竟膨脹成一種悲壯的快感，隔著一重城市遙遙向我招手。我恨它，又難以拒絕它的誘惑，那一年裡，我禁止自己涉足臺中，卻又悄悄地注意著臺中的種種動態，對著穿著綠色制服的女中學生吞嚥悲情的苦水。

於是，我又重新踏進自由路。回到女中的第一天，才踏入校門，就晤見美麗的何校長端凝的迎面而來，驀地一陣心酸，我險險落下淚來，像迷途的孩子乍然見到睽隔許久的親人。

那年招收的轉學生特別多，校園中有耳語流傳著，說是為了確保某位校內職員的女兒上榜，只好將成績在她前頭的人統統錄取，我們於是託她之幸被收容了進去。以此之故，其後我每次見到那位享有特權的同學，總不忘投以感激的眼光。這些轉學生中，除了極少數確實是因家庭遷徙的緣故而轉學外，大部分和我一樣，是當年大意失荊州，被迫落草為寇的。學校將這群重回京城的英雄好漢全編入同一班，個個頭角崢嶸，惹人注目。因為被貼著「轉學生」的標籤，反而格外奮發。高三那年，如今號稱「豪爽女人」的何春蕤代表我們班參加英語演講比賽，贏得亞軍；不旋踵，我亦出賽國語即席演講，亦忝列第二，全班出席聽講同學都憤恨不平，認為評審預存成見，偏袒直升班那些天之驕子，刻意不讓轉學生稱雄，情緒沸沸揚揚，幾乎無法收拾。

高三時，遇到兩位讓我終身難忘的老師，一位是目前在逢甲大學教授詩詞的劉克寬老師，一位是現任師大歷史系主任的王仲孚老師。是劉老師在周會時的一場精闢的演說把我帶入中國文學豐美的殿堂，那種振聾發聵的驚喜，至今難忘。其後，他擔任我們的國文老師，非但帶領我們細細品味文學的滋味，並且對我的學習頗多策勉。劉老師或者不知道他的鼓勵如何激動著一顆年輕的心，但我卻深刻記憶著一次他在迴廊中語帶嘉許地朝我說：

「你的國文程度很不錯，好好用功！」

出自一位素所崇敬的教師之口的這句話，變成日後我抉擇人生時重要的聲音。王仲孚老師當時正直雄姿英發、羽扇綸巾的年歲，上課時，經常旁徵博引，把枯燥的歷史課上得既富文學氣息又具哲學意味，這對鎮日只知爲聯考死背課文的我們而言，是一個全新的經驗，他爲我們開了另一扇的窗子。

多年的通學生活因著大專聯考的結束而宣告中止。我背著父母偷偷地把臺中的大學從我的志願卡上悉數剔除，臺中於我，是一點點的感動和歲月也沖刷不去的大片心酸。五十七年夏天結束後，我便坐上北上的火車，揮手鄭重向臺中告別，也從此告別那一段慘綠的少年生涯。

——一九九四年十二月・選自九歌版《如果記憶像風》

年少抛人容易去

從十八歲負笈北上，就一直和臺北結下了夾纏不清的關係。說不出是愛是恨，就這麼一路糾纏了下來，也曾像失和的夫妻般，發恨出走，但要不了多久，便又悻悻然拎了包袱，不請自回。幾近三十年，我在臺北的街頭殺進殺出：裝模作樣的參加雞尾酒會、虛張聲勢的和莽撞的司機在街角議論、在隨時可能濺得你滿腳泥濘的紅磚地上一腳長一腳短的趕路、坐在富麗堂皇的國家劇院裡觀賞世界級的芭蕾演出，或者推開街角咖啡屋暗色的玻璃門，點一杯熱騰騰的義大利濃縮咖啡……常常，我誤以為自己原就是臺北人。

和臺北完全沒有蜜月期，似乎從一開始就有著適應上的尷尬。那年秋天，年少的我，懷抱著且喜且懼的忐忑心情北上就學。因著長途的車程而顯得一臉灰敗，扛著棉被、提著笨重行李，一出火車站，就被臺北的車水馬龍給弄得眼花撩亂。像甫進大觀園的劉姥姥般，站在街心，狼狽失措，好不容易從車陣中殺出一條血路來，卻招來計程車司機怒目相向，許久之後，我這個鄉下來的土包子才弄清楚行人必須走天橋過街。那是我第二回上臺北，距初中畢業旅行的首次臺北之行才三年之久，臺北的天空卻彷彿失去了昔日的光彩，張皇的心情取代了雀躍，滿眼望去，盡是悲涼蕭索。

然而，任是如何水土不服，青春年少的歲月依舊一路迤邐展開。扞格不入的城市鄉巴佬，終究也在鬧過無數笑話後，與臺北培養出共存共榮的同舟一命情懷。

女人的都市化由服裝始，同樣是迷你裙，到了臺北，便短幾分。莫小看那分毫之別，校園中，北、中、南三區校友會便依裙裾長短來辨識同鄉。士林的夜市，是窮學生的最愛，同一件「彎腰牌」（地攤貨）的衣服，輪流穿在不同的赴約女同學身上，看得男生是目瞪口呆，莫明所以，甚至竊竊私語，以爲是最新流行。那般窘困的年代，劫富濟貧的俠義之風在校園的女生宿舍的衣櫃裡被切實的落實著，圍著新買的衣服輪番試穿，成爲最熱門的課外活動。那年，旅居日本的堂兄回臺，贈我一件超短迷你裙，同寢室的、隔壁寢室的同學皆來湊興試穿，實在是太短了！眾人都咋舌搖頭。我搔首踟躕良久，突破心防，在外雙溪的暗夜，喜孜孜的招搖行走，自認終於走入臺北人的行列，第二天早晨穿上、脫下，反反覆覆數回合，終究怏怏然將它摺入箱中，從此不讓它再見天日，第一回合的都市化行動終告失敗。

民以食爲天，吃，原是再自然不過的事，然而，上臺北的第一餐，我就確切覺悟到後患必將無窮。在家裡，兄姊合計六口，吃起飯來，猶如風捲殘雲，可謂勢如破竹，大夥兒競以多碗爲能，一餐三大碗是尋常事，哪知，到了臺北，自助餐店裡，女生多半只吃半碗米飯，我廁身點菜行列，聽得前列鶯聲燕語，心中暗暗叫苦，莫說半碗，即便是一大碗，對我這大胃王而言，亦是不夠塞牙縫啊！輪到添飯處，我張口結舌、久久才鼓起勇氣，低聲答道：「一碗」，老闆訝然擡頭，高聲再問：「啊！多少？」我陡然敏感到身後有一對對驚訝的眼睛正齊齊向我射來，面頰霎時脹紅起來，只好頹然改口爲「半碗」。有好長一段日子，我夜夜提早上床，只爲抗拒難耐的飢火，然而，飢火卻常在夜半不留情的向我襲來。除了臉皮薄外，事實上，家中供應的拮据伙食費，才是常常飽嘗飢餓滋味的主因。我必須把少得可憐的費用做最經濟的安排，每頓自助餐，只有兩元五角的用度，我嚴格的自我把關，規定一葷一素，外加半碗飯。有時因一時不察，誤將炒了些許肉絲的葷菜當作素菜點，以至超過預算，常常得懊惱反省達一星期以上，其困窘由此可見一斑。

當時，姊姊在鐵路局上班，薪水皆如數寄回家用，我也不敢期望資助，只是，有時實在饞得厲害，便厚顏往她處假意逗留。一回，她夾帶我同去伊朋友家中，朋友做了鍋紅燒肉，因天色已晚，怕我回校太晚，示意我先行下箸，我因長期飢餓，便老實不客氣的吃將起來，等朋友端了第二道菜上來時，我已經結結實實三碗飯下肚，朋友驚嚇得悄聲問姊姊：

「你妹是從哪裡放出來的？」

似乎就在那年的冬日，我無意之中看到張愛玲秧歌對飢餓的刻畫，竟覺十分眼熟，想到多少日子以來，一日三餐，餐餐虎虎的被當成大事來期待，不覺怔怔掉下淚來。自那之後，對食物的渴望，便逐漸淡了下來。半年後，我終於不須絲毫勉強的加入半碗飯行列，沒想到，我第一宗的都市化行動竟起始於難度最高的飯量。

正是少女懷春的年歲。外雙溪女生宿舍前的短命坡又陡又長，卻擋不住朝聖的男子，尤其自從張曉風老師成為林治平師丈「最甜蜜的負荷」後，短命坡上的黃昏，就越發的纏綿悱惻，不但越挫越勇的男同學力爭上「坡」，連一向道貌岸然的年輕男老師也奮勇的加入站崗行列，一時坡上佳話頻傳，當然，受挫者的失魂落魄也難逃好事者的加油添醋、口耳騰播，多年後仍不免成為中年臺北人同學會裡共同的回憶。

我日日高踞宿舍的大窗前，貪看小小的人間風景。愛恨怨嗔不斷在眼底飄過，不足為外人道的對白馬王子的企盼幽幽在心底升起。然而，內心愈熾熱，形之於外的卻愈冷峻，我不斷的、謹慎的在日記中用只有自己才看得懂的文字編織美夢、虛構情節，偶爾也有一、兩位敢死隊尋得藉口，上坡前來致意，總教我冷冷的言語推下坡去，再也沒有回頭。保守的校園，只有勇於衝撞、不惜受傷者才能擁有希望，而我，思想儘管乖張，行動卻無比拘謹，怕疼怕痛的人，在那個年代只適合坐看風景，注定無法成為風景。

然而，既成了吃半碗飯的臺北人，終究還是得加入都市的爭戰。離了校園，失了學生身分的屏障，我也奮不顧身的投身最熱鬧的競爭中，不管愛情或飯碗，都使出渾身解數。奈何時不我與，越是怕疼怕痛，往往越疼越痛。拚命吐絲結網，一不小心，卻把自己困在阡陌縱橫的網裡，動彈不得。幸得愛國東路上的路樹垂蔭，尚可提供少許清涼，止痛療傷端賴樹蔭下友情款款的慰藉，人生的加油站所供應的最大宗油料，不分高級或普通，統統是傷心人最迫切需求的遺忘。

走累了，歇歇腳吧！幸好還沒有忘記如何遺忘！把雜沓的事務從腦中清除，我帶著空空的腦袋進入婚姻中歇腳，柴米油鹽醬醋茶「嘩！」的一聲，全灌了進來。全新的經驗！我喜歡。我躲進廚房裡，用小火認眞的燉著排骨湯，仔細的拿抹布擦拭窗櫺上的灰塵，到市場裡和菜販比口才，含淚在浴缸裡和生龍活虎的鯉魚做殊死戰……在那邊跌倒，想法在這邊爬起，如果沒有練就這般本事，臺北高樓處處，巷道裡豈不要屍骨橫陳！

雖說「年少抛人容易去」，然而，充滿活力的年輕臺北使得居住這兒的人也不好意思太快老去。兒女接續到來，桃李雖不敢謂滿天下，但十多年下來，也差堪和孔老夫子比擬，在兒女和學生的追趕下，昔日「烈女」尖銳的上揚線條，如今俱成下垂的慈眉善目。可奇怪的是，大夥兒見面，總習慣說：「你怎麼越來越年輕？」我不夠聰明，照著鏡子，不知道這話從何說起：可是，我又不是太笨，還知道選擇性的相信別人不是太壞的事，因爲這話聽來總讓我通體舒泰，世界有一些謊言絕對是健康的。

到底誰才是臺北人？車行經過火焰山，天空霎時晴朗起來，我驕傲的向同是來自臺中的外子說：「你看！我們臺中的天氣就是跟他們臺北不一樣！」回到了老家，甫下車，散步的鄰居迎上前來，道：「你們臺北的天氣怎麼樣？有像我們臺中這樣好嗎？」你們臺北？到底誰才是臺北人！劉克莊詞云：「客舍似家家似寄」，也許從我負笈北上的那年起，就注定是永遠的年輕臺北人吧。

——一九九六年六月・選自九歌版《如果記憶像風》

年過五十

年過五十的心情，眞是百味雜陳，說也說不清。黃昏時分，我日日踞坐電腦桌前，將自己童稚、少年及中年的光燦笑容一一掃瞄進蘋果電腦裡，夕陽在護目鏡裡一點一點沉落，電腦銀幕的深處，反射出一張既悵惘又失落的面容。Photoshop裡的橡皮擦，除去了照片裡伊人的皺紋，卻抹不去現實人生中的黑癍。樂觀竟然和失眠共存！失眠居然和發胖比肩，發胖奇異地與皺紋共生，皺紋又弔詭地和慈眉善目如影隨形！……五十歲後的女人，就是以這樣光怪陸離的矛盾，遲緩而乏力地和歲月拔河，且注定向老邁一路傾斜過去，無論周遭的人如何信誓旦旦地稱讚你看起來依然年輕。

年過半百後，心境有了奇妙的轉變。許多以往錙銖必較的，如今漫不經心，譬如友誼或愛情；有些昔日滿不在乎的，現在觸目心驚，譬如皺紋或贅肉。改考卷時，最痛恨學生在文章裡動輒稱呼「五十老嫗」、「半百老翁」；看電視時，最討厭主播動輒重播獨居老人萎死家中、多日無人聞問的畫面。十八歲的時候，曾經因爲厭惡年老色衰，發誓絕不苟活，決定只要年過三十，即刻引火自焚或切腹自盡，效法日本武士道精神，留下雖然未必燦爛卻仍舊富於青春的容顏。所以，三十歲過得最久、最纏綿，一直捨不得鬆口，忝顏延長到接近三十又五，才悻悻然改口道：「燦爛不必一定年輕，成熟往往更具風韻」；四十歲後，還能和親朋笑談肌肉日漸鬆弛、記憶逐漸模糊；五十過後，明顯開始避談與衰老相關話題，只一味向人展示歸納分析能力！可心底老不安寧，明明自幼就丟三落四，現在只要一找東西，便慌張地以爲老年癡呆症忽焉來臨。

年過半百，心腸變得像鋼鐵一樣堅硬，卻又易碎如透明的水晶。生命裡的原則大體底定，固然不大願意接受委屈，也從未想到佔便宜。以往，每到暑假，總和一干成績被當的學生纏綿悱惻。這些年，再沒有做過到教務會議去承認分數計算錯誤以拯救出局學生的行徑。吃了秤鉈鐵了心！視學生提前出局爲另類轉型。雖然沒有以關機或拒接電話來杜絕求情，但是，凡來關說者，我一律跳脫攸關分數的所有黏纏辯證，立刻轉移焦點，逕自切入「危機即是轉機」的勸勉，絕不讓對方有可乘之機。然而，嚴詞拒絕過後，一想到家長的焦慮、學生的悔恨，心裡往往糾結拉扯，不是食不下嚥，就是在暗夜裡睜眼到天明。生活裡小小的溫情，經常被擴大爲了不得的善意；人際間的扞格，又常常被縮小成無意間的擦槍走火。學生情感受挫，紅著眼眶到研究室來尋求援助時，我的眼淚總是多過自來水，非但無法善盡開導的重責，還哭得比學生更傷心！到頭來，甚至還得勞煩學生反過來安慰、輔導，並賭咒、發誓一定莊敬自強，請老師切莫淚淋淋！

年過五十，了然個體獨立的理論，夸夸宣言不再干涉兒女的行動，刻意維持開放、開明的假象，卻在兒女遲歸時，焦慮得差點兒撞牆！在他們考不上大學時幾乎抓狂！這時，才恍然大悟人們以「婆婆媽媽」來形容瑣碎囉唆的行徑，並非刻意污衊女性，的確是其來有自。原本溫柔優雅的女性，年過五十，還能維持從容身段者幾希！養兒不再防老，養兒的最大功效，在培養大人動心忍性。五十歲的女人多半擁有業已成年、卻依然幼稚的兒女，這種可大、可小的彈性，被孩子們耍弄得淋漓盡致！當不肯受約束時，他們會即刻搬出民法中的「成年」定義來爭取自由；需要金錢資助時，卻又馬上降回依人小鳥，口口聲聲親情無價、母愛至上，揭櫫同舟絕對必須共濟！父母和兒女兩造交鋒，最容易見證臺灣民主開放教育的成效。兒女伶俐、便給的口齒和父母夾纏、矛盾的邏輯，恰恰是五十歲母親情緒崩潰的元兇，也是民主進步的見證。五十歲的女人成天在斷絕母子關係和修葺親情間苦苦掙扎！花最多時間在賭咒、發誓和悔恨上，轉眼卻又被兒女不經意的甜蜜輕易收服。

年過五十，雖不至於萬念俱灰，卻眞是心如止水。再沒有小鹿亂撞的激情，只有笑看、旁觀的怡然。人生諸多情緣俱皆化爲涓涓流水，既無過不去的敵人，自然也談不上莫逆，眞誠服膺所謂的「君子之交淡如水」！對美麗有幾近病態的喜愛，對醜陋卻也無所謂能不能忍受。年過五十，完全明白人生無法求全的缺憾，逐漸能易位思考，對荒謬微笑、和遺憾握手！以往，自認聰慧靈敏、身手矯捷，總想不明白，何以開車行經收費站，十有九次，怎麼先生老選擇最長的隊伍等候！忍不住建議他見縫插針，改變跑道；而他一貫我行我素，擇一而棲，不肯輕易更換。他的理由是：

「橫豎總會輪到，選擇了，便得安心鵠候，不要三心二意。否則，臨時更換跑道，擾亂了行車的秩序不說，還得擔負相當的風險。」

對這樣的說詞，我一貫嗤之以鼻，以爲虛詞詭辯，不過是爲反應遲鈍找藉口罷了！歲月無聲流去，他一逕慢條斯理，個性躁急的我卻在移動的光陰中逐漸領略了不疾不徐、按部就班的不易。一日，在收費站前的長龍中，忽然頓悟，丈夫不肯更換跑道原來是一項值得稱頌再三的德行，否則以我的暴烈、懶惰與苟且習性，若另一半缺少耐性，怕早就連夜潛逃無蹤，細數起來，收費站前的車陣哪有我的缺點來得多！

年過半百，對個人的要求越來越少，對公義的追求卻越來越熱烈。因爲知道人性的脆弱，所以，對別人逐漸有了同情的理解；也因爲洞悉人性的弱點，理解沒有了制度，難以規範人心，所以，對社會的制度及公義越發求全。年少時的獨善其身，有了「姑息養奸」的新解，威權體制下被壓抑的情緒，隨著閱歷的增長悄悄蓄積成爆發力十足的多管閒事：投書、打電話抗議、貼海報、寫文章論辯……就只差沒綁白布條上街頭抗爭，熱血奔騰、桀驁不馴強過青春期的少年！

年過半百後，忽然萌生前所未有的好奇心與求知慾，推開保守、屛棄成見，銳意和新世界接軌！不認輸地追趕新資訊，頑強地和日益消退的腦力抗爭！我低聲下氣向兒女請益，只爲操作電腦軟體；孜孜向學生叩問，只是不願被時代遠遠拋棄！我勇敢嘗試上網教學，讓鍵盤替代黑板、螢光幕取代教室；利用最新電腦科技，以文字和圖片儲存最最古老的記憶。我像海綿一樣，急急吸水，哪管水源來自何方！然而，匍匐前行之際，畢竟還是難免頻頻回顧。吐納之時，雖偶露疲態，顯得氣喘吁吁，卻不改顧盼自雄、旁若無人，完全不去想人生伊於胡底。

年過五十，以平均年齡分析，生命已向頹勢逐漸歪斜。以人生歷練歸納，智慧經驗正臻高地。五十歲，說老，不算太老；說年輕，可不年輕！以往在筵席，總是敬陪末座，如今步步高升，距離首席不到幾張椅。負責僥首稱是的時代已然過去，最新任務是絞盡腦汁開闢話題。生活的重心逐漸由情感的斟酌轉移到器官的救濟。一桌子吃飯，總有不識相的人開始爲你計算卡洛里；當你體態略顯豐腴，即刻有人建議你到健身俱樂部去鍛鍊身體；當你步履稍微蹣跚，立即有人提醒你應該及時休息。可我才不甘心老在這未老先衰的議題裡打轉，春陽和煦、夏日鷹揚、秋高氣爽、冬月映雪，四季各有其輝煌燦爛，若放眼不見繁花盛景，豎耳聽不到鶯啼燕囀，開口只道八卦短長，如何能跟蘇東坡一樣，在晴時多雲偶陣雨的人生風雨中，從容地策杖吟嘯徐行！

年過五十，雖然越來越貪生怕死，卻從未認眞從事攸關延長壽命的任何活動，五穀依舊不分、四體越發不勤。飯桌上，絕不煞風景地拒絕肥碩欲滴的蹄膀，平日喝咖啡像倒開水，電腦桌前一坐便是大半天。乾眼症跟著五十肩，胃痛加上失眠，我都視之爲天將降大任的考驗。啊！年過半百，其實已胸無大志，一點也不想兼善天下，既沒有本事做大官，也不想聽國父的話去做大事，只偷偷祈求一點點的榮華，一些些的富貴，少少的美貌和一位跑不掉的丈夫。

——二○○二年八月・選自二魚版《五十歲的公主》

輯二

如果記憶像風

突然一陣風吹過來，
把紙灰一古腦全吹上了天空，
女兒惘然望著蒼天，
幽幽地說：
「如果記憶像風就好了。」
記憶真的會像風嗎？

我們明年一起去看花

爸媽跟隨旅行團去美國西部觀光十多天，我們兄弟姊妹全都提心吊膽的，國際電話一路追蹤到底。近年來，父親身體狀況一天不如一天，尤其自前些年切除攝護腺手術失敗後，原就仙風道骨的身子就愈發弱不禁風了。今年春節，舉家團聚，父親憮憮歪坐沙發上，突然宣佈要參加旅行團到美西遊覽，大夥兒都嚇了一跳。走不了幾步路就氣喘吁吁的人，怎堪舟車勞頓？於是，兄弟姊妹不約而同同聲勸阻。父親一向固執，說一不二，這回也不例外，他語帶悲涼的說：

「今年不去，明年更加無體力，以後免想再去，一世人都無機會再去旅行了。」

他這樣一說，我們倒不便再表反對。只偷偷盼望他自我評量後，自行打退堂鼓。沒想到，父親言出必行，對這樁壯舉既認眞且執著，他一反昔日的自暴自棄，開始有計畫的訓練體力，每天拉長一些散步的距離，並把自手術後即交由母親全權管理的滿園蘭花又重新接手過去。我們每隔一些時日回去，他總是喜孜孜的向我們宣告：

「最近早上散步，我又可以多走十分鐘。」

久未整理的蘭花，在他重整旗鼓的細心調理下，也恢復了往日的生機。而父親的體力，經過這一番振作，倒眞是日有進境，這意外的收穫，完全始料未及。然而，畢竟是七十三歲了，加上病痛前科太多，一生住院不下二十次，大小手術少說動了有十餘回，回回驚心動魄，車禍撞斷了手、胃出血、白內障、關節炎、腦中風，光攝護腺就開了三次刀，身體器官幾乎找不到一件沒動過手腳的，手術的紀錄，連醫生都看傻了眼。帶著這樣的身體狀況遠行，怎不教人擔心！臨上飛機的前幾天，我們一邊試圖最後的勸阻，一邊帶他到醫院補充幾支營養針以加強體力，他便在眾人憂心忡忡中，上了飛機。

儘管在國際電話裡，母親再三強調父親情況不錯，我們總懷疑那是安慰之辭。去機場接機途中，兒子就曾擔心的問我：

「外公會不會被人用擔架抬下來？」

我雖然指斥他一派胡言，說實話，心裡並不排除這種可能。沒想到，父親由出境處出來時，居然神采奕奕，豪情萬丈的告訴我們：

「夭壽哩！未曉英語攏未通呢！從今日起，我要開始學英語，我就不信學未曉。明年我準備去美東，美東去了，去歐洲。……」

我們都被他這番豪情壯語給逗得前俯後仰、樂不可支。原來，爸爸在夏威夷機場，不知何故，竟然跟丟了隊伍。在偌大的機場中，四處奔走找尋，舉目無親，有口難言，幾乎重演楊四郎淪落番邦的歷史。他自己驚慌不說，更把年輕的女導遊嚇得淚眼汪汪，最後幸賴國內旅行同業齊心「追緝」，才在飛機起飛前一剎那，安全「落網」，差點兒沒把媽媽的心臟病給嚇了出來。

父親渾身是病，說起來全無天理。他不煙不酒，酒色財氣全不沾染，一生律己最嚴，喜愛球類運動和下棋、種花，吃東西全按健康食譜指示，隨時留心最新醫學知識。這樣的人居然招來這許多毛病，難怪母親每回看到報章雜誌或者電視上某些醫學報導，總要癟著嘴，鄙夷的說：

「莫聽這些人黑白講，你看你爸爸就知。這莫敢呷，那莫敢喝，一日到闇去運動，結果哩？敢有比別人卡勇？……」

爸爸年輕時是運動健將，游泳、乒乓球都是能手。中年以後，改打網球，也打得有聲有色，家裡的獎盃幾乎氾濫成災。我偶爾到球場去看他，他的球友，不拘老小，總是豎起大拇指，對我說：

「你爸有夠厲害，體力好，技術嶄！」

我表面靦覥稱謝，其實內心不無驕傲。他每天清晨即起，風雨無阻，在六十九歲中風的那一天，猶馳騁球場上，因此，對自己的突然中風，格外不能接受。在復健期間，曾誓言必重拾球拍，誰知復健雖日有進步，接連三次的攝護腺手術，卻使他元氣大傷，我們雖再三鼓勵他，給他打氣，但他自知雄姿不再英發，每天淨對著一櫃子兒女自國外爲他買回的網球徒呼奈何。英雄末路，原就是最教人難堪的呀！

一日，我由北部返家，父親蹣跚前來應門，我緊隨其後進入院中，父親穿著痲紗衫褲，褲管在風中飄飄若揭，裡面竟似渾然無物，他佝僂的背影及氣若游絲的對答，幾度招得我雙眼發熱，淚眼模糊。進得屋裡，他把自己重重摔進沙發中，喘息不已。褲管隨著坐下的姿勢而上升，駭然露出兩隻細瘦的小腿，幾乎只是皮包著骨頭，我憮然不語，驚痛疾病的殺傷力竟是如此鉅大。父親啞著聲音，有氣無力的指著他最珍愛的那支網球拍及一大櫃子的網球說：

「回北部時，把這支球拍及球攏總拿去給你三姊，我這世人恐驚沒法度再打球了。」

言之心傷，竟至嘴角微顫。我低下頭，緊緊咬住嘴唇，不敢說一句話。我怕一開口，眼淚便要一發不可收拾。爸爸那支網球拍，在以前，別人是輕易摸它不得的。如今，竟連它也不再留下，恐怕是徹底地死了心，再也不肯努力了。

我垂著眼，踱進裡屋，眼淚再也忍不住紛紛落下。母親當時正在廚房準備晚餐，笑著撫著我的肩膀安慰我：

「歹人長命！你免煩惱啦！你無看到伊和我相罵的時陣，聲音多大喲！丹田多有力喲！是你轉來，伊在向你撒嬌啦！……」

第二天早晨，我和母親一同上市場買菜，提著重重的菜籃子才轉進巷子口，就聽到父親扯著嗓門，大聲喊著：

「無人安捏啦！起手無回啦！起手無回啦！……」

母親和我相視大笑。早晨的空氣中漾滿了淡淡的桂花香，在寧靜平和的巷道中，聽到父親生機勃發的爭執聲，我覺得快樂而安心。不能打球畢竟不是世界末日，至少還可以下棋呀！

父親是個棋迷，年輕時，不管在哪裡看到有棋局，雙腳便再也走不開。印象中，母親常爲此和他爭吵。大多是星期天早晨，母親買菜回來，發現少了薑蒜之類的，央請父親再去補充。父親騎上腳踏車前往附近的市場，常常一去一整天，連午飯都沒吃。一直到天黑了，全家人餓著肚子鵠候，他才面有愧色的回家，心虛得連母親的臉都不敢看一眼，一頭鑽進廚房，添了飯便吃，完全不知道大夥都仍餓著肚子等他，這樣的行徑更激起母親強烈的不滿，事後，經常被一連嘮叨好些天。然而，父親仍樂此不疲，他並非不知道事情的嚴重後果，只是，見了有棋局，便什麼都忘了，我曾幾次奉命前去找他回來，發現他多半時間並不下，只是看，看棋等於下兩邊，父親完全不是觀棋不語的眞君子。

父親下棋是家中最熱鬧的時刻。他絕不做長考沉思，和我們在電視上看到的棋王對決，完全不一樣，他舉重若輕，一路過關斬將，殺伐之聲不絕於耳，我們開車由北部返家，車子一繞進巷子，常聽到父親亢奮的聲音：「給你死！看你逃到哪裡！哈哈！莫活啦！死了啦！死了啦！無救了！……」

女兒一聽，便高興的說：

「外公在家！外公又在殺人了！」

父親做事就像他下棋、打球一般，絕對專注投入。六十二歲時，突然發願學開車，每天頂著太陽到教練場，晚上回家，還用鐵絲自製了個假方向盤，左一圈、右一圈的練習。常常滿頭大汗的從教練場回來，無限懊惱的說：

「人老了，反應卡慢，常常讓教練打手打腳，教練講我一定會給伊漏氣！影響伊的成績！」

爲了減少看教練的臉色，他像一個勤奮的小學生般，鎮日裡，喃喃背誦交通規則，不斷練習操作假方向盤，並不時買些禮物巴結老師。皇天不負苦心人，筆試、路試全都一舉便成，當天回來，意興風發，口風全改：

「你莫看我年紀大，反應快得很哪！同時應考的有十位，才四人考過哪！無簡單哩！」

在練車期間，父親已迫不及待的託二哥買了部車子回來。車子一直擱在院子裡，父親天天勤加擦拭，就等路試過後一展身手，誰知駕照到手後才兩天，父親騎摩托車肇事，撞斷了一隻手，趁著住院期間，母親做主，連夜拍賣，從此斷送了父親的開車夢。然而，他從未忘記過他那段光榮的紀錄，每每聽到誰考駕照未成，便以不可一世的神情說：

「哎喲！實在有夠飯桶！我六十二歲考駕照，一考就過！簡單啊！」

父親一生耿直率眞，說話全不修飾，這一點最讓凡事力求周到的母親感到困擾，往往父親花一秒鐘講過的話，母親要在事後用三十分鐘來解釋、善後。譬如，在家族中，父親輩分最高，每逢中秋節，甥姪輩禮數周到，常備禮來訪，帶的多是月餅。父親就曾當著一位姪輩面前，不悅的說：

「送月餅作啥！吃也吃不了，最後還不是攏總丢掉！」

害得送禮者尷尬萬分，母親在一旁急得跳腳。客人走後，兩人不免一番爭吵。第二年中秋，親朋好友風聞其事，全改送水果，父親沾沾自喜的向母親說：

「你看！果然有效！你還怪我講話太直，不直的話，今年還不是一厝內的月餅！」

我上大學時，生活非常拮据。有一年的父親節，我省吃儉用存錢，外加一些稿費，上街爲父親買了件短袖高級的美好挺襯衫。美好挺在我當時的心目中，是非常昂貴的。我興沖沖充滿期待的回家，雙手奉上。父親當場拆開後，只簡淨的說：「短袖的！丢掉算了，誰穿呀！」

我呆立一旁，不知所措，年輕易感的心幾乎碎成片片。母親在旁，聞之大怒，罵道：

「沒看過像你這種老父！講這是什麼話！好心好意送給你，反倒轉去給雷打！」

「本來就是啊！我不會講假話，本來就是，短袖，誰穿！」

我含淚把它掛進父親的衣櫥，發現櫥內一式長袖襯衫，才恍然大悟自己的活該挨罵。原來父親罹患風濕，早已多年不穿短袖，而我這做女兒的，卻一直視若無睹，這無心之過，對當時急於表達孝心的我，無疑是當頭棒喝！

然而，父親亦不盡然魯直無文，有時，也自有其溫柔多情。前年春節，他有感於母親一生侍候他的辛勞，首度運用私房錢，於除夕夜，送給母親一盒粉餅，並發表情文並茂感言一篇，結論是：

「我這世人不曾送你老母禮物，今日的粉餅，完全是用我的私房錢買的，人講『禮輕情意重』，希望你老母愈抹愈水，愈來愈少年。我今日鄭重發誓，從今日起，我攏總讓伊，一定不再和伊相罵。」

母親當然是感動得涕泗縱橫啦！然而，過沒幾天，父親似乎又忘了他的誓言，仍不時和母親大眼瞪小眼，我們如果以當日見證人的身分相責，他必振振有辭說：

「我是眞有誠意的。但是，你們攏不知，你老母有多兇，伊少年的時候，剪破我的西裝哪！沒法度忍耐啦……」

如此無法忍耐的人，也共同攜手在人生行道上行走五十餘年，他們愈吵愈分不開。說實話，父親是幸運的，他在母親跟前，其實只是個偶爾使使性子的小孩。他一生只管盡其在我，悉數繳上薪水袋，至於夠或不夠，全與他不相干。母親的能幹，把他嬌寵成一個在家事上完全低能的人。活到七十餘歲，尚且不知如何用大同電鍋煮飯，換洗衣物置於何處亦全然不知，家裡的水電器物發生故障，總是母親架上眼鏡修理。有一回，和母親爭吵，母親氣得離家出走，他猶不知肇下大禍，餓了兩頓，一直仍等母親回家做飯，直到晚上九、十點，才開始著慌，四處打聽，聲情惶急，猶如走失的孩子。

說到父親的私房錢，還有一段教人捧腹的故事。所謂私房錢，就是子女們背著母親給他零花，而沒拿出充公的錢。

一天，家裡遭小偷光顧，抽屜、衣櫃被掀得七零八落。母親事後清點財物，發現毫髮無損，拍了拍胸脯，鬆了口氣說：

「幸好一點東西也無偷去，這個賊仔，一定感覺眞衰，無什麼價值的東西可偷！」

父親神情悵然，欲言又止。我們忙於收拾殘局，也不疑有他。一天，母親照例又在爲當天那位小偷抱屈，父親再也忍不住，悻悻然說：

「什麼無偷走東西，我的私房錢捌仟塊，藏在抽屜夾層裡，攏總拿光光，我存了好久才存起來的，本來我已經看好一盆蘭花了！」

全家人全笑岔了氣。母親肅然起敬的說：

「這個賊仔有夠厲害，我都找無，伊居然能找到！我應該來拜伊做老師。」

父親生活簡單，偷藏私房錢所爲何事？這可是頗有緣故的。除了打球、下棋外，父親還愛花成癡，家裡前院、頂樓全是一片花海。他每到花市看花，便目眩神移，身不由己。像個暴發戶似的，每一盆都愛不釋手。乾脆「攏總給我送轉去。」母親每次陪他由花市歸來，總氣急敗壞地訴苦：

「你老父多氣派哩！去到花市，這一盆好，那一盆嶄，我最驚伊說『攏總給我送轉去』這句話，伊攏莫知自己有帶多少錢，有一天，我一定要給伊漏氣！」

爲了怕有朝一日「漏氣」，爸爸開始存私房錢，他平常很少花錢，但買起花來，可眞是海派極了，一點也不心疼。然而，他的確是有資格這般豪氣的，每一盆花經過他的手調理過後，便自不同。每年春節前後，家中的各式蘭花怒放，他便提著花，挨家挨戶分送，也不管人家是不是喜歡。等到花期過了，他又挨家挨戶收回，然後心疼的說：

「花讓你們虐待得都快沒血色了，趕快提轉去入院醫治，再慢就來不及了。」

父親凡事鄭重，輕易不肯馬虎，連打球、下棋、蒔花都無不全力以赴。年輕時，在工作崗位上亦復如此。全辦公室裡，他是最早上班，最晚下班的人，「勤奮努力，一絲不苟」是他處事的原則。年紀大了，喜歡說一些不太好笑的笑話，和母親鬥鬥嘴，爲兒女們吹吹牛。

我每有文章見報，他必廣爲宣傳，若有訪問或照片見諸報端雜誌，必不憚其煩炫耀於鄰里。我們買了衣物，請他猜測價碼，總不及原價的五折，然向別人透露兒女薪水時，往往誇大兩倍以上。我的職位永遠趕不上他的進度，他總是主動幫我升級。他對子女的期待愈高，對自己的勉勵便愈少。尤其近年來，與病魔數度交鋒，節節敗退，一度使他沮喪異常，甚至差點兒失去了求勝的意志。如今一趟驚險萬狀的西遊歸來，無疑爲他打開了另一扇窗，讓他大開眼界，變得生趣盎然，眞使我們既興奮且期待。

前幾天，聽到父親叨唸著：

「我想，明年先莫去美東。聽說法國、荷蘭的花海有夠水哩！我們明年去歐洲看花！」

女兒聽了，興奮得跳起來說：

「哇！好棒！我最喜歡看花了。」

她急急挨到父親身旁，撒嬌地問：

「可不可以帶我一起去！外公？拜託啦！」

父親笑著擁她入懷，迭聲允諾。女兒天眞的用她短短胖胖的小手拉起父親瘠瘦的長手，說：

「外公！我們勾勾手約定，明年一起去看花！誰都不許騙人。」

是啊！這世界是如此溫潤美好，我們怎能坐讓良辰美景虛設？爸爸加油！好好把身體練好，我們還要一起走好多路哪！讓我也和你們一起勾勾手——明年一起去看花，誰都不許騙人！

——一九八九年七月・選自圓神版《紫陌紅塵》

繁華散盡

星月交輝，煙花競麗。

母親和我，推著坐在輪椅上的父親，在笑啼喧闐的人潮中，親密地談笑。父親不時稚氣地仰起頭，指著高處閃爍的燈花，興奮地東問西問。鑼鼓盈耳的街道上，扶老攜幼的，盡是怡然歡愜的天倫圖。涼薄的夜風也趕來助興，和雲集的小攤販上縷縷竄升的炭煙相互追逐嬉戲。許是爲這滿路的巧笑新聲所牽引吧！父親突然忘形地自輪椅中立起身來，一不留神，竟仆倒在微雨過後猶自濕滑的泥地上，在迅速蟻聚的人群中，不知是我，還是母親，抑或其他的什麼人，驀地淒厲地狂喊了起來：

「流血了呀！流血了……」

暗紅的血，很快地在父親仆倒的地上，殷殷地漫衍了開來。母親彎下身，輕輕地扳過父親的臉，父親睜開眼，綻開笑靨，朝我說：

「實在有夠鬧熱!」

然後,徐徐閉上了雙眼。我驚懼地大叫:

「爸!」

冷汗涔涔下,我自驚怖的夢中醒來,黑暗裡,眼淚潸潸掉了一臉。不遠處的鄉間廟會,似是印證著我的夢境般,急管繁絃毫不稍歇地歡慶著元宵夜。

那夜,我身處預官考選命題的闈場內。節慶的歡愉在晚餐過後的猜謎遊戲裡達到最高潮。爲了稍稍抒解久困闈場、不得返家團聚的遺憾,大夥兒特意布置了餐廳,搬來了卡拉OK。我隨著眾人歡唱談笑,刻意忘卻生命中那樁永遠無法踐履的約定。酒酣耳熱後,麥克風傳到了一位笑聲最響、飲酒最豪的上校軍官手上。他放下酒杯,步履顛狂地站在餐廳中央,朗聲說:

「我是革命軍人。」

大夥兒全笑彎了腰。是酒後的醉語吧!我們如是揣測,怕是喝了不少的。

「我必須服從命令,效忠國家。」

底下又是一陣雷動的歡聲。他低下頭,緊握麥克風的雙手竟微微顫動了起來,然後幾近喃喃自語地接著說:

「傍晚,我接到通知,我的母親在今天過世了。……」

石破天驚的宣布使全場陷入一片悚動的靜寂，微醺的酒意頓消。他紅了眼，顫聲說：「我不能提前離開闈場，我必須對我的工作負責到底。……前些年，我父親過世時，我也奉命遠在東京，無法及時趕回。我是個不孝子，但身爲革命軍人，忠孝不能兩全，我只有……所以，今晚，我要唱一首很悲傷的歌。……」

數度哽咽後，一首痛徹心肺的悲愴旋律，斷斷續續流瀉在燈火已闌的暗夜中，直到他掩面泣不成聲。啊！原來豪飲狂歡是另一種的至痛無言！而我，因著元宵燈會而刻意隱忍的傷痛亦早隨著止不住的淚水滂沱直下。去年燈會期間，適值父親北上就醫因跌斷而久不癒合的手腳，從窗口望去，中正紀念堂邊兒，人潮如織，香肩影動，笑語聲來，我四處商借一張輪椅不果後，曾和父親約定，次年必排除萬難，偕伊共賞如沸如撼的燈節盛會。而今，電視新聞中，中正紀念堂的燈籠高掛如列星，童玩技藝紛陳，觀賞的人潮簇擁如東京夢華錄中的太平盛世，而父親卻已乘鶴遠去，骨肉乖隔，寧非人生之至痛？

那晚，我和淚躺下，衾枕盡濕，朦朧中入夢，卻是個以星月、煙花的璀璨始，以鮮血、眼淚的心碎終的夢魘。難道父親不避黃泉路迢遙，千里來入夢，眞爲奔赴這場生前未了的紅塵盛筵麼？

父親一生最喜熱鬧繁華。蒔花、養鳥、運動、旅行，把生活妝點得繽紛多彩。退休後，最喜歡拜訪朋友，最企盼兒女返家團聚。到後來，身體狀況已相當不佳時，還因扶杖掙扎著要去參加朋友的喪禮，而數度和母親反目。母親憐惜他身體孱弱，不願他奔波勞累，甚至見景傷情；他卻爲不能親向朋友作最後的敬禮而懊惱。他憤恨地抱怨：

「死後才見交情。告別式上的熱鬧與否，可以看出這人做人有成功否。最後一面都不見，算什麼親戚朋友！」

他交代我們，把寄來的訃文一一登錄起來，他說：

「以後，我若是過身，你一定要記住寄一張白帖子倒轉去。」

迎著我們錯愕的眼光，他慢條斯理地解釋道：

「安捏卡鬧熱。告別式無人來，會給人恥笑，給人講我無人緣。我希望我的告別式可以鬧熱滾滾。像你屘叔的告別式，人山人海，看著極好哩，極讓人欣羨！免以爲我的朋友死去，伊的後生就不會來，攏總給伊寄去，懂禮數的人就會來。」

我故意別過臉去，不理他。我雖偶爾亦在課堂上和學生高談莊子曠達的生死觀，但面對父親這般赤裸裸地安頓自己的身後事，才知王羲之「固知一死生爲虛誕，齊彭殤爲妄作」眞眞道盡了世間兒女平凡的心事。高深豁達的哲理，只宜作學術的討論，小門深巷裡，椿萱康健才是眞正的心願。

近年來，父親應是經常在思索著死生大事的。一回，他憂心忡忡地問我：

「人說死去以後，火葬比較卡清潔，你感覺安怎？未知會極痛否？」

我笑答：

「人死去，哪會還有感覺！」

從那以後，他便四處去看存放骨灰的骨塔，並自己相中了一處，好幾次拉著我去看，都被我拒絕了。我氣他一直在爲死亡做準備。

前年舊曆年，兄弟姊妹全回家。父親因夜半在浴室跌了一跤，手上正打著石膏，精神原本很差。見兒女們都回來，非常高興，吵著要去理髮，要到照相館去照相。我拿出相機，爲他和家人合拍了些照片，他顯得神清氣爽，一直對著鏡頭微笑，我們直取笑他愈老愈會搶鏡頭。照完了相，我正捲著底片，他仍糾纏著母親一起去照相館，母親說：

「不是剛才照過了嗎？去照相館做啥米？」

他靦腆地說：

「你嘸知啦！你跟我去，咱拍一張合照，以後，我若死去，禮堂上才有一張卡好看的相片掛。」

我們聽了全傻了眼。母親一楞，隨即玩笑般的打圓場：

「你要掛在告別式上面，我才不要跟你合照，哪有人在喪禮上掛合照，笑死人咧！」

他突然變得像個孩子似的，隔不了幾分鐘，又反反覆覆提起同樣的話頭，我耐下性子，像哄孩子似的說：

「你現在手上打著石膏，脖子上吊著繃帶，照起相來多難看，等你石膏拆下來，我再帶你去，好嗎？」

父親悵然若有所失，喃喃自語：

「再慢一下，就未赴啦！」

我佯裝嗔怪，質問：

「未赴做啥？不要亂講啦！」

他定定看著我，神情又恢復茫然，只不斷重複：

「你嘸知啦！正經會未赴啦……」

父親不幸而言中。直至過世以前，石膏一直未曾拆下，父親臨終前最後的影像終究未能如願留下。除此之外，一切都在父親掌握之中。

去年四月四日，父親在長期的病痛中解脫逝去。悲痛惶急，全家人手足無措，不知從何做起，慢慢尋思，才發現這些年來，在閒話家常中，父親早已循序漸進地對自己的後事一一做了安排，漫說喪葬儀式，就連祭壇上的鮮花款式、擺設圖案，都已有了腹案。

他體貼我們工作忙碌，又不願孤獨地面對死亡，所以，選擇三月二十八日凌晨昏迷，直到去世，整整八天，全家大小因著國定假日及春假，得以晝夜不離地陪他走完人生最後的一程。

清明過後，天氣一直陰雨連綿，父親出殯前一日，突然轉晴。那一夜，我至靈堂清理葬儀社布置靈堂所剪下的殘花敗葉，在慘白的燈光下，猛一擡頭，驀然發現懸掛高處、俯視塵寰的父親放大照片，似乎閃過了一絲詭譎的笑容，那樣子像是正爲著私心裡一樁未爲人識破的計謀得逞而竊竊歡喜著。我丟下掃把，擡頭認眞端詳著，照片一如本人，一副自信滿滿的樣子，彷彿這一切的悲歡離合全由他一手策動。不知爲什麼，我突然想起父親打從我們小時候就一直喜歡重複說起的兩個耳熟能詳的諧音話及歇後語：

「老師搬過厝，冊（氣）都是冊（氣）。」

「牽狗犁田，可惡至極！」

我不知道，這兩句話是不是正說出了我當時的心情。我神經質地趁著四下無人，拿起一旁準備給花補充水分的風霧器，往父親的笑臉上噴，照片太高了，風霧器的水花搆不上，我使勁兒的壓，踮起腳尖費力的噴，父親居高臨下，一逕兒笑著，依然自信滿滿的樣子。我好恨他獨自開了這麼大個玩笑，居然沒事先偷偷向我——他一向最鍾愛的小女兒透露半分。那位同我一樣——喜歡吹牛，卻經常穿幫；喜歡說笑話，又常常說不好的爸爸，他怎麼可以無端的拋下了我，牽狗犁田！

在四濺的水花中，往事歷歷，掠上心頭。我想起小時候通學，上下學都得行經父親上班的鄉公所旁。常常下課後，筋疲力竭，便轉進爸爸的辦公室，等他下班，用腳踏車送我回去。父親的同事，不拘老小，見了我必高聲大喊：

「嗨！天送兄，你那撒嬌女兒來了。」

父親總是喜孜孜的迎上來，幫我提過沉重的書包。當時，我那身淺藍襯衫、深藍褶裙的臺中女中制服想是給父親帶來許多榮耀的，畢竟鄉下地方，能考上臺中一流的女中的，是鳳毛麟角。我每回去，他總是講話特別大聲，動作特別誇大，故意問我考試成績如何，而當時正值叛逆期的我，總是故意不讓他的虛榮得逞。父親極珍愛我們父女同騎腳踏車，碾過長長的歸途的那段時光的，而我，其實手攬著父親清瘦的腰身，也爲著有這麼位玉樹臨風般的父親而感到無限快樂。然而，我卻緊緊抓住父親掩飾不住的弱點，當他熱切的問我：

「明天，還來辦公室等我嗎？」

我總是矯情地拿喬，故作猶豫地說：

「不一定啦！明天再看看！」

當年那種對擁有父親全然的寵愛的自信滿滿的模樣，想來亦正是得自父親的遺傳吧！等我大學畢業後，開始做事賺錢，父親一直走在前頭引領我前進。當我還是助教時，他已向外宣稱女兒擔任講師，研究所剛畢業任講師，他馬上主動幫我升等爲副教授，我一路追趕不及，有時也不免停在路邊喘息埋怨。然而，小時候愛臉的我，不也曾因父親初中的學歷不夠光彩，而幾度向同學們宣稱父親是高級中學畢業嗎？有一回，甚至差一點僞造文書，在學校發下的表格上父親的「職務」欄內，主動爲他升級爲「課長」，只爲嫌棄小小「課員」，在同學間擁有顯赫頭銜的爸爸群裡，實在太過寒磣。二十多年的歲月飛逝，昔日看不破虛名的小女兒在水深浪闊的十里紅塵中翻滾浮沉過後，已逐漸領悟素樸澹定的丰采，反倒踽步蹣跚的老父卻回首眺望繁華虛幻的海市蜃樓。

風霧器裡，終於再也擠壓不出任何水花。我頹然放下，趺坐在祭壇前的泥地上，和父親四目相視。人人都說兄弟姊妹中，我長得最像父親，長臉孔、挺鼻樑、薄嘴脣、尖下巴，他們看到的是容貌，我知道的卻是看不見的心思，自小我便是父親如影隨形的小跟班。如今，形之不存，影將安附？

次日，豔陽高照，親戚朋友一大早便陸續湧至，旅居日本的堂哥、堂嫂更從大阪匍匐奔回。我們沒有遵照政府革新的指示，我們發了好多訃文出去，邀請所有認識父親的親朋好友前來，父親要一一同他們告別，父親多年來一直期盼的「鬧熱滾滾」的告別式，果眞實現了。

我們披麻帶孝，跪倒在祭壇前，模糊的淚眼中，是一雙雙前來拈香的朋友的雙足，穿晶亮皮鞋的、高跟鞋的、布鞋的、趿著拖鞋的，甚至還有拄杖踉蹌而來的，從不同的鞋樣上看出了行業和身分，也看出了父親廣闊的交遊。我不停地一一叩首答拜，打從心裡感謝他們的深情厚意成全了父親最後的心願，讓他無憾地在人生途程中打上一個圓滿的休止符。

屬於父親的繁華終於散盡。熊熊烈火中，父親的肉身漸次消蝕殆盡，從小小玻璃窗內看去，我不禁全身悚慄，淚下如雨。父親一直是那麼個忍不住疼痛的人，烈火焚身，對他而言，是何等酷烈的煎熬。骨灰從火葬爐內推出時，照管火葬的先生特別叮囑，勿將淚水滴進骨灰中，我擦乾了淚，小心翼翼地用夾子夾起一塊父親的頭蓋骨放進罈內，心疼地在心裡重複千百遍父親曾經問過我的：

「會極痛否？爸爸。」

父親逝世，至今已屆周年。這些日子來，我回想起他逝世前半年那段跌斷手腳的日子，總是深自責備沒能爲父親付出更多的耐心和寬容。父親一向極畏疼痛，稍有病痛，常極盡呻吟之能事，以致後來眞正病痛難忍，我們都懷疑他只是裝腔作勢。他夜半如廁，摔倒於洗手間內，我們一直爲他延請骨科大夫診治，孰知，慢性腦溢血才是癥結所在。從臨終前所照X光片看來，醫生斷定他體內出血已非一朝半日。因爲腦部神經爲逐漸滲出且凝結的血塊所擠壓，因此，在那半年內，他的神智時而清醒一如常人，時而迷糊健忘得教人吃驚。然而，因爲他平日喜歡開玩笑，我們一直以爲他在裝瘋賣傻。一日黃昏，他居然坐在沙發上指著在陽臺修剪花木的外子，悄聲問母親：

「那人是誰？」

母親初始不以爲意，答：

「是我們女婿啊！」

他似乎有些納悶，搔著頭說：

「那我們的女兒又是誰啊？」

母親不悅地說：

「到底是真的，還是假的。你免嚇驚我。」

我一點也沒拿他這番話當真，我趨向前，傍著他坐下，推擠他，笑說：

「好會假仙哦！假得還真像！好！那你說，如果我不是你女兒，你倒說說看，我是誰？」

他習慣性的聳聳肩，似乎被我說得有些不好意思，這件事就這般真假莫辨地過去。

除了迷糊健忘外，其後，他還逐漸變得脾氣古怪不馴。那段時間內，母親自然是吃盡了苦頭的。白天情況尚不難應付，每到夜晚，便頻頻吆喝，一下子要人攙扶他上洗手間，一會兒又要人倒水，再不就繞室徘徊，彷彿床上藏了什麼妖魔鬼怪，硬是不肯躺下安歇，母親被折騰得幾乎崩潰，父親偏又不肯讓兒女代勞。

元宵節他北上就醫，住我處，一連七天，夜半不眠，每隔三分鐘，便要母親攙扶起床，我在隔室，聽見他呼天搶地，心裡大慟。一夜，我實在忍不住了，強迫母親至他房歇息，由我全權照料，父親以頭撞牆，誓死反對，口裡直喊：

「我會死啊，我會死啊……你們實在可惡至極啊……」

闃寂的暗夜中，一聲比一聲淒厲，然後，開始一反常態地破口大罵母親無情，母親聞言，淚潸然直下，我忍不住厲聲責備他：

「你再罵，小心媽媽從此不理會你。你把媽媽整垮了，以後，看誰有她那樣的耐性來照顧你！」

他似是豁出去的態勢，狠話拚命出籠：

「我才無稀罕，才不用你們來照顧。……」

我軟硬兼施，滿頭大汗；他負嵎頑抗，像負傷的野獸，直到天濛濛亮，才倦極睡去。我見他蜷曲酣睡如稚子的容顏，眞是欲哭無淚。

那日中午，他悠悠醒來，我攙扶他至客廳坐下，他笑語如常，我婉陳他昨日之非，他茫昧不復記省，只頻頻否認：

「哪有這款代誌！我哪會安揑無良心！騙猾仔！……」

經眾人舉證歷歷後，他似乎也被自己異常的行爲所震懾。沉默不語良久後，他背著母親，低聲附耳和我說：

「敢眞有安揑？如果眞有這款代誌，實在太不是款咧。……拜託你給你老母會失禮一下，好嗎？要不，伊會不肯理我……」

那時，我是如此地無知，錯以爲他返老還童，故意虛張聲勢以博取憐惜。事後追憶起來，也許，父親視平躺如畏途，正是腦血四溢，痛苦不堪的生理反應也未可知，然而，做爲女兒的我，是以何等的不耐來照看父親無法言宣的痛楚呢？這世界何甚荒謬，何以最深沉的反省，常只能在無法彌補的悔恨之後？

這些天，我一直翻閱著昔時的照片，在一本本的相簿中，父親一逕地以他招牌的笑容光燦地面對鏡頭。從年輕到年老，從紅顏到白髮，從山巔到海隅，從打球到下棋，從加州的水綠沙暄，到北海道的冰雪滿地，從人子到人父，甚至人祖……他總是那般興高采烈地擁抱生活。生命中的繁華，原不論高堂華筵或淺斟低酌的，父親的一生，充滿了小市民知足強韌的迤邐華彩，繽紛熱鬧。我有幸與他結下四十餘年的父女緣，陪他在人生舞臺上賣力淋漓地演出一場，如今，曲終人散，留在心底的，豈只是止不住的悲傷！

——一九九二年五月・選自九歌版《不信溫柔喚不回》

男人和魚

多年前的一個週末夜晚，孩子們臨時提議到通化街夜市添購牛仔褲。記得似乎是個涼薄的秋日，因爲時斷時續的微雨，夜市有些兒冷清，沒有了週末應有的人潮，我們在濕濕的道路上悠閒地逛著，格外覺得一種釋放後的輕鬆。

當我們提著新購的牛仔褲由店中走出時，發現不知何時雨勢竟大了起來。因爲未曾帶傘，四個人只好在騎樓中鵠候。我們判斷雨勢將很快停止，因此，並不打算就近購傘。正無聊地說著話，眼尖的兒子突然發覺不遠處靠近騎樓的道路上，矗立著兩把電視上所謂的「五百萬」大傘，傘下蹲坐著一位年近七十的老婦正無聊地守候著兩盆鋁製方盒子裝的金魚，盒子旁散置著幾把撈魚的器具，因爲無聊，我們母子三人無異議通過去試試手氣，只剩下那位早已失去童心多年的男子艱苦卓絕地留在原地等候放晴。

雨下得還眞不小，我們挨挨擠擠地躲進大傘下時，那位老婆婆有著意外的欣喜。撈一次魚十元，紙做的撈器很容易就會因潮濕而破敗，女兒和我，不消一分鐘，便相繼宣告失敗。兒子繼續奮戰了幾十秒後，亦宣告束手，一條魚亦沒撈上。三人同時認定憑那般脆弱的撈魚器想要撈上魚來，其成功機率無異於零，老婆婆當然不承認。

雨仍舊強勢地下著，不時地有些零碎的雨滴濺到方盒內，打起一個個小漩渦。沒有人願意回去騎樓陪伴那位看來相當孤單的老爸，仍興致勃勃地圍看各色小魚在盒內和小漩渦玩著躲避的遊戲。三人俱身無分文，掌理財務的男子正目不斜視地望著前方，那般正氣凜然，估量著要遊說他再度掏出錢來投資這幾近有去無回的賭博遊戲恐是難上加難，因此，我們只能戀戀不捨地對著兩盒的小魚品頭論足，不時爆出驚奇的讚嘆。

不知是被我們的熱情所感動，抑或不耐我們久據攤位前，妨礙其他顧客上門，老婆婆突然決定送我們三條小魚，孩子們興奮地相互擠眉弄眼，老婆婆用塑膠袋當容器，三條小魚──二紅一黑，便在袋內優雅地活動起來。孩子們向老爸要了十元，買了一小包魚飼料，唯恐老婆婆反悔般地冒雨逃出街巷，招計程車回家。

回到家，三人在不同的容器間撿選著，把三條魚抓過來、擺過去，忙得不亦樂乎。一副事不關己模樣的外子在一旁冷冷地開口：

「你們這樣折騰，魚怎麼受得了！我保證過沒幾天，就會被你們活活整死。」

終於選定了一只原先裝豆花的小塑膠桶做為小魚的歸宿，大小適中，美中不足的是桶子不透明，無法從側面看到魚兒款擺的姿態。不過，總算聊勝於無。何況，在回程上，司機不也預言：

「這種魚你帶回去養，頂多活不過一個禮拜。」

既然牠的生命可能短如春花，就不必再大費周章爲牠置產了，我心裡這樣想著。

第二天傍晚下班時間，那位外貌冷漠的男子小心翼翼地捧回一個迷你魚缸，迎著我們詫異的眼光，他一本正經地說：

「正因生命短暫，更要活得正大光明。」

不知是否錯覺，小魚換了透明魚缸，似乎更形活潑了。整夜，我們放下手邊的工作及功課，興奮地圍著那只魚缸，目不轉睛地注視著魚兒在缸內賣弄風情。而那位爲魚置家的男子則在換完魚缸後，便毫不戀棧地掉頭忙他所謂的「正經事」去了。

接連幾天，恰巧都有朋友來訪。來訪的友人不約而同地預示了小魚無法長壽的命運，短則兩、三天，多不過一個月。每個人在面對這缸小魚時，都情不自禁地懷想起生命歷程中的養魚經驗，而至侃侃而談地給予我們甚多的忠告。譬如必須在水中先培養一種什麼菌，使它更接近魚的天然生存空間；也有人警告我們每次爲魚換水只能換三分之二，免得魚兒無法適應全新的環境；更有人主張裝進缸內的水必須經過隔宿的沉澱，才能過濾不利於魚的化學成分……七嘴八舌，人人皆有一套看似頗有根據的養魚經。我們唯唯以對，全不拿這些話當一回事，依舊用最野蠻的方式畜養。心中隱隱地有一種奇異的矛盾存在——既害怕預言成眞，又懷抱著魚兒隨時會翻白肚的預期心態，每天踏入家門前，常是充滿著這兩種情緒交纏的亢奮。孩子們慣常在走出電梯門回家的剎那，朝我問：

「死了嗎？」

魚兒加入我們生活後的第一個星期天早晨，那位律己甚嚴的男子仍一如往常般清晨即起，等到我們三人慵慵起身，發現他已慢跑結束，並自建國花市攜回水草、小石子等，正認眞地爲小魚布置新居。第二個星期天，又帶回了一只空氣幫浦，然而，魚缸太小了，插上電流的幫浦在缸內如翻江倒海般攪起，小魚們走避不及，被震得暈頭轉向，孩子們驚叫連連，他才訕訕然拔起插頭。這位原先對養魚抱持鄙棄態度的男子正一點一滴地散發他潛藏內心的深情，當孩子們逐漸對魚喪失了熱度後，我發現外子不知從什麼時候開始完全接手了餵魚的工作，不時地還會坐在魚缸前露出疼惜的眼神。

小魚以極其緩慢的速度成長，尤其是那條黑色的魚，幾乎是堅持著牠迷你的身段，一點也不肯長大似的。雖然如此，我們仍不敢多給牠一些食物，唯恐牠們吃壞了肚子。魚兒非常精明，平日你走近和牠們打招呼，牠們總是不大搭理，兀自趾高氣昂地穿梭著；但一旦聽到飼料盒子敲打在魚缸邊發出沙沙的聲響，牠們即刻忘記維持驕傲的身段，張大嘴巴露出饞嘴的模樣，直立起身子索取食物。

「死了嗎？」三個字逐漸在生活中被淡忘。出乎意外地，這三條小魚展現了強韌的生命力，似乎是故意和所有的預言賭一口氣般地活得愈來愈起勁。一年半過去了，魚兒依然無恙，那些預言家們幾度光臨，都嘖嘖稱奇。

過年前，我們舉家有一趟美西八日遊。為了替這三條魚選擇一個寄養家庭，我們傷透了腦筋，總算在臨出發前，鄭重地託付樓下的鄰居，殷殷交代了養魚須知後，方才悵悵然上路。

八日遊歸來，父女二人迫不及待去迎回睽隔已久的魚兒們，許久之後，才見二人神色黯然回來，手上捧了個空魚缸。魚兒死了！真教人不敢相信！我們臨走時還在那兒翻觔斗耍寶的魚兒，竟然在八天之內相繼不明原因的死去。寄養家庭的爸爸、媽媽再三致歉：

「實在是不好意思，也不知道是怎麼一回事，都按照交代的方法餵食、換水，突然就一條一條地死去……」

這下子，輪到外子花上不少時間去寬慰那對無辜的夫婦，竭力使他們相信我們一些兒也不在乎。

行李尚未整理，全家籠罩在沉重的氣氛裡，外子和我則彼此相互安慰：

「本來以為只能活一個月的，又多活了那麼久了，不錯了啦！」

「不過是三條不起眼的小魚罷了！反正我們也忙，死了正好不必再那麼費事……」

「…………」

然而，說著，說著，我們仍然情不自禁地要探討牠的死亡原因。吃、住既然一切照常，難道是因爲換了大環境，或者換了主人而產生的不適應症？難道魚兒們也會認生？或者魚兒竟以爲遭到遺棄而心傷致死？當我提出這樣的想法時，立刻得到女兒的附議。我因之格外的感到自責，家中的另兩名男子則斥之爲無稽。

空盪盪的魚缸依舊擺在客廳的老位置上，孩子們走過來走過去，每回不經意間瞥見，總要央求：

「再買幾條魚回來養吧！」

外子總是一成不變地回說：

「別再給我找麻煩！每回興沖沖買了，沒兩天就撒手不管，最後總要我收拾殘局……」

然而，話雖如此，我亦見他幾次坐在缸前，一副悵然若有所失的樣子。

其後，一個星期天傍晚，鄰居那位幫我們養魚的先生出現在我們家門口，手上提著塑膠袋裝的四條金魚——三紅一黑，興奮地向我們說：

「上次把你們的魚養死了，一直覺得不好意思。本來在你們回來以前，已買了幾條魚想賠你們，買回來才發現魚太大了，你們的小魚缸養不下。今早我去新店，在市場看到了些比較小的魚，就買了四條回來。」

家裡頓時又恢復了熱鬧，一再聲言不再養魚的外子看起來比我們都高興。這四條魚比原先的要大上一倍左右，在魚缸裡顯得擁擠了些，我說：

「缸子小了點，不過，湊合湊合算了，誰知道養得活養不活。」

外子沒說話，第二天下班回來，又捧了一個較大的魚缸回來，義正辭嚴地說：

「就算養不久長，也不能太虧待牠們，住家環境很重要的，可別讓人家說我們虐待小動物。」

接著，每隔幾日，我們就會發現，魚缸裡的配備又增加了一些，有人正不動聲色地擴大事端——先是一盞光亮的日光燈照得魚兒鮮豔精彩；接著是一支小小的溫度計攀附水中的缸邊；沒幾天，又出現了一支自動加溫器，而水草、裝飾用的石子等更隨之日益精進。本來只是一樁隨興的消閒，經過這麼一攪和，似乎變成經國之大業。光為了對得起這些熱鬧非凡的配備，魚兒也不能輕易犧牲了。

不久，我們就發覺那條黑色的小魚與眾不同，除了嚴重鼓出的眼珠外，牠長時間潛身魚缸底部，就連餵食時，也不知上來分享。我們由是斷定牠不只罹患近視毛病，且還兼具耳聾殘疾，魚食敲打在魚缸邊緣的聲音，亦不能影響牠半分。我們都替牠擔心，唯恐牠餓壞了肚子，因為每回其餘三條魚吃光了懸浮水面的魚食，牠還悠哉遊哉地在深處遊戲。

發現了這點後，那位屢次宣稱不再為魚兒費心的男人，每隔一段日子，便不厭其煩地把那條黑魚單獨撈到另一個容器裡餵食，等到牠把魚食吃光，再放回原來的魚缸內。一日，我從隔室看他正小心翼翼地撈起魚，口中喃喃地念著：

「不怕！不怕！傻瓜！是給你吃東西呀！要不然要餓死了！」

然後，倒下魚食，叨念著：

「快吃！沒人搶你的……吃完再讓你回去哦！」

我冷眼旁觀，那般十分令人動容的溫柔動作和言辭，竟是我和他同居十多年所未曾見過的，他猛一擡頭，乍然見我正默然端詳，立即收拾起柔和的眼神，恢復平日理性的口氣，說：

「這條笨魚，不這樣餵，必死無疑！」

然後，撇下我錯愕的神情，昂首離開。

啊！這個男人，我想不明白。

——一九九四年七月・選自九歌版《如果記憶像風》

緩步走進恍惚的世界

逐漸失去記憶的婆婆，似乎也逐漸失去了聲音。

「成天躺在床上，也不知道在想些什麼！睡覺的時間越來越長。」

老家傳來她行動日益遲緩的訊息，讓我們十分憂心。一日，平日出門得由親人推輪椅護送的她，竟然無端在午後失蹤。經過焦急的報警協尋，幾小時後，居然在離家頗有段距離的山頭被尋獲。小叔驚魂甫定地來電，語氣中充滿了疑惑：

「媽媽一向腳力不好，根本從不爬山。何況，生病之後，連上街洗個頭都沒有力氣走路，得由人推著輪椅去，怎麼可能爬到那麼高的山頭！可是，據一位目擊的鄰居說，他確實看到媽媽一路吃力地走上山去。眞是不可思議！」

聽說回家後的婆婆，什麼話都沒說，只累得呼呼大睡。第二天清晨起來，她照常吃喝，就像什麼事都不曾發生一般。

有了這樣的經驗，家人再不敢掉以輕心，隨時有人隨侍在側。奇怪的是，一直非常內向，幾乎足不出戶的婆婆，忽然一反常態地，幾次安安靜靜地緩步向外挪移，逡巡在小叔的轎車旁並試圖打開車門。問她想幹什麼？她只說：「上山」，至於上山去做什麼，則說不上來。而身體日益虛弱的她，逐漸地連如廁等事都無法自己作主了！老家的小叔、小嬸和小姑日夜照料，可謂備極辛勞。而我們遠居臺北，無法分憂解勞，一直深覺不安。

說來我們搬遷至臺北已歷十餘載，婆婆北上的次數卻屈指可數。先前，婆婆身體尚稱硬朗時，每回誠心邀約，她總有說不完的藉口，譬如：

「去臺北！那過年過節、初一十五，祖先叫誰去拜呀？」

「我若去臺北，籠子裡那隻鳥仔無人飼，會死去！」

「我住未慣習啦！幾十年攏住在田莊！習慣啦。」

「……」

等到所有理由統統被我們一一駁回後，她只是笑笑，以沉默對應，或者乾脆運用拖延戰術：

「天氣太冷了！等卡燒熱一點才講吧！」

「這陣太熱哩！等天氣卡涼咧才再講！」

如今，婆婆神思不屬，昔日倔強的堅持被渙散的思維擊得碎紛紛！雖然明知罹患老年癡呆症的人最好待在熟悉的地方，我們還是趁著寒假的空檔，不再徵求她的同意，逕自將她接到臺北過年。一來略盡人子之道，二來也讓終年辛勞的家人能出國旅遊、稍事休息。婆婆看似乖順地依從我們的安排，沒有提出任何異議，只不時地朝我露出虛弱的笑容。

事先，我們作了一些功課。察看書籍，了解失智老人的照顧方法；向平日照應她的小嬸、小姑請教婆婆的飲食起居習慣；在家裡添置高度適中的座椅；爲老人家添購尿片、舒適的睡衣，並從老家運來代步的輪椅及可以挪動的便器……，最重要的是，夫妻二人排除所有外出的工作及應酬，決定全力以赴。然而，寡言少語的婆婆竟似活在另一個奇妙的世界中，而那世界是我們無論如何努力都走不進去的。

到臺北後的婆婆，顯示了意外的精神矍鑠，連睡午覺都不必。白日裡，除了吃飯、上洗手間外，一逕安靜地坐在客廳。我們想盡辦法逗她開心，和她說話，她只是用搖頭或點頭來回答。偶爾，應我們的請求，以簡短的句子表示。所有的話題像拋出的乒乓球，都被收進口袋裡密封起來。我總在一天結束之後的夜晚，躺在床上苦苦思索、開發新的主題，而也一如預料的，在次日的交談中很快地和她一起跌入靜寂的深淵。

幾日之後，約莫下午三點左右，婆婆會陷入深度狂亂的境界。這時，她會隔一段時間便起身，繞室徬徨，或杵立玄關，用力打開大門，向外探索，似乎有什麼人正在樓下急急召喚著她。然而，電梯前緊閉的鐵門讓她卻步，她轉而以乞求的眼光向我們求援。我問她要出去嗎？要去哪裡？她偶爾會簡短的回說：「回家」，大多時候只是點頭，不肯透露任何天機。外子以輪椅推她下樓，她用食指指示行進方向，一開始十分篤定，指著、指著，便羞赧地承認迷路，頹喪地任由我們推回樓上。

一晚，外子到樓下倒垃圾，她彷若自茫昧的夢中忽然醒轉！幽幽地向我傾訴衷情，條理極其分明：

「不知安怎，我心肝亂糟糟！等一下，我就要倒轉去清水。出來外面，極未慣習！一直想著厝內。」

說著，眼睛內隱含淚光！我驚疑痛惜，趕緊向她說明我們原本欲略表孝忱的心意，我說：

「我們都很愛您，想留您在這裡多住幾天，帶您到處走走！馬上燈節就到了，我們要一起去看花燈的呀！這裡是您的兒子家，不也是您的家嗎？」

婆婆用手上的衛生紙拭淚，像一位備受委屈的孩子般，哽咽地回說：

「我知道你們都很愛我！都很孝順！可是我正經想厝呀！我要轉去清水啊！」

我又痛又憐，一時竟不知如何安慰，只好邊幫她擦乾頰上的淚痕，邊半騙半哄地說：

「那這樣好了！今天太晚了，我們明天再帶您回去好了！您別擔心了！」

淚眼模糊中，婆婆深鎖的眉頭這才舒展開來。看到上樓來的外子，她斬釘截鐵地朝他說：

「我明天要轉去了！」

次日，一覺醒來，她又恢復了恍惚的狀態，完全忘記前一晚的對話。我們一則以喜、一則以懼！喜的是她彷彿已經不再思歸、暫時解決了眼前的困境；懼的是某些近期的記憶被瞬間刪除了般，婆婆似乎一邊回歸童稚的歲月，一邊緩步走向恍惚的世界。

爲了讓她從靜寂恍惚中走出，我不放過和她溝通的任何機會。午後，是一起看老照片的時間。我不停地發問，她慢慢地作答。清醒的時刻，答案的正確率極高。弔詭的是，每答必中的是親家母（我的母親），每問必錯的居然是她的丈夫（我的公公）！作午餐或晚餐的時候，我總是跟她說：

「來！到餐廳來看我做飯吧！幫我摘摘菜葉，順便教教我做菜吧！」

婆婆不置可否，只慢慢地從枯坐終日的客廳走進廚房，坐到飯桌旁，似笑非笑地望著我。我請她幫忙摘豆芽，她動作雖慢卻一點不馬虎，一根一根地，埋著頭認眞摘去豆芽的根鬚。我一邊切菜，一邊逗她說話：

「我記得你很會做菜的！快過年了，該做什麼年菜，您得教教我呀！」

意外地，她打破沉默，客氣地回說：

「烏魯木齊！我攏嘛亂做的！」

從軍中回來的兒子看到阿嬤到來，開心地和她打招呼。阿嬤笑得好燦爛！我考她的記憶，她深具信心地說：

「這是阮（我的）孫啊！」

那麼，孫子叫啥名字？她搔頭撓耳半晌，脫口而出：「他子囉！」居然是她三哥的兒子！從那之後，除了外子之外，所有的人都有了新的名字，而這些新名字，據考證的結果得知，全是她年少時的親友。我的名字成了「芳蘭」，芳蘭原是外子的表姐。

辨識名字成了她老人家每日的功課。對這功課，她似乎還興致滿高的。有問必答，沒有顯示半點不耐煩。那樣的配合，有時甚至讓我懷疑她是佯裝錯誤來尋我們開心。然而，卻又不大像。每一次的回答前，她總陷入長考，一點都不肯敷衍！偶爾答對了，我們便誇張地拍手稱讚，並一再向來訪的親友誇讚她的睿智！而爲了讓她忘記那扇讓她極度關注的大門，我們殫精竭慮，和她一起回憶過往歲月，那情況，和當年我們教養小孩的心情並無二致。在一回笑聲稍歇之際，我猛然憬悟「人生本是個圓」的事實，返老還童的原不只是心境，更具體的是行爲舉止及撫育孝養的角色互換！我們推著輪椅帶婆婆去看風景；教她重新辨識事物；幫她洗臉、洗身子；替她換上紙尿褲；爲她沖一杯溫度適中的牛奶；在她做對了一件簡單的工作時，用力拍手讚許；甚至，安置她在廚房就近看顧，不時地轉頭和她扮鬼臉、擦擦她嘴角的口水……，啊！這種種如今爲婆婆做的事，不正是昔日婆婆養育外子時所做的麼？

其後，婆婆的精神越來越恍惚，好似耽溺在另一個遙遠的國度，和現實世界越發不相連屬了。原先熱中的功課對她已不再有吸引力了！和她的對話逐漸由問答題轉爲選擇題，她只肯從多重提示中尋找適當的答案了；過了七天之後，連選擇題亦不再作答了！我們只好轉而出是非題來和她溝通。她幾乎是不再開口了，一逕以搖頭或點頭來達意。

言語雖然越來越簡嗇，蹣跚踱至玄關、扭開門把向外張望的密度卻越來越高，幾乎是剛頹然放棄地回坐至椅子後的十秒鐘左右，旋即又起身做一次同樣的動作，而且不厭其煩地重複一整個下午，她雖滿頭大汗，卻意志堅定得嚇人！我們一再努力安撫，幾乎疲於奔命，甚至未到黃昏時分，夫妻二人便已疲憊得不支倒地。如此看來，每天兩、三回推她外出，顯然已無法滿足她的需求。我問她開門要做什麼？她倔強地不回答。我問她是不是想回家？她點了點頭。外子因此擔心地說：

「怎麼辦？白天老想著往外跑。看起來不清楚的時間越來越長了！晚上情況好點兒，看起來正常些。」

外子以爲她老人家頻頻往外窺探，是因爲日益昏憒所導致，我卻有不同的解讀：

「也許正相反哪！思家成疾是人之常情，她老人家白日的行徑也許方是正常，夜晚的乖順或者才是恍惚！」

聽我如此一說，外子默然不語。對於老年人的世界，我們的理解實在太有限了！還有太多的無知，等著我們去用心探索。當孩子年幼時，父母總是千方百計試圖滿足孩子的需求，以此之故，不斷虛心向人請教或購書研讀兒童心理，甚至不辭辛勞去旁聽專家演講。和這般教養孩子的苦心相較，我們對奉養父母這件事，未免太掉以輕心了！我不禁如此深深自責著。

自我二十餘年前嫁入蔡家至今，從未見過慈和的婆婆疾言厲色，她總是默默待在廚房裡張羅這個、那個。幾十年來，在我們回老家完成蜻蜓點水似的探望過後，她一貫提著各種吃食追在身後，往我們車子的行李廂裡塞這、塞那，並一成不變地輕聲問道：

「啥米時陣再擱轉來呀？（什麼時候再回來？）」

說實在的，年輕時，我們銳意向前，一味追求遙不可知的前程，不但從未細細思量婆婆話中的思念與關懷，甚至也從未拿這話當真，只敷衍地回答：

「再說囉！回來前，我們會先打電話的。」

如今，看起來婆婆是再也進不了她一生用力最勤的廚房了！她徹底從廚房退休，原該好好頤養天年、接受兒女孝養的，卻無端走進恍惚迷離的世界，到底我們該如何做才能承歡膝下，讓她再展笑顏呢？我們著急地思索著。

十天之後的夜晚，小叔從海外歸來。電話中，婆婆像乍見久違的親人般地激動地朝小叔說：

「住這極艱苦咧！恁卡緊來給我載回去啦！」

掛下電話，她淚如雨下！我們心痛難堪，再也無法坐視她老人家的思家情切了！次日，我們帶她南下回家。回到家的婆婆，難掩喜悅之色。外子笑著朝她說：

「住臺北親像坐牢共款，對否？」

她認眞地點點頭，我接著笑著跟她開玩笑：

「去臺北乎人苦茶（虐待）啦！住未久啦！對否？」

她急急地搖頭，沒說話。因爲無法久留，經過短暫的交代過後，外子和我得馬上北上。我趨前和婆婆說再見，惡作劇地嚇唬她：

「好了！已經轉來看過了，這陣，我們擱鬥陣轉去臺北吧！」

婆婆突然回頭看看小嬸、再看看我，似笑非笑地迸出一句讓大家齊齊嚇一大跳的話：

「好啊！轉去臺北！眞的。」

這下子可眞是大大地出乎眾人意料之外了！所有人都不約而同地瞪大了眼睛看她，我問她：

「眞的？你是跟我們講玩笑？還是眞的？我們眞的載你轉去臺北囉？」

這回，她又不說話了。我們擔心她和愛出門去玩的小孩一樣，到夜晚又要懊悔，只能和她訂下下次的約定，然後和她道別。婆婆不置可否，依舊沒說話。我拖延著，不肯就此上路，和婆婆胡亂玩笑、叮嚀著，談東說西，就等著她像往日一般說：

「啥米時陣再擱轉來呀？」

然而，終究還是失望了！一直到我們的車子離開，她依舊沉默著，什麼話也再不肯說了。

——二〇〇一年二月・選自二魚版《五十歲的公主》

如果記憶像風

我的女兒上國中，除了學校課業不甚理想外，她開朗、乖巧、體貼且善解人意，我們雖然偶爾在思及「優勝劣敗」的慘烈升學殺伐時，略微有些擔心外，整體而言，我們對她相當滿意，尤其在聽到許多同輩談及他們的女兒如何成天如刺蝟般地和父母唱反調、鬧彆扭時，外子和我都不禁暗自慶幸。

去年暑假，考高中的兒子從學校領回了聯考成績單，母子倆正拿著報紙上登載的分數統計表，緊張地核算著可能考上的學校，女兒從學校的暑假輔導課放學，朝我們說：

「事情爆發了！」

女兒每天放學總是一放下書包便跟前跟後的和我報告學校見聞，相干的、不相干的。這時候，大夥兒可沒心情聽這些，我說：

「別吵！先自己去吃飯，我們正在找哥哥的學校。」

飯後，核算的工作終告一個段落。長久以來，因爲家有考生的緊繃情緒，總算得到釋放。我在書房裡和兒子談著新學校的種種，女兒又進來了，神色詭異地說：

「事情爆發了！老師要你去訓導處一趟。」

才剛放鬆下來的心情，在聽清楚這句話後，又緊張了起來。在印象中，要求家長到訓導處，絕非好事，我差點兒從椅子上跳起來，問：

「什麼事爆發了？爲什麼要去訓導處？」

女兒被我這急慌慌的表情給嚇著了，她小聲地說：

「我在學校被同學打了，那位打人的同學另外還打了別人，別人的家長告到學校去……反正，我們老師說請你到訓導處去一趟。你去了，就知道了啦！」

這下子，更讓我吃驚了！一向彬彬有禮且文弱的女兒，怎麼會捲入打架事件？又是什麼時候的事，怎麼從來沒聽她提起？我們怎麼也沒發現？

「是前一陣子，你到南京去開會的時候。有一天，我和爸爸一起在和式房間看書，爸爸看到我的腳上烏青好幾塊，問我怎麼搞的，我騙他說跌倒的，其實就是被同學打的，我怕他擔心，沒敢說。」

「同學爲什麼要打你呢？你做了什麼事？」

「我也不知道！」

怎麼讓人給打了，還不知道原因。事有蹊蹺，當天傍晚，我在電話中和導師溝通，更震驚地發現，毆打不止一回，女兒共被打了四次。據導師說，這是群毆事件，領導者有三位，三位都是家庭有問題的女孩子。其中一位經常扮演唆使角色的R，與外婆同住，外婆當天被請到訓導處時，還拍案怒斥訓導人員污衊她的孫女。遭受不同程度威脅或毆打的女孩有數位，其中，以我的女兒最慘，十天之內，被痛打四回，導師希望我到訓導處備案，以利訓導作業。放下電話，我覺得自己的手微微發抖，我不知道，一向聒噪且和我無話不說的女兒，在我遠遊回來多日中，怎能忍住這麼殘酷悲痛的事件而不透露半點風聲。我因之確信她一定遭遇到極大的壓力，果然不出所料，在外子和我款款導引下，她痛哭失聲，說：

「K威脅我，如果我敢向老師和爸媽告狀，她會從高樓上把我推下去，讓我死得很難看！」

我聽了，毛骨悚然。女兒接著補充說：

「何況，我也怕爸、媽擔心。」

我止不住一陣心酸。平日見她溫順、講理，不容易和別人起衝突，也忽略了和她溝通類似的校園暴力的應變方法，總以為這事不會臨到她頭上。沒想到溫和的小孩，反倒成了暴力者覬覦的目標。而最讓人傷心的，莫過於沒讓小孩子對父母有足夠的信任。

和外子商量過後，我們決定暫緩去訓導處備案，因為，除了增加彼此的仇視外，我們不太相信，對整個事件會有任何幫助，我們決定自力救濟。當然，這其中最重要的關鍵是我們都不認爲十三、四歲的孩子會眞的壞到哪裡去，多半是一時糊塗。尤其是知道這些孩子全是出自問題家庭，想來也是因爲缺乏關愛所致，亦不免讓人思之心疼。於是，我想法子找到了主事的三位學生中的兩位T、R學生的電話號碼，K同學並非女兒的同班同學，據云居無定所，且早在警局及感化院多次出入。

當我在電話中客氣地說明是同學家長後，接電話的R的祖母，隨即開始破口大罵訓導人員的無的放矢，任意污衊，足足講了數分鐘，言辭之中充滿了敵意。我靜靜聆聽了許久後，才誠懇地告訴她，我並非前來指責她的孫女，只是想了解一下狀況，祖母猶豫了一會兒，大聲喝斥她的孫女說：

「人家的家長找到家裡來了啦！」

電話那頭傳來了模糊的聲音，似乎是女孩不肯接電話，祖母粗暴地說：

「沒關係啦！人家的媽媽很客氣的啦！」

小女孩自始至終否認曾動手打人，我原也無意強逼她認錯，只是讓她知道，家長已注意及此事，即使未親自參與毆鬥，每次都在一旁搖旗吶喊也是不該。

第二位的T在電話中振振有辭的說：

「她活該。爲什麼她功課不好，我功課也不好，可是，老師每次看到她都笑瞇瞇的，看到我卻板著臉孔，我就不服氣。」

如此的邏輯，著實教人啼笑皆非。我委婉的開導她：

「你如果看我女兒不順眼，可以不跟她一起玩；如果我女兒有任何不對的地方，你可以直接告訴她改進，或者告訴老師或我。不管如何，動手打人都不好，阿姨聽說了女兒挨打好心疼，換做是你挨揍，你爸媽是不是也很捨不得的呀！」

T倔強地回說：

「才不哪！我爸才不會心痛，我爸說，犯錯就該被狠揍一頓。」

後來，我才知道，T在家動輒挨打，她爸打起她來，毫不留情。

當我在和兩位女孩以電話溝通時，女兒一旁緊張地屏息聆聽，不時地遞過小紙條提醒我：

「拜託！不要激怒她們，要不然我會很慘。」

我掛了電話，無言以對。

兩位女孩都接受了我的重託，答應我以後不但不再打女兒，而且還要善盡保護的責任。我相信這些半大不小的孩子是會信守承諾的，她們有她們的江湖道義，何況，確實也沒有什麼嫌隙。

事隔多日的一個中午，女兒形色倉皇的跑回家來，說是那位神龍見首不見尾的K，在逃學多日後，穿著便服在校門口出現，並揚言要再度修理女兒，幸賴T通風報信並掩護由校園後門逃出，才倖免於難。看著女兒因過度緊張而似乎縮小了一圈的臉，我不禁氣憤塡膺。這是什麼世界，學校如果不能保護學生的安全，還談什麼傳道、授業、解惑！

我撥電話到學校訓導處，訓導主任倒很積極，他說：「我剛才在校門口看到K，我再下去找找，找到人後，再回你電話。」

過了不到十分鐘，電話來了。我要求和K說話。我按捺住胸中怒火，K怯生生地叫「蔡媽媽」，我心腸立刻又軟了下來。這回，我不再問她爲什麼要打人了，我慢慢了解到這些頭角崢嶸的苦悶小孩打人是不需要有什麼理由的，瞄一眼或碰一下都可以構成導火線。我問她：

「聽說，你一直沒到學校上課，大夥兒都到校，你一個人在外面閒逛，心裡不會慌慌的嗎？」

女孩兒低聲說：

「有時候會。」

「爲什麼不到學校和同學一起玩、一起讀書呢？」

「我不喜歡上課。」

「那你喜歡什麼呢？……喜歡看小說嗎？」

「喜歡。」

我誠懇地和她說：

「阿姨家有很多散文、小說的，有空和我女兒一起來家裡玩，不要四處閒逛，有時候會碰到壞人的。」

女孩子乖乖地說了聲「謝謝！」我沉吟了一會兒，終究沒提打人的事。歎了口氣，掛了電話，眼淚流了一臉。是什麼樣的環境把孩子逼得四處爲家？是什麼樣的父母，忍心讓孩子流落街頭？我回頭遵照訓導主任的指示，叮嚀女兒：

「以後再有類似狀況，就跑到訓導處去，知道嗎？」

女兒委屈地說：

「你以爲我不想這樣做嗎？他們圍堵我，我根本去不了。」

過了幾天，兒子從母校的操場打球回來，邊擦汗邊告訴我：

「今天在學校打球時，身後有人高喊K的名字，我回頭看，遜斃了！又瘦又小，妹妹太沒用了，是我就跟她拚了。」

女兒不服氣地反駁說：

「你別看她瘦小，那雙眼睛瞪起人來，教人不寒而慄，好像要把人吃掉一樣，嚇死人哪！」

事情總算解決了，因爲據女兒說，從那以後，再沒人找過她麻煩，我們都鬆了口氣，慶幸漫天陰霾全開。

今年年初，時報舉辦兩岸三邊華文小說研討會，一連兩天，我在誠品藝文空間參與盛會。那夜，回到家，外子面露憂色說：

「很奇怪哦！女兒這個星期假日，成天埋首寫東西，畫著細細的格子，密密麻麻的，不知寫些什麼，不讓我看。」

夜深了，孩子快上床，我進到女兒房裡和她溝通，我問她是不是有什麼事要和我說，她起先說沒有，我說：

「我們不是說好了，我們之間沒有祕密嗎？」

女兒從書包裡掏出那些紙張，大約有五、六張之多，前後兩面都寫得滿滿的，全是她做的噩夢和那回被打的經過，像是在警察局錄口供似的，我看了不禁淚如雨下，差點兒崩潰。原先以爲不過是小孩之間的情緒性發洩，沒想到是如此血淋淋的校園暴力。

女兒細細的小字寫著：

「第一次：那一天是星期五，十五班的K跑來，叫我放學後在校門口等她。下課後，她打扮得花枝招展在門口等我，還噴了香水。她把我騙到隔壁××國宅二樓，我才放下書包，一轉身，她就變了一個臉，兇狠地問我一個我聽不懂的問題，我還來不及回答，她就打了我好幾個耳光，我楞了一下，她打我？我眞是不敢相信？我和她無怨無仇，她爲什麼打我？我跟她扭打在一起，她拉我的頭髮，我扯她衣服，她抓住我的頭髮把我丟出去，我整個跪到地下，也就是所謂的『一敗塗地』。她把我從地上拉起來恐嚇我『你要是敢講出來，我就把你從樓上推下去』，我怕得要命，因爲氣喘病發，正喘著氣，突然從圍觀的人群中跑出來一個年約二十左右的女人對我吼：『你還喘！喘死啊！』說完，又給我一個耳光，我整個人又跪到地上去。我因爲害怕，什麼都聽她的，出了國宅，我眞的忍不住哭了！我哭的原因是因爲我好膽小，而且我不甘心啊！我竟然就這樣傻傻地被她打！她還說我說話很ㄉㄧㄠˋ，ㄉㄧㄠˋ是什麼意思啊？我從來沒有這樣屈辱過，連爸媽都從來沒有打過我啊！她憑什麼打我？我恨死她了，我生平沒恨過什麼人，我發誓與她勢不兩立。」

「第二次：暑期輔導中午，K突然從校外跑來（她沒有參加輔導），約我去國宅十二樓talk talk，我很膽小，不敢反抗，只好乖乖地跟她去，一到十二樓，她就說：『上次你扯我衣服，害我整個曝光，你今天是要裸奔回去？還是被我打？』她看起來很生氣的樣子，我考慮了一下，就選擇挨打。她打人很奇特，不只是打臉，連後腦勺一起打，我被她打得臉熱辣辣的，腫得像豬頭皮似的，我實在痛得受不了了，請她等一下。我用手往牙齒一摸，手上都是血！她兇狠地說：『今天饒了你，算你走狗運！』走的時候，又恐嚇我不准講，要不然會死得很難看……」

「第三次：這一次本來是要找班上另一位同學的麻煩的，那位同學跑了，所以就找我。她們又問我一些莫名其妙的問題，問一句，揍我一下，這一次眞的很慘，T、K二人連打帶踢地弄得我全身是傷，膝蓋上一大塊青腳印，久久不消，這次，嘴巴又流了好多血，啊！我眞是沒用啊……

「第四次：這次是在參觀資訊大樓時，T把我堵到廁所裡，又是拳打腳踢……」

「K：我到底是哪裡讓你看不順眼，爲什麼一定要動手打人呢？這樣你又有什麼好呢！這樣打人是要被……」

「有一天我夢到我當上了警察，我們組長要我去××國宅抓兩名通緝犯，一是K，一是T。我到××國宅時，果然看到她們又在打人，我立刻上前制止，乘機從背後將K的雙手反扣，交給同事帶回局裡；再轉身冷冷地朝T說：『我這一次放你走，希望你改過，別讓我再抓住，不要讓我失望。』她問我：『你到底是誰？』我把證件拿給她看，她嚇了一跳，馬上向我下跪。……」

「前兩天我又夢到K，她完全失去了兇狠的眼神，變得脆弱不堪，我勸她：『回家去吧！再不回家，妳媽要得相思病了！』K問我是誰？我告訴她，我就是以前被她打三次的人，我勸她改過向善，並幫她找回了媽媽，她高興地流下了眼淚……」

「…………」

我一邊看，一邊流淚，這才知道，我們的一念之仁是如何虧待了善良的女兒，那樣的暴行對她造成的傷害遠遠超過我們的想像，而那些施暴的孩子的行徑，著實可用「可恨」或「可惡」來形容，我必須慚愧的承認，如果我早知道那些孩子是如此殘忍地對待我的女兒，我是絕不會那樣委曲求全地去和行凶者打交道的，我也深信，沒有任何一個母親會加以容忍的，我是多麼對不起女兒呀！

可是，事隔半年，爲什麼會突然又舊事重提呢？

「不是答應過媽媽，把這件事徹底忘掉嗎？」

「最近考試，老師重新排位置，那兩位曾經打我的T、R同學，一位坐我左邊，一位坐我前面，我覺得好害怕！雖然她們已經不再打我了，可是，我想到以前的事，就忍不住發抖。……」

我摟著女兒，心裡好痛好痛，安慰她：

「讓我去和老師商量，請老師調換一下位置好嗎？」

女兒全身肌肉緊縮，緊張地說：

「不要！到時候她們萬一知道了，我又倒楣了。我答應你不再害怕就是了！」

外子和我徹夜未眠，不知如何是好。女兒柔弱，無法保護自己，強硬的手段，恐怕只會給她帶來更大的傷害，我們第一次認眞地考慮到轉學問題。一連幾天，我打電話問了幾間私立教會學教，全說轉學得經過學科考試，篩選十分嚴格。想到女兒不甚理想的學科成績，只好快快然打退堂鼓，上帝原來也要撿選智慧高的子民，全不理會柔弱善良的百姓。我在從學校回家的高速公路上，望著前面筆直坦蕩的公路，覺得前途茫茫，一時之間，悲不自勝，竟至涕泗滂沱。

正當我們幾乎是心力交瘁時，女兒回來高興地報告：

「老師說，下禮拜又要重新排位置。媽媽不要再擔心了。……媽媽，眞是對不起。」

那夜，我終於背著女兒和導師聯絡，請她在重換位置時，注意一下，是不是能儘量避免讓她們坐在一塊兒。老師知道情況後連連抱歉，並答應儘快改進，臨掛電話前，導師說：

「你那女兒實在可愛，她一點也不記仇，上次班際拔河比賽，她拚命爲T加油，我一旁看著她喉嚨都喊啞了，臉紅嘟嘟的……我有時候上了一天課，好辛苦，偶爾上課時，朝她的方向望過去，她總不忘給我一個甜甜的笑容。蔡太太，你也是當老師的，應該會知道，那種窩心的感覺，當老師的快樂不就是這樣嗎？眞是讓人心疼的孩子！」

第二天傍晚，孩子放學回來，我聽從導師的建議，和女兒一起到七樓陽台上把她寫的那些密密麻麻的紙條全燒光，希望這些不愉快的記憶隨著燒光的紙片兒灰飛煙滅。

紙片兒終於燒成灰燼！我轉過身拿掃把想清掃灰燼時，突然一陣風吹過來，把紙灰一古腦全吹上了天空，女兒悃然望著蒼天，幽幽地說：

「如果記憶像風就好了。」

記憶眞的會像風嗎？

——一九九四年五月・選自九歌版《如果記憶像風》

羅馬在哪裡？

畢業典禮的日子決定了，她在堆疊著各式參考書的書桌前抬起頭若無其事地提起，歷盡滄桑般地回應著父母的問題：

「隨便你們啦！也不是什麼重要的日子，去不去都無所謂，反正我又沒有領獎。」

畢業典禮可不只爲領獎者舉行的！父親請了假，媽媽挪了演講日，學校宣布典禮改期。她簡直不耐煩了，陰陰地說：

「你們別去了，連我都不想參加，三年沒有一個好朋友，沒有一件開心的事，畢業典禮後，學校我是一天也不想再回去了。」

畢業典禮那天，不但父母雙雙赴會，連遠在中部的外婆都來共襄盛舉，外婆說：「阿彌陀佛！總算畢業了！眞無簡單！可憐的囡仔兒！看伊都攏有在讀，哪會讀到安捏！」

驪歌聲起，外婆和媽媽感動地涕泗縱橫，爸爸拿起相機捕捉鏡頭，發現她坐在人群裡，一臉漠然，兩把特地爲她準備的鮮花一直靜靜地躺在外婆和媽媽的懷裡，不像畢業典禮，倒比較像是模範母親表揚大會。

典禮過後，各自由導師帶回原班教室。有的同學哭紅了眼，有的人拉著老師合照。角落裡突然一陣騷動，三位同學追著一位小個子跑，終於在一個角落追上，三人一齊欺上，在小個子的哀號聲中，大筆在她的制服上簽下了紀念文字。教室裡突然熱鬧起來。大夥兒追來跑去，互相在制服上寫下各樣稀奇古怪的記號和文字。她站在一旁，局外人似地笑笑看著，似乎有些羨慕，媽媽慫恿她：

「你也找同學簽名嘛！」

她聳聳肩，無奈地說：

「找誰簽？我又沒有好朋友！」

媽媽再接再厲：

「總有一、兩位吧……何況，也不一定要很要好才找她簽啊！一個紀念嘛！」

她遲疑了一會兒，拿枝奇異筆，怯怯地走近一位同學旁，同學正簽得興起，回頭看見她，不由分說，在她的衣領上便寫將起來，她露出興奮的笑容，朝媽媽做了個勝利的手勢，媽媽的眼淚像雨一樣掉了下來。

她到處找人簽，衣服上幾乎找不到空白處，有中文、有英文，也有有各種動、植物圖案，媽媽眼睛沒有離開過她，發現她手上的筆淨拿著，沒有落在任何人身上。兩把花被分別送了出去，紅色的玫瑰送給辛苦的導師，粉紅的則送了輔導老師，兩位老師都向媽媽稱讚說：

「這孩子很乖巧！很可愛！功課再加加油就好了……不過，也不用太擔心，條條大路通羅馬！」

本來不太擔心的媽媽還眞被這不約而同的說法給說得有些擔心起來，不知道女兒的羅馬在哪裡？

回到家，她脫下上衣，像寶貝般賞鑑著，一一和家人解說著簽名者的背景資料，說到其中一位時，興奮地口齒都不清楚了：

「阿飄吔！這是阿飄的簽名吔！」

「阿飄的簽名這麼珍貴嗎？你們交情那麼好嗎？……還是她特別酷！」哥哥好奇的問。

「才不是哪！是因爲三年來我們從來沒有說過一句話！」

這是什麼奇怪的邏輯！不交談反而變成一種圖騰似的被寶貝著！

整個晚上，她不停地反芻著三年的往事，然後，很溫柔地下了結論：

「其實，我們導師雖然嚴格了些，還不是爲我們好，她的人很好吔！輔導老師常常開導我，幫我解決很多問題，我眞的很感謝她！……我們班的同學，其實有些對我眞不錯，像潔心、陳亭蓉常常教我功課，還有小豆、吳慧瑜、佳娟、施瑋茜、莊佳穎……都很照顧我吔！啊！這件衣服我決定永遠保存起來，不要幫我拿去洗，萬一把字洗掉了就慘了。」

媽媽忍了很久，終於忍不住地發問：

「爲什麼你都不幫人家簽呢？」

她楞了一下，垂下雙睫，害羞地說：

「人家又沒有叫我幫她簽，我怎麼好意思隨便往人家身上寫！」

第二天起床，所有的柔情都被堆積如山的教科書給趕跑了。她決定不參加學校的集體溫書，獨自早出晚歸地前往哥哥爲她找到的K書中心看書。聯考的日子愈來愈接近，原本只要靠上床便睡著的她，逐漸開始失眠，半夜，媽媽進房，總看見她在黑暗中睜著大眼睛，白天也變得易怒多感，十分情緒化，小小事情常常把它擴大成不可收拾。爸爸出面安撫她：

「考不上高中也沒關係！還有五專、職業學校，很多機會的。報紙上不是也有報導，很多學校還招生不足嗎？怕什麼！就算都沒考上，爸爸賣了房子，想辦法給你弄個店，你可以去學洗頭，也可以賣文具什麼的，爸、媽再過幾年退休了，可以幫你的美容院掃地、擦鏡子，也可以幫你在文具上貼價碼的標籤。不過，得答應爸爸，不能成天去約會，老把店丟給老爸！知道嗎？」

她聽了，破涕爲笑。但是，才維持沒兩天，又開始拉肚子、犯頭疼。心情稍好時，不時地憧憬：

「要是考上北聯就好了，同學一定會說我是一匹黑馬！」

「考完試以後，我要去穿耳洞、戴上晃來晃去的耳環！還要去游泳減肥……，還要租一大堆錄影帶回來，把眼珠子看到凸出來爲止。……」

心情大壞時，不停地抱著肚子跑廁所，動不動就生氣、淚汪汪的。爸爸、媽媽談著報上寫的教改新聞，她絕望地恨聲說：

「教改會救得到我們嗎？什麼時候才開始改？改些什麼？……」

一天，媽媽在市場碰到一位同學的家長，聽說班上同學決定在九日考完試那天中午聚餐，回家徵求她的意見，她反應冷淡地說：

「我才不去哪！也沒有什麼好朋友，去幹什麼？」

媽媽錯愕地看著她，想起畢業那一夜的溫柔，那一番纏綿的話。她看出了媽媽吃驚，解釋說：

「她們雖然對我不錯，但是對別人更好，我一個死黨也沒有，眞沒意思！」

然後，她偷偷湊過媽媽的耳旁說：

「其實，考完那天，我已經和補習班鄰座一位外校的同學約好了，一起去玩，去逛街，最好能一起去穿耳洞。她對我多好，你都不知道。我們坐在隔壁一年多……」

她隨即取出一張精緻的卡片，裡面密密麻麻寫了些永不相忘的誓詞，最後並寫著：

「等到聯考後，我們能不能通信？或約出去逛街？我不想那麼快就結束友情。」

日子在不斷地煎熬中過去，每每覺得快撐不下去時，她便從抽屜裡取出那張卡片來咀嚼一下甜蜜，給自己充充電。

北聯終於火辣辣地登場，考試前，她鄭重宣布：

「考完後，不得向考生詢問成績，免得影響情緒。」

全家謹守規範，絲毫不敢逾矩。爸爸偷偷買了兩份當日的晚報，晚報上考題答案俱全，不動聲色放在電視機上，位置明顯。媽媽看了，放回；哥哥看完，放回；只有她不看，一眼也不瞧。

考完那個中午，她興奮地等待每一個電話鈴聲，過盡千帆皆不是，焦慮的氣氛傳染了全家人。兩點過了，爸爸說話了：

「別抱太大的希望，不是每個人都守信用的，何況，也許人家臨時有別的事，再說，那麼久前約的，也許她忘了呢！」

「她不是那樣的人，她會守信用的，我對她有信心！」她聲色皆壯的回答。

三點過了！媽媽受不了了，說：

「爲什麼你不主動打電話過去呢？」

「她說她會打過來的呀！」氣息明顯微弱了許多。

「交朋友不能光靠等待，主動很重要。」媽媽把演講那一套搬出來了。

電話直撥到對方家裡，一個懶洋洋的聲音說：「我妹妹考完試跟同學出去玩了啦！」

空氣霎時僵凝住，媽媽怕自己哭起來，故意笑著大聲說：

「太好了！那就不用再等了，我們全家也很久沒一起出去玩了！大家一起去逛逛吧！你不是要穿耳洞嗎？」

爸爸、哥哥和外婆忽然齊齊大聲附和，並用最有效率的方式整裝出門，她還來不及傷心，便一古腦被捲入這異乎尋常的熱鬧氣氛裡，連一向最反對女孩子胡亂打扮的爸爸，都一馬當先的直奔百貨公司的飾品部，爲女兒選了一副搖搖晃晃的耳環。

夜深了。她不經意地拿起一份電視上的報紙隨意翻著，突然慘叫一聲：

「唉呀！漠不關心的『漠』，改錯沒改出來！我怎麼沒想到！」

媽媽不知爲什麼，莫名其妙地憤怒起來：

「怎麼這樣簡單的字都沒想出來！你也未免太離譜了吧！」

她一聽，哇的一聲，痛哭起來，沉靜的夜裡顯得格外淒厲：

「怎麼辦？考不上了呀！怎麼辦？……」

爸爸、媽媽無助的杵立著，簡直束手無策。爸爸很阿Q地安慰著：

「本來，北聯就只是暖身嘛！我們把目標放在五專，再加些油就行了！五專考不上，還有公立高職、私立高職，再不然，我們不是也報名了天主教四校聯招、復興美工……爸爸幫你複習，跟你一起努力！」

她嗚嗚地哭著，泣不成聲：

「還有我那位同學啊！我以後都不理她了啦……」

媽媽很心虛地說：

「也許，她有什麼困難啊！交朋友本來就很難的呀！我以前還不是……」

十五歲的今年夏天，將是她生命中一段非常漫長難熬的歲月，她陸續還有五到六場的硬仗要打，不曉得能不能攻下一個屬於她的羅馬？

——一九九五年七月・選自九歌版《如果記憶像風》

暑假

暑假終於結束了，謝天謝地。

從七月五日到九月一日，前後五十九天，我鎮日和孩子在有限的空間裡大眼瞪小眼，覺得可怕萬分。這個經驗讓我充分領悟到爲什麼做母親的嗓門總是和孩子的成長成正比。

兒童心理學的書籍告訴我們，必須拿孩子當朋友，必須建立良好的親子關係。我心裡想著專家的指示，眼裡看著兩個被困四樓三十坪房間的活蹦亂跳的小頑童，不禁有點兒著慌。

漫長的暑假，剛開始，彼此還能和平的相容共存。我用經過專書指點過的聲音說話，臉上掛著經過調整過後的笑容。每天晚上早早上床，以培養充沛的精力，隨時準備和孩子做全天候的殊死戰。孩子的學校發了一張大概是經過專家設計的「暑假操行評量表」，上面列了許多項目，諸如「早上起床是否自己摺疊棉被？」「每天看電視是否超過兩小時？」「有沒有打電話或寫信向親戚朋友請安？」「走路有沒有注意停聽看？」……由父母和孩子逐日塡寫計分。剛開始，孩子還顧忌著這張評量表，只要我稍一暗示，馬上收斂劣跡，恢復中規中矩。日子久了，這張評量表慢慢失去了約束力，我發覺自己臉上的笑容愈來愈少，嗓門愈來愈大，聲音愈來愈嚴厲，終至有一天我那上一年級的飽讀詩書的兒子老氣橫秋的抗議：

「你爲什麼要對我這樣兇！這樣會造成我的『人格上的陰影』吔！」

我瞠目結舌，不記得自己懸在半空中的那隻手是以怎樣不自然的姿勢收放了下來。

●

早上，他們通常比平時上課還早些起床。三兩下就寫完暑假作業，再看會兒書，彈一下琴，看看鐘才九點半左右，外面的炎陽高照，老大開始坐在客廳的沙發上嘟著嘴唉聲歎氣的埋怨：

「這叫什麼暑假嘛！成天躲在屋子裡，一點也不好玩，還不如去上課。」

我在一旁齜牙咧嘴的陪著笑，同情的說：

「是嘛！暑假眞不好玩，太熱了，我也覺得一點都不好玩。」

兩個孩子顯然對這種抄襲自書本上的對白不感到興趣，他們太清楚大人這些伎倆了，所以，也不像專家所預言的感到被認同的快樂。老二是無條件唯哥哥馬首是瞻，學樣的巴結著哥哥：

「是嘛！有什麼意思，還不如去上學！」

面對兩張顯示極度厭倦的臉孔，我感覺到前所未有的任重道遠。爲了打破僵局，我試探的建議：

「爲什麼不玩點兒遊戲？」

兒子萬念俱灰的反問：

「有什麼好玩？跟誰玩？」

「跟妹妹玩啊！」

我瞥見一旁玻璃罐裡滿滿的彈珠：

「玩彈珠啊！」

「好啊！好啊！好棒！玩彈珠！我最喜歡！」

女兒忙不迭的附和。

「跟她？玩彈珠？」

簡直是嗤之以鼻的聲音，兩個問號接連，一個比一個更不屑。受到這樣的刺激，我突然不假思索的脫口而出：

「那跟我玩，玩彈珠！」

兒子仍然懶洋洋的用雙手支著下巴，說：

「你？會嗎？玩彈珠吔！」

對女性如此的輕侮，眞是「是可忍，孰不可忍」。於是，我搬出幼年時期所向披靡的豐功偉績。孩子猶自半信半疑，爲了徵信起見，我下了結論：

「不信試試看，就知道媽媽有沒有吹牛！」

於是，母子二人在地毯上展開一場激烈的廝殺。沙發下、飯桌下、茶几下，鑽過來，爬過去，爲了怕「漏氣」，我使出渾身解數。半小時後，所有彈珠全到了我的手上，女兒看得目瞪口呆，頻頻拍手稱好。兒子坐在地上，斜著眼瞪著我管轄內的玻璃珠，撇著嘴說：

「這也沒有什麼稀奇啦。你是大人嘛！等我長大了，比你更厲害咧！」

然後，嘟著嘴，心灰意冷的說：

「跟你們大人玩，眞沒意思！」

我望著手上的玻璃珠，頗不能原諒自己一時興起所表現出的趕盡殺絕的作風。

爲了彌補歉疚，於是，我又提議：

「打紙牌吧！你不是很喜歡嗎？」

他大概對全輸的遊戲不感興趣。戒愼的看了看茶葉筒裡滿滿一筒圓紙牌：

「你也會玩紙牌嗎？」

「哦！紙牌呀……比較差一點啦！」

這回我隱瞞了早年「紙牌大王」的名號，謙虛的回答。女兒一旁興致勃勃的慫恿著：

「好嘛！好嘛！就玩紙牌好了啦！我給你們加油。」

半個鐘頭過後，紙牌全到了他手上，他洋洋得意的自誇著：

「就說嘛！女生怎麼會玩紙牌！你根本就不會嘛！」

他踞坐一旁，自傲的又下了個結論：

「跟你們女生玩，最沒意思了！根本就不會玩！」

我瞪著他的牌，又開始懊惱剛才沒全力應戰，以致坐令敵人驕誇。

初嘗勝利的滋味，他意猶未盡的向我的五子棋挑戰。我心頭一驚，我的五子棋段數是下到連自己已經贏了都不知道的程度，自忖不是他的對手。於是，扳起臉孔，義正辭嚴的說：

「今天就陪你們玩到這兒為止。要玩五子棋，等爸爸回來再說，我太累了。」

兩個小孩齊聲的歎了口氣。三個人迎著滿室的靜寂，意興闌珊的各據一角，眼睜睜的看著時間一點一點的在眼前消失。我習慣性的抬頭看鐘，乖乖！折騰了半天，全身骨頭只差沒拆散，也不過十點半鐘，想到往後還有幾近一個半月類似的日子，不禁仰天長歎起來。兒子垮著一張臉，睨著我說：

「媽媽最差勁了！都不陪我們玩，一點也不重視『親子活動』……」

孩子活動力強，待在公寓房子裡就像被困在欄柵內的野獸般，成天直想往外衝。可是，太陽這樣毒，下樓去玩，鐵定中暑，屋裡的吸引力太弱，小孩的糾纏工夫使母親的權威面臨嚴重的考驗。爲了顧全自己的面子，並實際解決問題，我提供了一個兩全的辦法：

「太陽太大了，在下面玩會生病。這樣好了，請你的小朋友到家裡來玩。不可以去別人家玩，別人家的媽媽都很忙，不可以去吵別人。」

孩子歡天喜地的出去了。半個小時後，沒有任何消息。我不放心，擱下手邊的工作，下樓去察看一番。

陽光好強，曬得人幾乎睜不開眼睛，除了少數俯首疾走的行人外，巷弄間一片寂靜，巷子外，是一個鐵絲網圍成的廢草園。雜草叢生，中間還閒置了一些砂包，大概是圍起來準備蓋房子，鐵絲網四周大約是八米左右的柏油道路。我站在巷子口，瞇著眼向四處打量，看到廢草園過去的道路上，隱約有一個小人正騎著捷安特腳踏車，邊騎邊張望。在雜草叢中，時隱時現，像電視上的慢動作影片，黃色的小身影在廣袤而蔚藍的天空襯托下，是那麼寂寞而孤獨。我的眼睛突然熱了起來，這個小人，爲什麼寧願在這兒忍受大太陽的肆虐而不願上樓？

孩子看到我，加快了速度騎過來。我心疼的問：

「這麼大太陽，怎麼在這兒騎車？」

「我等朋友下來玩啊！」

「你的朋友什麼時候下來？」

「我也不知道。」

「約好了嗎？」

「沒有。」

「媽媽不是說，可以請小朋友到家裡來玩嗎？」

兒子垂著長睫，委屈的說：

「可是，我朋友的媽媽也跟你一樣，不許他來吵你啊！……你們大人好奇怪哦……。」

——一九八五年九月・選自圓神版《閒情》

永安與不安

學期已近尾聲，所有的工作都必須作個總結。出考題、改作文、抽屜裡還擺了幾封叩問人生難題的信件等著回覆，編輯催促稿件的電話鈴常在不經意間尖聲驚叫。除此之外，還得趕飛機到南端的城市去履踐多月前允諾過的多場演講。我因之陷入空前的焦慮！常常坐著愣愣發呆，外表看起來像是閒適到幾近無聊的地步，其實內心交戰，覺得為物所役、人生無趣。

永安的限時來信夾雜在眾多的信件及作業間，差點兒被淹沒。因為忙碌，我原打算在學期結束前不再打開任何信件，以免因為無法及時回覆而導致更甚的焦慮！然而，永安的信厚厚的一大疊，信封上用鮮紅色簽字筆重重標示「限時專送」四字，顯示信裡的內容有著某種程度的急迫性。若是錯過了，或者將有大事發生，而且無可挽回！我稍稍猶豫了一會兒，便決定打開它。約莫十張左右的信紙，是那種年少的女子會喜歡的、有著粉藍花樣的香水信紙。信裡這樣寫著：

讓我省略客套的寒暄，直接進入主題吧。我是你一年前教過的學生，你應該會有印象。因爲我曾經爲了離開軍校，而向你請求網開一面，給我不及格分數；其後，又因後悔，而希望能給機會，讓我繼續留在軍校的黃永安。當時，你對我的兩項請求都沒有答應，因之決定了我離開軍校的命運。隔幾個月後，我又再度進入軍中服義務役。這次的運氣更糟，經過了苦不堪言的訓練後，我被分發到南部郊區的部隊。……

部隊內的阿兵哥素質良莠不齊，當他們知道我曾經是他們所羨慕的大學生時，便開始對我另眼相看！而且明顯地排擠我。有意無意地打擊我，言詞奚落之不足，還故意聯合起來整我。……

在其後的整整八、九頁裡，他不厭其煩地寫著同志們排擠、甚至迫害他的種種具體事實。或者因爲過於瑣碎，也或者因爲對軍中事務的缺乏認識，我並沒有興趣詳加閱讀，我逕自略過這些描述，想知道他寫這封信的確切目的。在最後一頁，他終於寫到重點：

寫到這兒，老師應該知道我寫這封信的意思了吧！這個世界其實沒有任何公道可言，我在這兒受苦，寫信給父母，父母卻只會勸我多多忍耐！並說，我的沒長性已經讓我錯失了寶貴的兩年，叫我再不能任性了！我自知理虧，大二沒念完、被學校掃地出門，讓他們丟盡了臉！可是，我也有我的難處，他們總不想了解，只一味拿我和鄰居的孩子相比！我的痛苦，他們是沒辦法了解的！老師！我自己也不知道爲什麼要寫這封信，也許私心裡希望有人能了解吧！老師，這是我寫的最後一封信了！眞的！珍重再見。

這是怎麼一回事？什麼是「最後一封信」？我從書桌前站起，走到窗口，望向橄欖樹掩映下的工學部大樓。記起永安曾在樹下和我討價還價的情況，似乎也是個明媚的春日早晨，還記得當時永安困惑的臉上，還閃耀著忽明忽暗的斑駁樹影。而如今，這個走出校園的困惑靈魂，並沒有因爲生活的轉彎而得到救贖，反倒似乎滋生了更大的麻煩！「最後一封信」到底是什麼意思？是他不再給我寫信了、言盡於此？可是，爲什麼要寫上「眞的！」二字？是怕我不相信他不再給我寫信？抑或不相信這是他的「最後一封信」？這兩者應該是有著不同的意義的吧！我將目光從遠處收回，決心不去深究。

「不過是一種習慣用語罷了！」

我如是寬慰自己。我們不是也常在陳述事情的最後，加上：「眞的！我沒騙你。」這樣的加重語氣嗎？我不喜歡做過度的聯想，因爲那樣的聯想教我害怕！

我重新坐到書桌前，將剩下幾篇尚未批閱的作文展開，卻無論如何都無法專心批改。我再次取出永安的信，想拿給同事們看，也許他們有不同的解讀，甚至可以給我一些建設性的建議。可是我終究沒那麼做！因爲，我忽然覺得永安或者並不願意他的信被四下張揚。我放下那十多頁的粉藍信箋，故作鎭靜地照原訂計畫批閱作文。下午，我得飛越島嶼，直奔南臺灣的一個小鎭，和許多媽媽一起切磋親子教育。然而，「老師，這是我寫的最後一封信了！眞的！珍重再見。」卻不停地躍上腦海，和我的計畫拉扯、糾纏。於是，我不得不掩上作文，取出信紙，在飛機起飛前，趕著給他寫了一封信。爲了表示誠意，我也洋洋灑灑地寫了數張的信箋。不外表達關心、同情與了解。在信的最後，我坦言：

說實在的，這封信到底有什麼用處，我是一點把握都沒有。老師雖然能理解你的痛苦，但終究也無法幫你分擔任何的愛恨！不過，若你認爲老師還能稍稍談得上話，就盡量寫信來吧！或者打電話來也是可以的。還記得年少的時候，碰上難以跨越的關卡，我總是寫信向朋友訴苦。寫完了信，似乎痛苦也就不是那麼難以忍受了！你願意向我傾吐心事，我因之萌生被信任的感動，覺得當老師眞是一件美好的事！因爲，在你來信之前，我還在爲莫名的忙碌感到無比的沮喪哪！

我在信的最後，仔細寫上我在學校及家裡的電話、地址。因為，對一顆焦躁的靈魂而言，費時的魚雁往返恐會緩不濟急！我希望他能有更多的選擇。

從南臺灣飛回後的第三天，果然在期盼中接到永安的信。看到安安靜靜躺在信箱裡的信，心裡眞有說不出的安慰。他依然抱怨著生活的種種、心情的無法自解。最後，他說：

老師的回信，讓我感受到無比的溫暖。雖然如此，但是就像您說的，自己的痛苦是誰也無法幫忙承擔的！因此，我仍然不改初衷，仍然要堅定地和老師道別！這次，是不會再見了！

天啊！我眞是有些著慌！信封的地址只是一個信箱號碼，完全不知道在何處。雖然沒受過諮商的訓練，平時卻也稍稍涉獵過一些心理學的書籍。我安慰自己：眞正想自殺的人，多半已付諸行動。類似的求死訊息多半出於尋找理由讓自己繼續活下去的人。於是，我又用限時專送送去我顯得無力的安慰。就這樣，我陸續和他通了四、五封的信，他仍在孜孜叩問生命的意義，我則懷著戒愼恐懼的心情，不斷提供著連自己都不相信的種種樂觀情緒。五封信之後，所有的訊息突然宣告中斷。永安不再捎來任何消息，我完全不知道發生了什麼事？午夜夢迴，我總往最悲觀的方向想去，想到也許一個年輕的生命，已因我的輕忽或遊說乏力而萎死在軍營的某個角落！有一夜，我甚至夢到永安穿著一身縞素來和我告別！而我無論如何奮力都抓不住他飄然遠去的衣袂！醒來時，發現衾枕上全是淚痕。

隔了年餘，悲傷已然淡去。一日，我慵坐書房，任憑柴可夫斯基悲愴的樂音迴繞斗室。隱約聽到電話鈴響，我轉低了音樂，拿起電話，那端傳來興奮的聲音，說：

「我是黃永安！黃永安！……老師還記得我嗎？」

「永安！你還活著！你眞的還活著！」

我不禁失聲大叫！隨即升起一股哀怨的情緒。我抱怨他爲何失去聯繫？他也不辯駁或解釋，逕自以極高興的語氣告訴我：

「老師！你猜我現在在做什麼？……你一定猜不到的啦！老師！我特地打電話來告訴你這個好消息的！我考上臺大啦！臺大××系！」

「眞的？啊！眞的嗎？你是怎麼做到的？……恭禧啊，眞是太意外、太高興了！」

我興奮地顯得有些口齒不清！甚至覺得過去的種種已不再重要，無須再加追究。我們在電話中笑得好開心，完全忘記那段讓他痛苦、讓我寢食難安的日子。

夏天過去了！開學沒多久的一個黃昏，我正整理著桌上的東西，準備回家。永安忽然笑容滿面地出現在我的研究室門口！他留了一頭長長的頭髮，意興風發。嘴裡嚼著口香糖，侃侃談著往後的計畫。一直到天色逐漸暗下來，都無一語提及過往。他說他的同學都已畢業。不過，他還要去跟過去的導師及其他師長聊聊。我提醒他時間已晚，快去快回，別讓父母操心！我們一起步出大樓，當我步上車子，發動引擎，即將開動車子之際，肅立一旁的永安突然趨前俯身，眼裡含著淚水，朝我說：

「老師！眞的謝謝。」

我揮揮手，微笑示意。從後照鏡裡，我看見永安逐漸被四圍的暮色所淹沒，不知怎的，竟流下淚來。

四年後，我離開軍校，轉到臺北郊區的大學任教。教師節的那天，我上完兩節課，回到研究室。忽然，有人叩門。映入眼簾的，赫然是一大束漂亮的白色香水百合！出現在花團錦簇後的，正是黃永安。大汗淋漓的永安，好像剛從三千公尺的長跑脫身似的，氣喘吁吁地朝我說：

「祝老師教師節快樂！我本來把時間算得好好的，預計在你一下課的當兒，衝進教室，讓老師驚喜一下，也讓學弟妹們見識一下老師的魅力！誰知道，半路塞車，眞是天不從人願！好可惜！……」

我又驚又喜，急忙安慰他：

「不可惜！不可惜！待會兒，我會挑個人最多的下課時間，捧著花，繞校園一周，讓其他的老師嫉妒死！眞是非常謝謝你啊！你人來了，老師就很開心了！下次千萬別買這麼貴的花！」

研究室的冷氣呼呼地吹著，可是，永安似乎暑氣未消，一逕流著汗！他說：

「老師放心！我幫教授作一些研究，有點兒收入。雖不多，但買一束花是綽綽有餘的！」

我想起永安應該是七月畢業的，聽起來卻似乎還在當學生。他說，因爲雙修之故，他必須延長畢業。也因爲這樣，他才能幫教授作計畫！一切看起來是如此的圓滿，我想起往事，不禁暗自慶幸人類抗壓力的強悍！永安看到我的電腦螢幕正停在我的個人網站上，他表現出極大的興趣！在瀏覽過後，他熱情澎湃地自告奮勇要爲我的網站作一些較炫的更新！我婉拒他的好意，說：

「我的網站已全權委託你的一位前期學長主持並更新，我對這樣素樸、幽雅的風格感到十分滿意！並無任何改變的意圖。不過，仍然要謝謝你的好意！」

他顯得有一些沮喪，但在看到我桌上擺著的名片時，神情似乎又稍稍振奮起來，他再接再厲地遊說我：

「老師的名片太單調了！既看不出中文系教授的特色，網址也沒印上。要不要我幫你重新設計、印刷？」

我看他興致勃勃，不知如何拒絕，推說：

「沒關係！反正我也不是什麼重要的人，名片也很少用。你不用太麻煩了！」

他不依，亢奮地解釋：

「我可以用電腦幫老師做，很簡單，一點也不麻煩。一個晚上儘夠了！」對這樣的熱情，我也不好推辭太過，於是，便任憑他去。

次日一早，我一走進研究室的長廊，遠遠就看見永安已經先到了！他仍舊和昨日一般，汗流浹背。我覺得些微詫異！秋日的早晨，其實是有著幾分涼意的。不過，這樣的疑問隨即被他興奮的情緒所感染而消逝。一進研究室，他便取出六、七款製作好的名片排列在桌上，問我：

「我先爲老師做這幾種樣子，看看老師喜歡哪一張，或老師覺得有什麼需要改進的地方，我再回去修正。」

我吶吶地說不出話來！沒想到他的手腳如此之快。小小一張名片上，除了姓名、學歷、任教學校、電話、地址及網址之外，還挨擠著一個類似日本漫畫中的半身漂亮女郎及一句浪漫的中國古典詩句。每一款的詩句及人頭都不一樣，顯然經過一番苦心的設計，這樣新潮到幾近天眞的名片，我自然是沒有機會用它的。不過，對永安徹夜趕工的用心良苦卻是銘記在心的。我誠心誠意地向他道謝，並開玩笑說：

「你看！每一款都印了約五十張，算起來也有三百餘張，眞夠我用到下個世紀了！」

接著下來的日子，他幾乎都準時來向我報到！我在研究室門口上張貼的功課表，他似乎都記住了！一段時日過後，我不免有些心驚！他幾乎已將我的行蹤掌握殆盡！我不知道他到底要做什麼？他也不說。來了，只是和我漫無目的地聊，不時問我有什麼他可以效勞的事；或者，就站在冷氣最足的窗臺附近流汗、發呆。我不免對他感到好奇，問他：

「永安！你難道都沒課？你不是說幫教授在做什麼研究，你什麼時候去？」

永安總是說「課很少了！」「教授的事不急的！」然而，每日像被無形禁錮似的，我也開始感到不耐起來！幾次話到嘴邊，又吞了回去。其後，我發現他也許是有著某種的不對勁！卻又說不上來是怎麼不對勁。他的思考、言談，條理分明，好像一切正常；可是，他似是隨時處在一種極度亢奮的狀態中！不時汗如雨下，即使把冷氣調到最低溫，也仍止不住他奔流而下的汗。這樣的情況，我判斷可能有些問題！若非生理狀況出了差錯，就是精神有些異常！我曾試著提醒他：

「我看你每天不停地流汗，會不會是身體有什麼不對？看過醫生嗎？」

永安笑起來，回說：

「我就是比別人容易流汗！從來就是這樣，沒有問題的。謝謝老師關心。」

他依然常常騎著機車，老遠從板橋到我的研究室來。到後來，我甚至不知該和他說什麼才好了！我暗暗期待他忽然不來了，這樣，至少可以證明他還是正常的。可是，總沒如願。一天，實在忍不住了。我一邊批改著作文，一邊若無其事地朝他說：

「永安！你老來我這兒，恐怕正事都給耽誤了；而我因爲忙碌，也沒能好好接待你！老覺得對不住你。或者，你應該多花一點時間在你的課業或教授的研究上！這樣，我們的日子才能繼續往前走、不擱淺。你覺得呢？」

永安原在電腦上打著什麼，聽到這兒，打字的速度逐漸緩了下來，直到停頓。他站起身，對著我鞠躬說：

「老師！對不起！我這就回去了。」

從那以後，永安便在我的研究室內絕跡。而我，常常在走進研究室的剎那，恍惚地以為永安又站在冷氣最足的窗臺前流汗、發呆。

——二〇〇〇年八月・選自九歌版《讓我說個故事給你們聽》

長廊的腳步聲

五年前的秋天，我的學校信箱裡，忽然躺了一封字跡拙稚的來信。寫信的人，自稱是我以前教過的學生。信裡說因身體違和，他已有許久不曾工作。日子過得悠閒卻混亂，很想趁機學習寫作，給寂寞的日子帶來一些盼望。他還說：

我對寫作的興趣，起自老師上我們的國文課時。雖然生活單調、沒有什麼閱歷，卻很想試試能不能寫些什麼！希望老師能給我一些指導。

因爲上課鐘聲已經響起，我看到此處，便匆匆將信箋揣入口袋，趕去上課。第一節課結束，我在教授休息室裡，重新將信取出，打算繼續看完它。一位系裡的女教授看到置放於茶几上的信封，同情地問我：

「是什麼人？生病啦？」

我不知所以，回說：

「生病？你怎麼知道？」

女教授不好意思地說：

「抱歉！不小心看到寄信地址，正是我家附近的精神病的療養院！所以，以爲有人病了。」

精神病的療養院？我不禁吃了一驚！取過信封一看，除了地址之外，果然寫著「一〇七室」。我慌忙找到剛才的段落，繼續讀了下去：

> 老師還記得我嗎？老坐在靠窗的位置，橄欖樹下的沉思。常常打籃球，也踢足球，二年級時，上課偷吃米粉。米粉不吃了，家裡有哥哥和妹妹……這裡很寬闊，走廊很長很黑，像走不完的路。你現在還教國文嗎？有沒有教寫作？也許我該繳學費，等我有錢的時候……不知道哪一天才可以賺錢？爸爸很辛苦，我該幫忙的。……亂寫的，不知道你可以答應嗎？

字跡越寫越潦草，到最後幾乎無法辨識。先前的段落分明，條理井然，文字甚至還有著一般文藝青年的清暢優美。可是，後面的段落思路跳躍，忽東忽西，明顯看出有些不對勁。

我看著、看著，反覆地看著，心情大慟，眼淚不禁靜靜地流下。

雖然，我一點也不記得是哪一張教過的臉孔，甚至連名字都覺生疏。但是，想必曾是一位健康的年輕人吧！是什麼因素，使他必須被留置在他所說的，有著長長、黑黑走廊的療養院裡接受治療？必然曾經經歷一段難以承受的煎熬吧！那可能是一個怎樣悲傷的故事呢？回到教室裡，繼續講授〈蘭亭集序〉的我，環顧教室中三十餘張略帶稚氣的臉，竟有一種惶惑的恐懼油然升起！是那樣純眞且未經生活風霜的臉啊！縱然不是全然的信任，但仰望的姿態總是一種天眞的交付！而我給得起多少？衣袋裡，是一顆騷動的焦慮靈魂。這位在精神官能困擾、糾纏下，猶想孜孜求知的青年，在走不完闃黑長廊的憂思中，向我伸出求援的雙手，做爲老師的我，可以用怎樣的方式來對待他呢？

那日午後，由桃園回到臺北的家，心情鬱悶，不能自解。想起多年的教書生涯中，所遭遇的諸多困惑。未曾有過心理諮商的專業訓練，卻往往無端地被期待成爲解惑的對象。其實內心的惶恐，不下於密室裡傾吐傷痛的學生。雖然盡量讓自己扮演良好的傾聽者角色，但是，傾聽之後呢？同情和安慰不能具體解決什麼問題，學生在關懷的大傘下得到短暫的清涼，錯以爲事件已經終了，帶著淚痕和微笑離去。而我的憂心才剛開始。終究，人生的障礙不會自動消失，眞正走到炙熱的太陽下流汗或流血仍屬無可避免。也許方才微笑離去的，終將在隨即而來的驕陽曝曬中灼傷，甚或乾枯死亡。而我，只能假裝什麼都不知道，或者虛辭詭辯：即便是先知亦是能耐有限，何況我已盡力。就這樣！也只能是這樣。

猶記多年前，也曾和失心的靈魂側面擦撞。每回踏進大二國文課的教室，總見相同的一位同學站在講臺前，以高亢的語調訓斥學弟。看到我，則匆匆結束話題並轉身用極標準的舉手禮示意說：

「對不起！謝謝教授！」

然後，昂然離去。幾次過後，我問座位上的學生。學生七嘴八舌地說：

「神經病啦！四年級的學長，每次下課，老師前腳走，他後腳就來。我們都被迫留在教室聽訓，連上洗手間都不行。」

其後，我特別注意他。他的面貌英俊，身材挺拔。記憶裡，一年多前上我的課時，是個極用功的學生。彷彿還曾因表現優秀而擔任隊職幹部。而現在，他不時忙碌地在各教室間穿梭、雄姿英發地在講臺上發表他的高見。一回，在校園中，我叫住他同行，他極禮貌地和我保持適當的距離，並對答如流，一點都看不出異樣。我接著問他在軍校中的適應狀況，他忽然沉默了下來。一會兒，神情詫異地低聲朝我說：

「您別回頭看！後面有一個奸細，頭尖尖的那位！……情況很危險。不過，老師您放心！我已經做好防範措施，他傷害不了我的。」

我忍不住回頭看，哪有什麼頭尖尖的人！連個人影亦無。再回頭時，他已飛快跑了。經過多次的觀察與對話，我確信他的腦子果然出現問題，婉轉提醒軍校中的輔導官加以注意。

從那之後，有好些日子沒見著他。我問學生，學生漫不經心地嬉鬧著回答：

「不知道！大概神經病又發作，住院去了。」

不放心，打電話詢問輔導官，輔導官說：

「果然像老師說的，精神狀況不對。我們已經請家長來辦休學手續，帶他回南部治療去了！」

我沒有再多問，默默掛上電話，心下不禁惘惘然！枉結師生情緣，竟連揮手道別都不曾！而在他神魂俱失的狂亂時刻，我卻只是袖手，既無緣守護，也無力拉拔！日子照舊無聲流去，在人去人來如潮水的校園，偶爾驚鴻一瞥，也曾幾回誤認故人已治癒歸來復學，心喜追趕呼叫，亮麗朝陽中回首的，卻只是另一張訝異的容顏！結果呢？不知道結果；後來呢？也彷彿沒有後來。

事隔多年，以為已經完全忘記，卻似乎又不然。可恨的，每一次的經歷，都是全新，沒有可資借鏡。透過窗玻璃，被秋陽溫和掩映下的室內竟然讓人覺得燥熱！我盤腿窩坐深陷的沙發中，企圖構思一封溫暖的回信，卻全失了主意。驀然！靈光一現！這位會不會就是多年前的那位？迢遞的時光濃縮成瞬間，恍然南柯一夢。會不會是老天記憶起我的遺憾，刻意來成全？那麼，這豈不是太可憐了嗎？我立刻聯想起電影〈編織的女孩〉中那位被愛情折磨的可憐女孩兒碧翠絲，眼窩深陷，舉止僵直、怪異，也同樣居住在一個有著又長又黑長廊的療養院。這位想學寫作的青年，該不會也已在療養院中度過漫長歲月了吧！我急急找出信箋，翻出名字，摀著胸口自語：

「幸而不是同一人！」

隨即，又對這樣的想法感到不安！什麼叫「幸而」？難道多了一位精神官能障礙者竟可以稱之爲幸運嗎？

我取出信紙，試著用各式各樣的文字盤整腦海裡氾濫的溫情，字紙簍中作廢的溫柔不斷溢出簍外，一杯又一杯的咖啡被傾倒進肚腹，直到胃酸蝕壁，欲嘔還無。黃昏時分，我丟掉手中被折騰得開始分岔的原子筆，決定放棄寫信。查號臺的聲音像電力不足的機器人的掙扎，我用指尖飛快按鍵，唯恐同樣失去動力。電話響了很久，在幾乎認定不會有人搭理的當兒，傳過來一個氣喘吁吁的女高音。我其實並不當眞，有一點像爲證實惡作劇似的，豈知當我怯怯報出學生姓名時，她竟毫不思索亦無任何盤問地說：

「有！你找他？等一下，他在外頭曬太陽，我叫他。」

我還來不及回應，她已扯開喉嚨高喊：

「言昌勛，有人找你！……電話。」

我試圖和她說明我只是先行查詢而已，尚未決定與他通話否。我在電話這頭，侷促地「喂！喂！」地喊，卻沒任何回應。我猜測電話已被擱置，不在女人的耳邊。從遙遠的那端傳來「喀啦！喀啦！」的木屐聲，由隱約而分明，拖拉的行步聲顯得沉重困惑！電話被提拿至對方的耳畔，因爲緊張，我的耳，甚至可以感受他的鼻息溫度。

「報告長官！我是言昌勛！請問要找哪一位？」

驀然一陣酸楚湧上！我哽咽難言。仍然不掩軍人本色、不脫軍中言談舊習！不知是否錯覺，我幾乎可以認定他雖病弱仍強振精神地肅立著。我調整心情，喬裝愉悅的語氣說：

「我是劉老師！劉毓徽。我收到你的信了！」

他似是不敢相信的加大聲音問：

「啊！眞的是老師的聲音呵！老師怎麼知道我的電話的？我在信裡寫了嗎？」

「你沒寫，是我自己查到的。別忘了！我是老師，查資料我最在行！如果沒有一點本事，怎麼教你們！……你現在怎麼樣？病有好一點嗎？」

「他們說我好很多了！我自己也不知道。……老師記得我是誰嗎？就是常常帶早餐的饅頭、米粉，下課慢慢吃的人啊！你記得嗎？有一次上課鈴響，我把吃食藏進抽屜，您見抽屜骯髒，勸我索性就擺在桌上，有沒有？」

他的提醒，將我已淡忘的記憶逐漸喚醒。我想起是有這麼個學生，不但如此，我還記起：一回，談唐宋小說時，不經意提及，唐宋許多寺廟，藏污納垢，常藉佛教之名，行媒介色情之實。這位同學曾起立抗議我污衊佛門！我再三跟他說明當時的小說是有這樣的記載，並非我隨意亂說，希望他能將學術研究和現實信仰區隔！他忽然負氣地說：

「我是虔誠的佛教徒，沒辦法忍受人家說佛教的壞話！我可不可以不聽這一段？請老師容許我在教室外等候，等你說完相關的問題，我再來。」

我一時瞠目結舌，不知如何是好。全班同學都哈哈大笑起來，說：

「啊！又來了！老師，別理他，他神經！讓他出去！上次也是……」

就在笑聲和吐槽聲中，他兀自走出門外，就在教室外的走道上靜靜站立了半節課。我一邊不安地瞧著窗外他直挺挺的身影，一邊懊惱地將準備的資料草草作結。下課後，我還請他到我的研究室中溝通，他說「吾愛吾師，但吾更愛眞理」，依然倔強地堅持他信仰的就是眞理。那眞是一次難忘的經驗！

「我記起來了！你那時候好固執！」

「哈！眞的，大家都說我固執。後來分發到部隊去，再沒有人像您一樣肯聽我說的，都說我固執、神經！……其實，我知道我沒有生病，很多事，別人沒看見，就說它不存在。只有我看得見，眞的！……我沒有病。」

像打了結的思路，他不斷在同一個主題上繞來繞去，找不到出口。我攔下他的話，轉移開來：

「你想學寫作？要不要從寫日記開始？每天寫一些……，隨便寫什麼，心裡的想法也行……多長？長短不拘。有話則長，無話則短。……如果願意，隔一段時間寄來給我看看，我可以幫你修改……。寄到學校就可以……不好意思？不會啦！老師是當假的啊！……自己的身體最重要，要保重，別胡思亂想。……老師有空再給你打電話……當然會啦。」

「老師眞的會再打來嗎？」

掛下電話，我楞坐客廳中，那充滿期待的聲音在我的腦海裡不斷迴響著。猛一抬頭，才發現不知不覺間已被濃濃的暮色所籠罩。

從那之後，爲了怕他失望，我每隔幾日便撥一通電話過去。話題恆常圍繞在「寫了日記嗎？」「要不要寄給老師看看？」「病好些了沒？」他則滔滔敘說著幾年的細事，不厭其煩且鉅細靡遺。時而條理井然，時而混雜糾纏。他最常說的口頭禪是「你知道我的意思嗎？」「你一定不會相信的！」總要我一再地向他保證：「我相信呀！眞的。」而他聲稱寫了不少的日記及散文，我則是一篇也沒收到過。

雷同的對話減損了原先的熱情，而日子在教書、演講、創作及論文寫作四方交逼下似乎過得特別快。寒假在即，我屈指一數，才想起有好長一段時間沒和他聯繫。當我再度拿起電話時，卻發現他就在幾天前，遷離療養院，已不知去向！我著急地打聽：

「已經痊癒了嗎？」

「很難說呀！你知道的，這種算是慢性病患，你說他好了嘛，說不準什麼時候又犯，也是很有可能的。」

「能打聽他家的電話嗎?」

「抱歉，病人的電話，我們是不能隨便給外人的。」

「我不是外人呀！我是他的老師。」

「老師就是外人呀！……何況，我怎麼知道你是不是騙我的！」

「老師就是外人呀！」這句話猛地撞擊了我。當頭棒喝式的，我呆呆杵立良久。原來所有的苦痛是誰都無法以身相代，甚至連稍稍倚賴都不成的！前次袖手的遺憾反倒像是當機立斷，這次的纏綿也許才是錯誤。既無法如親人般的隨時長期呵護，我那婦人之仁似的杯水車薪，又能有什麼幫助！徒然亂人心意亦未可知。我的多情看來總是成事不足、敗事有餘！這樣的想法使我陷入萬分沮喪的情緒中。不能自拔。

時間眞是最好的治療劑。我雖未喝孟婆湯，卻練就了遺忘。仍然在學生涕淚盈睫地前來叩問人生難題時，熱血沸騰地全心投入；在「春夢秋雲，聚散眞容易」的分手時刻，哀哀慨嘆緣淺情薄。

在生命的洪流中，我載沉載浮，卻不自量力地常常伸出援手，而經常讓師生雙方險險相偕滅頂。前些日子，因故去了郊區的山間。無意中，瞥見路標，赫然是言昌勛信封上寫的路名！

「那麼，那家療養院必然就在附近囉！」

不知怎的，我忽然又激動起來，決心造訪一下言昌勛待過的那家療養院，看看那條又黑又長的長廊，體會一下言昌勛經常覺得無法走完的痛苦。山裡的屋子散散坐落，路標時有時無，我的車子在山中來回尋索，終無所獲！我不信邪！找到標示離它最近的小屋。屋裡只有一名老婦人，老婦人走出屋外，指著不遠處雜草叢生的地方，說：

「原本在那裡！後來，聽講地主不肯繼續租給伊們，無法度再做下去，搬走了！厝嘛拆掉囉！講要起厝也無影，兩三年啦！」

我站在原地，極目望去，只見霧靄茫茫及一片荒煙蔓草。言昌勛便這樣不見了，唯一可能可以聯繫到他的療養院，居然也和他一起失蹤了。

人生只能是這樣吧！我悵悵然開車下山。

——二〇〇〇年八月・選自九歌版《讓我說個故事給你們聽》

緣起緣滅

是一間陰暗的屋子，廊簷上懸著一支黃色的、特大號的鑰匙。三面牆上，一排排各式的鑰匙不假顏色的、冷冷的肅立著。窄小的店舖中間，擁擠著一部老式的縫紉機及裁縫用的長形桌，而作爲鑰匙行主角的打鑰匙機便矗立在廻廊上。

老闆是個老實的中年人。大大的眼鏡幾乎遮住了大半的顏面，以至即使在和他已建立相當交情的現在，我還是無法憑空在腦海裡勾勒出他的面部輪廓來。

老闆娘是個娟秀蒼白的女人，在陰暗的屋子裡，兼營裁縫的副業。長年陷在縫紉機和裁縫桌上堆積的衣物間，顯得心事重重的樣子。我常拿些磨破膝蓋的小孩兒長褲，或脫線的襯衫去請她縫補。她永遠是俛首歛眉，不多說話。除了「什麼時候來拿？」「好。」「來不及。」及多少錢之外，我竟想不出我們之間還有過什麼其他的言語。屋子的另一角，常常可以看到她的兒女在摺疊式的書桌上寫著功課，偶爾，她會應孩子的請求，起身過去爲他們解決疑難問題，而即使是面對自己的兒女，她的用語也十分儉嗇。

因爲生性迷糊，我常常有機會到店裡向她的丈夫求援。有時是把車子鑰匙鎖在車子裡，有時是把房門鑰匙丟在房間裡。一回，因爲門把換新，我到店裡去多打幾把新鑰匙。老闆不在，老闆娘接過去，默默地用著生澀的手法磨打。然而，善於縫補的巧手，畢竟也是無法勝任越界的工作。鑰匙帶回家後，我站在門外，一把一把地試，每一把都須費上九牛二虎之力才能開啓。已經忘了當時是怎麼想的，也許是太過忙碌吧！那樣蹩腳的鑰匙也就在兒子的埋怨，先生的詛咒及我的憤怒中，一直使用下去。每回站在門外開門，便開始生氣，最難聽的字眼兒常在這個時候想起來。

有時，在門外聽到屋裡的電話聲，一聲比一聲急促，愈急就愈打不開，這時候，便想到應該再走一趟鑰匙行。問題就出在鑰匙雖然不好用，卻又並非完全無法開啓，於是，因循苟且，一拖再拖，一直到半年後的一個夏日中午，經過一番汗淋淋的奮戰過後，我終於下定決心，冒著炎陽，再度回到店裡。

進到店中，頓覺耳目一新。屋裡擺設大是不同於往昔。一組淺米色沙發取代了原先黯淡的挨擠在一塊兒的裁縫車及桌子。店面顯得寬敞了許多。店裡沒人，我朝著更陰暗的裡屋喊了兩聲，沒有動靜。回身看到店外的一張紙板上貼了一張被雨水淋得褪了色的紅紙條，上面寫著裁縫店已遷至對街的一角，還畫了一張簡明地圖在上頭。我正瞇著眼辨識著，一位穿著打扮皆新潮的女人推了部雪白的偉士霸機車，往裡屋長驅直入。再出來時，我才看清楚女人的臉上，塗抹得五顏六色，兩抹胭脂斜飛入鬢腳，眼皮上，咖啡、黑、紅、藍色重重疊疊，嘴唇和襯衫俱是極鮮的紅，外罩翠綠色長袖薄衫。她自若的一邊取下頭巾，一邊表示老闆出去了，恐怕不會很快回來。然後，她問我要做什麼。我遲疑著，不知道這麼複雜的狀況，如何向一個完全不知情的人解說明白。女人倒篤定得很，說：

「什麼事跟我講一樣。老闆回來了，我再告訴他。」

天氣很熱，我不想白跑一趟，但是，如何簡要說明，並不容易，我說：

「上回，我到店裡來打鑰匙，老闆不在，老闆娘幫我打，結果，很不好用……」

話還沒說完，女人突然插嘴：「那少說也是三、四個月前的事了，她太太不在店裡好久了。」

我靦腆的，努力的爲事隔許久才來重修鑰匙找著各樣的理由，反反覆覆的說來說去，連自己都搞糊塗了。女人閒閒地倚在門邊兒，看我滿頭大汗的比畫著，終於了解的說：

「哦！你就是要老闆把這些鑰匙再重新修打一下，對不對？那你先把鑰匙擱在這兒，傍晚再來拿好了。」

回家的路上，我突然想起，這個人從來沒見過，也不知是何許人，就把鑰匙交給她，不是太過孟浪嗎？

取完鑰匙後的沒幾天，爲了一條兒子的長褲，我特意到店裡再重看一回那張紅條子，然後，循線找到新開的裁縫店。是在相隔約一百公尺處的市場邊間屋子。和原來的鑰匙行店面差不多大小。蒼白的日光燈下，女人和她的一子一女，正安靜的各就各位，我寒暄般的順口問道：

「擴充店面啊！這兒看起來好多了！」

女人依然如往日般，垂著眼端坐在縫紉機前。聽到我的話，只稍微擡一下頭，遞給我一抹無可無不可笑，又繼續埋首手邊的工作。我訕訕然遞上長褲，重複著和過去相同的簡短對白。我發覺女人的臉除了蒼白，似乎又增添了幾分寂寥。兩個孩子靜靜的坐在一旁寫字，屋裡除了縫紉機發出的規則的「喀喇喀喇」聲外，就沒別的聲音了。不知道爲什麼，這一幅原本是很溫馨的母子圖，卻無端的給我一種淒涼的感覺。然而，怎麼會有這種感覺呢？這是一點道理也沒有的呀！在路上，我一邊走，一邊想；回家還被外子譏爲「神經過敏」。

一個星期天的中午時分，外子和我趁外出之便，到鑰匙行去增打一支被孩子遺失的鑰匙。進了門，我先就嚇了一跳。老闆居然燙了髮，原本被眼鏡遮住就不甚明朗的臉，在蓬鬆蜷曲的亂髮覆蓋下，更顯狹小。然而，可明顯感覺到的是，這個男人變了！變得活力充沛的樣子，雖然他的新髮型其實和他老實的面孔並不相配，我開玩笑般的問他：

「老闆燙髮了呀！眞時髦！」男人看來似乎一時也還無法完全適應這樣的新造型，摸著頭，紅著臉，萬分難為情似的回說：

「都我太太害的啦！叫我去燙！呵！呵！……沒辦法……」

我腦中掠過那蒼白的臉，覺得像她那樣沉滯的女子，居然會叫先生去燙髮，有些不可思議。這時，正是午間新聞時間，我們循聲找到一架背對著大門，放置在玻璃櫃上的小型電視機。因為還有其他來打鑰匙的客人，我們就站在沙發前，面對著大門，邊看電視邊等待。雷根總統正在電視裡侃侃而談。先前那位濃妝豔抹的女人從裡屋出來，仍舊一身光亮亮的打扮，她走到老闆身後，突然衝著老闆的腰上一攬，用很愛嬌的聲音說：

「嗨！我已經給你叫了碗麵了，等會兒送來。」

老闆轉身看她，笑得眼睛都瞇了。

外子和我面面相覷，臉色陡地都變了。事情似乎一剎那間全明朗過來了。蒼白女人眼中的寂寥，老闆的亂髮和這個女人的篤定，勾繪出一則通俗的三角關係，雖然未經任何證實，可是，難道有其他的可能嗎？我的心情因之沉重起來。

女人拎了個小皮包走出店外，朝對街的雜貨舖走去。染紅的頭髮在白花花的陽光下囂張的怒蓬著。我看見她風情萬種的拿著小皮包往雜貨店的男人開玩笑似地捶了一下，然後沒入陰影裡。再回到視線中時，她手上多了個玻璃罐。走近些時，才知道是瓶辣椒醬。海鮮麵同時送來了，女人從屋裡拿了筷子、湯匙、碟子、醬油，調了一碟辣椒醬加醬油，搽著鮮紅指甲油的手，拿筷子在碟子裡和呀和的，又挨擠到老闆身邊，撒嬌的說：

「趕快來嘛！冷了就不好吃了！別那麼辛苦啦！我已經給你拌好了辣椒醬了！」

「好！好！就剩這把，打完就吃！」

男人用哄孩子似的口吻說著，還回過臉，朝她擠了擠眼。一頭亂髮橫披在前，我忽然發現男人和女人的頭髮竟是一般模樣。

走出鑰匙行，我們開車奔赴一場朋友的婚禮。一路上，兩人都沉默著。在枝葉蔽天的林蔭大道上，閃耀的陽光不時從枝葉間偷襲車子的窗玻璃，瞬息又消失在後視鏡裡。我們去向一對新人表達祝福，然而，婚姻眞是値得祝福的嗎？老闆和那個哀怨的女子不也是曾被祝福過的嗎？到底是女子秋意甚濃的面孔逼使男人去尋找彩蝶滿天的春日呢？抑或是男人的心猿意馬，爲可憐的女子塗抹上蕭颯的秋色？還有那個嬌媚體貼的女人，又是個什麼來歷呢？她也有她的滄桑嗎？如此渾身散發著誘人魅力的女子，豈是尋常百姓人家的女子可相與抗衡的？而看來這麼老實的男人，又是在什麼樣的機緣下，捲起了偌大的一場風暴。是否人世間所有屬於新婚的快樂都將如窗玻璃上的陽光，轉眼即成爲過去呢？那麼，今天我們所看到的充盈著歡愉的含情凝視，是否也將隨著歲月而轉爲黯淡？我忽然覺得自己似乎從來沒有了解過婚姻。那一張蒼白而略顯疲憊的臉和紅髮女子嬌笑流動的眼波，交疊出現在腦海裡，那日裁縫店中女子那抹無可無不可的笑，驀地充滿了無言的控訴，我的眼淚不由自主的流下雙頰。身旁的男人伸過手來握了握我的手，突然開口：「也許事情不是我們所想的那樣也說不定呀！」

是嗎？事情可能不像我們所想的那樣嗎？

——一九八九年七月・選自圓神版《紫陌紅塵》

看戲

是個下著毛毛雨的春日，新婚不久的我，正和即將結束的碩士論文做殊死鬥。那些時日，雨總是時斷時續，像攤在書桌上的碩士論文進度，不知伊於胡底。

從窗口望出去，整個板橋似乎不大受到細雨霏霏的影響，依舊維持著它一貫的灰頭土臉面貌。整條街道的建築因受著長期施工所揚起的塵土的掩覆，顯得灰敗、淩亂，漫說是細雨拿它無可奈何，即便是傾盆大雨，恐也是沖刷不去它的晦暗吧！然而，市鎮的人卻彷彿仍然興味十足地活躍著——拖著長鼻涕的小娃兒赤著腳四下追逐著；遠處修車廠中，打著赤膊的男子不時地在架高的車床下鑽進鑽出；對街檳榔攤的小妹則依舊穿著又窄又短的裙子，愉悅地為停靠路邊的車中探出頭來的顧客服務著。小販的叫賣聲沿著迤邐的街道，一路似有若無的潑灑過去，騎樓邊，賣膏藥的老先生正在架好的麥克風前「喂！喂！……」的試音。

論文已接近下結論的階段，像整晚興會淋漓地吹奏著的喇叭手，突然不提防地被告知節目已接近尾聲，不免有一種曲終人散的惆悵之感。何況，如何把這最終一曲演奏得讓人感到悠揚而有餘味，也是一件相當傷腦筋的事。

正在各種雜沓的聲音交攻的斗室裡搔首踟躕之際，不知從遙遠的什麼地方突然異軍突起地傳來一陣喧天鑼鼓。好戲開鑼了！我，心中一動，彷彿幼年時拿著小竹板凳到廟口搶好位置、看歌仔戲的歲月又回來了。時大時小的鑼鼓點兒，在百無聊賴的心裡漸次撩撥起莫名的興奮。幾經掙扎後，我決定不顧論文即將遲繳的事實，放下攤了一書房的資料，循聲前往。

隨便趿了雙涼鞋，順手拎了把黑傘，我便從四樓連蹦帶跳地出門。從笨重的工作壓力中逃開，雖略微有些罪惡感，更多的卻是逃學成功般的刺激和雀躍。

雨仍細細地飄著。我站在路邊，努力地用耳朵辨識聲音所傳來的方向，並急急地追趕了過去，以唯恐趕不上盛筵般的心情。鑼鼓的聲音愈來愈明晰，隔著一片稻田，終於看到一座戲臺搭建在一戶低矮的農舍前的廣場中央。田埂因長久的雨水而泥濘，當我頗費了番工夫從田間跋涉到達稻埕時，腳下的涼鞋已完全看不出原先的顏色與式樣，深及腳踝的泥巴，使我看起來像穿著奇形長統靴般的可笑。當我一腳長一腳短，狼狽地出現在稻埕邊時，倒沒引起什麼注意。戲臺子的右手邊貼了張紅紙條，上頭幾個拙稚的毛筆字：郭瑷拜壽，應該是爲著家族中的某位長輩祝壽所舉行的慶祝活動吧！我這樣想著。

放眼過去，戲臺上的演員正意興闌珊地表演著，顯得漫不經心。其中一個跑龍套的宮女嘴巴裡還嚼著口香糖之類的東西，當郭瑷氣急敗壞地責備著公主時，公主竟然還轉過頭去和琴師調笑著。戲臺子前的稻埕裡，除了五、六個小孩追來跑去外，大人全或坐或站地在戲臺旁的廊簷下聊天，間或有人朗聲喝斥著孩子，或走出屋外取些柴火什麼的，竟沒有一雙眼睛是注視著舞臺的。

請了戲班子來助興，卻不負責任地兀自一旁談笑聊天，任憑演員對著空曠無一人的稻埕做表，這是何等荒唐的慶祝儀式！我信步走到戲臺子前，仰頭注視著他們的表演。扮演郭瑷和公主的小生和小旦看來年齡都已老大不小，全身上下滿布著歲月的滄桑，一副常年衝州撞府的油條樣兒。看到我這唯一的觀眾出現，演員們自然地收拾起懶洋洋的表情，那位宮女開始節制她口中的咀嚼動作；公主也霎時做出了符合劇情所需的傲慢表情；連鑼鼓亦似受到鼓舞般地振奮起來，撐著一把大黑傘的我，一下子間，變成眾人注目的焦點，似乎所有戲班子的成員全衝著我一個人來了。我深覺自己任重道遠，也不敢有半點兒疏忽，努力地配合著劇情發展做出適當的回應，時而蹙眉，時而莞爾，時而大笑，有刹那間，我甚至恍惚地以為自己才是這齣戲的主角，戲臺上那些人全成了觀眾。我完全不知道為什麼好端端地竟陷入這樣啼笑皆非的表演中，甚至有些害怕起來，我怕我的表演或者無法持續到戲劇結束，終不免要教他們失望。

男女主角二人的激辯爭執轉為高亢，又隨著公主憤而拂袖而稍歇。雨滴打到大黑傘上，發出「ㄉㄡ！ㄉㄡ！」的聲音，因為下雨一直顯得灰暗的天色似乎又更濃了些，剛才匆忙出門，連手錶亦未曾戴上，一向時間觀念模糊的我，完全無法判斷出當時的正確時間。或者已到了做晚飯的時刻了吧！因為方才悠閒的在廊簷下聊天的女人似乎少了好幾位，我有些兒著急，星期三的下午，先生會早一個鐘頭下班，我習慣在他入門前，把因寫作而散亂的屋子收拾得看不出痕跡！

雨水沿著傘骨的尖端淅瀝滑下，淋漓的雨水很快地變成一張雨簾似的，把世界切割成兩邊。另一邊的舞臺上，穿著現代服裝的檢場，正慌慌挪動著桌椅等道具，我原想藉著雨水的掩護，趁機溜之大吉。然而，只稍一遲疑，便錯失良機。顫巍巍的郭子儀已然出場，七子八婿前呼後擁，一干人等又齊齊地把目光鎖定了傘下的我，像一張嚴密的網，密密實實地把我包圍起來，我那即將挪動的雙腿，竟像陷入泥淖般，完全不聽使喚。這時，躲在舞臺後方廊簷下的人群當中，忽然有人朝我招手，並高聲叫喊：

「小姐，入來坐啦！避一下雨，免歹勢啦！」

我感覺到自己的臉瞬時紅熱起來。似乎不全然是害羞，更多的是憤懣、不平。為什麼請戲班子來演出呢？不是因為有人喜歡看嗎？怎麼全都撒腿不管了呢？或者僅是為表示對壽星的尊敬？但是，從無人聆賞的事實推測，即使是壽星也未必看重這樣的表演哪！那麼，唯一的可能就是擺場面以炫耀鄰里了，這樣的居心簡直是可恥極了！而更不能原諒的是，好不容易才招來我這麼個觀眾，竟還有人忍心把我從舞臺前拉走！想到這裡，我不禁嫌惡起這家人來，我粗魯的朝他們搖手拒絕。即使明知他們絕對出自善意，卻無論如何不肯原諒他們，也因此下定決心，要好好地把這齣戲看完，雨再大，也不半途而廢。

那日，回到家時，天已全黑。外子正站在散亂的書房中央，用著亞森·羅蘋的推理邏輯，揣測著新婚妻子的去向。

多年後的一個深夜，我們夫妻二人不約而同的回想起這段往事，外子忽然用狐疑的口氣問我：

「那個下午，你眞是看戲去了嗎？……」

一時之間，我竟無言以對。莫說是外子起了疑心，事隔十餘年，在人生舞臺上，我曾隨著生命的流轉扮演過各種角色，也曾歷經無可計數的悲歡離合。那個看戲的午後，在堆疊著大悲大喜的生命長河中蛻變得既漫漶且不眞切。我於是亦如外子般懷疑起這個荒謬的路人甲的記憶，也許只是過往某一個日子中的一場夢境罷了！然而，設若果眞如此，則那日夜幕低垂時，雙腳泥濘、渾身濕透地出現在書房而使得外子大吃一驚的女子，又曾經去了何處了呢？

——一九九四年十一月·選自九歌版《如果記憶像風》

輯三

天空的顏色

登山人凌虐自己的雙腳，
原是為了與大自然相親，
為了回歸一切生命與存在的本源。
也許可以這樣說，
為了從自然的原始面貌裡尋找失落已久的自我。

一座安靜的城市

二十餘年前，我念研究所時，和一群年輕的夥伴，同時應邀參觀金門。原以爲逐波踏浪，將會是一趟旖旎浪漫的旅程，哪知洶湧的海浪，使得上岸的臉孔，個個變得慘無人色。十年前，我再度造訪金門，和二十餘位作家同行，甫下飛機，迎面便是端正的舉手禮和親切的「老師好！」幾天中，我的那些被分派到金門服役的學生的殷殷接待，使得我的聲望，陡然在作家群中水漲船高。然而，首次金門行，醉翁之意不在酒，當然也不在山水，情竇初開的男女，除了盈盈的眼波外，哪容得下堅固無情的壕溝？再次的金門行，熱切的和學生敘舊言歡，根本亦未曾把戰地的固若金湯擺進眼瞳。問起金門印象，恍恍惚惚，一派模糊，只剩了炎陽烈日和參天古木。

今年九月，三進金門。因爲國家公園解說員的精心策畫，並仔細隨行解說，金門因之展示了不同的面貌。無論歷史古蹟、傳統聚落、宗祠家廟或者蝶鳥林木，都顯得生趣盎然、饒富情味，使得三出金門時的我，覺得意猶未盡、行囊豐盛。

所有的行程，都遠離人口密集的都會。大部分的時候，我們看不到任何人跡。那日，到歐厝參觀是唯一的例外。聽說一場戶外寫生比賽正進行著，從旅邸出發時，大夥兒戲言是去參加畫畫比賽。古意十足的巷道中，已有若干家長領著孩子，擺好架式。空氣裡，充滿著節慶般的歡愉。孩子們露出一本正經的表情，邊看著景物，邊動手勾勒著，當觀眾湊上前去，一窺究竟時，多半的孩子會假裝若無其事，然而，臉上霎時泛起的紅潮，則偷偷透露了心裡的忐忑。幾位沉不住氣的家長，按捺不住宰制的本能，始則以委婉的建議指點，繼則以負面的言詞批評，從取景、構圖到顏料的使用，都絮絮叨叨；嚴重的，索性捲起袖子，取過色筆，開始為畫面潤色起來。被搶去畫筆的孩子，有的嘟著嘴和多事的母親理論著；有的乾脆和弟弟打鬧遊玩起來，留給望子成龍的母親盡情發揮的空間。

幾位隨行的畫家，也混跡於人群中，獵取中意的景致。他們把作畫的孩子及家長畫入作品中，也讓自己成為孩子們作品裡的風景。因為流連景物而延緩上車的他們，被同行者揶揄是因為參加頒獎典禮之故，毒舌派的作家當然沒放過這個難得的機會，鄭重其事宣布：

「雷驤先生得第三名，蔡全茂先生得佳作。」

頓一頓，清清喉嚨，惡作劇地加註：

「第一名計十三位，第二名共十八位，第三名則有五十位，參加者一律列名佳作。」

接著，汽車在木麻黃、油加利及各色各樣不知名的行道樹環伺的柏油路上行駛，除了偶爾幾聲的牛叫及鳥鳴外，整個城市似乎沉浸在沉沉的睡夢中。號稱戰地的金門，因為過度的安靜，給人一種錯覺，彷彿在靜默中潛藏著不為人知的殺機。不管是古意盎然的珠山、充滿南洋風情的得月樓、古宅縱橫的蔡厝，甚或望遠鏡鳥瞰下的民俗村，一逕是端凝莊重、簡潔素樸的風貌。

車子在珠山錯落的古厝間停下。迎著我們的，除了形同中古世紀廢墟的房子外，就是正中的一塘池水。夏日已近尾聲，卻仍時刻聽聞蟲聲唧唧，我們像一群冒失的入侵者，無意間闖進了一座猶自沉沉入睡的城市。

天色是淺淡的灰，塘水裡映照的也是幾抹淺淡的雲影，幾乎看不到天光。一群人，下得車來，如辭根的九秋蓬般，在環繞的瓦舍危牆間自在行走。畫家們選定了角度，便在紙上揮灑開來；一位認真的民俗研究者，拿著簿子和筆，以過人的求知慾，孜孜叩問，即便地上亂長的野草都不輕易放過。我信步遊走，穿越一幢幢雖然老舊卻仍煥發精彩古色澤的老屋，除了少數幾幢屋子因院落間曝曬的衣著，讓我們知曉應該仍有人居住其間外，幾乎讓人錯覺根本是個廢棄的村莊！正納悶著當地的人都到哪兒去了？忽然一輛古舊的腳踏車從遠處馳過，騎車的童子，頻頻回首在後頭徒步追趕的另一童子，因著距離，沒能聽到什麼對話，卻從嬉鬧的姿勢裡，彷彿聽到恣肆的笑聲！整個村莊，因之陡然有了生氣！

窄巷的盡頭，赫然是一幢年久失修的樓房！隔著高高的圍牆，可以想像牆內盤根錯節的老樹根及青苔遍布的階梯上都被厚厚的落葉覆蓋著，閣樓上的窗口邊兒，彷彿還斜倚著一位綺年玉貌的少女，正將癡情的眼光凝睇著遙遠的地方……正無止盡的騁馳著想像，冷不防，一陣涼風飄然而至，我不禁打了個寒顫，急忙快步離開。

池塘的另一邊兒，樹倒屋傾，蛛網糾結。我們排除糾纏的枝枒，小心翼翼地踩過地上的青苔，來到過氣的將軍府。殘破剝落的大廳，樑柱歪斜，叱咤風雲的過往，徒然剩下幾個鐫刻於壁間的姓名，無端讓人想起廉頗老矣，尚能飯否？再是蓋世的彪炳功業，終歸還是要隨著四季的流轉，被逐漸淡忘。將軍府的鄰居，隱隱傳來壓抑的電視聲，我探過頭去，從木製窗口看到一位老太婆正佝僂著背，面對電視機打著瞌睡，太平時序裡的韶光，似乎正以平靜遲緩的步伐悄然隨著老人勻稱的鼻息，越過蝶飛蟲鳴的庭院，在山水之間悠悠蕩蕩。

地上牛糞處處，偶爾會發現正踩在乾枯的鼠屍上，折翼的小鳥曝屍在怒長的草叢間；葛藤植物不客氣的自窗櫺間穿堂入室；在廣漠的大地上，老天以無言之教，呈現生死榮枯的自然律則，只是，行走於其間的旅者，有否從中得到啓示，則不得而知。

迥異於傳統聚落的得月樓和附近的洋樓群也是金門極爲珍貴的文化資產，它的建造印證了中國「錦衣不夜行」的光耀門楣傳統。因爲，據說有些洋樓的建構，只爲光宗耀祖，並不眞正居住。多數的創建者和他們的後代，仍僑居南洋，洋樓常委託親戚代管。當我們在棋盤式井然有序的巷弄間穿梭參觀，見到建築的宏偉、建材的講究及格局的新穎時，嘖嘖稱奇聲此起彼落，而一想到那麼精緻的建築竟然無人居住、任其荒廢，又不免喟嘆不已！步行至一處無人居住的大宅院時，不知誰發現院落裡的一株結實纍纍的龍眼樹，高興地呼朋引伴。於是，有人找來採摘長竿，挽起袖子，玩起幼年時偷摘芭樂的遊戲；身手俐落者，乾脆一個箭步，躍上圍牆、爬到樹梢，來個大小通吃。樹下的人仰脖加油，樹頭的人，越戰越勇，一群中年人，彷彿又回到少年時代，歡喜地在樹下分食甜滋滋的戰果。

下午，轉往蔡厝。身爲蔡家媳婦的我，一入蔡家廳堂，見進士、文魁、武舉的匾額高懸，竟有著與有榮焉的驕傲喜悅。外子收拾起一路嘻笑的愉悅神情，端凝肅穆的在蔡厝的十一世宗祠前拍照留影，並弓身入內，對祖先牌位一一頂禮膜拜。正好一位長者背著手，逡巡其間。當我們熱情的告訴他，我們是來自臺灣的蔡氏宗親時，他並無預期的熱烈回應，僅微微一笑，讓我們不免略略有些失望。不過，繼之一想，金門自開放觀光以來，參觀者眾，前來認親的人，何止百千！怎能期待如何驚喜的回應！如此一想，也就稍稍釋然了。

依舊是千迴百轉的街道，依舊是默默不語的院落，只有幾個老人聚在一塊兒，有一搭、沒一搭的輕聲說著話。轉到一個四合院的曬穀場中，赫然撞見兩位年輕人正和一桶子釣來的活魚奮戰著。看到我們，驕傲地向我們展示成果，血淋淋的刀起刀落，爲這安靜的城市妝點了些不同的聲勢，這是做客金門三天中，難得看到的景致，在這看似安靜的城市中，顯得突兀。說起來有些詭異，金門原爲前哨重地，歷經烽火洗禮，原本應充滿火砲煙硝才對，怎麼看到拿刀的年輕人，反倒覺得格格不入？是國家公園內的古厝宗祠淡化了火藥味？抑或年輕人口的大量外移，使得除了軍隊之外的人口年齡層急速老化，竟致歲月的腳步亦因之猶疑舒緩起來？

適合旅遊的天氣，些微的風，淡淡的雲，空氣中散發著慵懶的氣息。車子在樹林中奔馳，千奇百怪的樹木從眼簾匆匆掠過，布袋蓮盤據的大池，靜靜仰臥在叢林間。經過了一天半的奔波，在回程的車上，大夥兒都顯得有些疲累，有人在徐徐晚風的吹拂下睏著了。

天色逐漸黯淡，車子由白天開進夜晚，也開進了和白日迴異光景的熱鬧繁華中。張燈結綵的飯店裡，金門高粱挾帶著豐盛的美食，召喚著每個飢餓的肚腹。然而，想起前日午餐時的深水炸彈威力，不禁隱隱警戒起來。前日，甫下機，國家公園的處長及副處長、課長、秘書、解說員等就一字排開，企圖以深水炸彈的強大酒力威嚇我們這群看似軟弱的文人！頗有左良玉長刀遮客引柳敬亭就席的態勢。誰知，文人、畫家不讓敬亭專美，即刻豪爽地舉杯迎戰，絲毫也不怯場。一頓飯下來，雙方暫時打成平手。原以爲一場深水炸彈的拚鬥，勢所難免地要在次日繼續分出高下。豈知，公園處昨日的陣勢原是虛張聲勢，背水一戰的結果，已有多位面臨陣亡的危機。因此，那晚，一上飯桌，不戰自潰，始則顧左右而言他，繼則頻頻討饒！然則，酒量雖有待琢磨，但是，席上殷勤依舊，談起當地山水屋宇、古蹟名勝、一派憐惜，語調中的溫柔，尤其令人印象深刻。

清代文人張潮曾在《幽夢影》中說：「若無詩酒，則山水為具文；若無佳麗，則花月皆虛設。」將「佳麗」二字改為「朋友」，則庶幾曲盡當日心境！山水、詩酒、花月、朋友，金門之行，樣樣齊全。如此人生，幾回能夠！

——一九九八年十一月・選自九歌版《讓我說個故事給你們聽》

山中無歲月

微雨中，重新回到十里紅塵。

揹著沉沉的背包，站在馬路邊兒，等著招計程車。眼觀咆哮競馳的車輛，耳聽喧囂嘈雜的市聲，我小心翼翼的兜住自玉山上攜回的滿袖山雲，像個鄉巴佬似的，忘了招車的手勢，心情竟是李伯大夢後的惶然。

山中三日，難不成眞是人間數年麼？

當我掙扎喘息地用著久被物質文明嬌寵的雙腳踩上玉山的最高峰時，心情意外的不是征服的快樂，而只是想痛快的哭他一場。

度水入林、含崖吐谷的白雲，在腳下往來湊合，淡淡輕輕。我終於也爬上了東亞的屋頂。像我這樣的女子，從來小山也未曾爬過一個。未登山前就鬧了不少笑話，被所有親朋好友預言將只能在山腳等候別人歸來的人，居然也在不十分落後的情況下，登上了海拔三千九百五十二公尺的高峰上，難怪先行上山而躊躇滿志的羅智成要長歎：

「唉！連廖玉蕙都爬上來了，我是愈來愈沒有成就感了。」

登山的心情，原不自登山伊日始。打從鄭重決定參與這次征程，便在眾人交相威嚇聲中夜夜未眠。偶然幸而入眠，夢中不是亂石欺人，便是巨巒相逼。最糟糕的是：成行前夕，我試穿借來的幾斤重登山鞋在客廳和廚房間來回踱步，方知舉步維艱。每一邁步就是一番掙扎。更可笑的，背包打理完畢，上得身來，但覺眼花背駝，全非平日慣常見到的登山者那般雄姿英發。

然而，無論如何，我還是上來了。說實在的，非關體力，全仗意志。

由玉山國家公園管理處解說課陳課長一段精彩絕倫的簡報展開序幕。在該處提供的諸多協助下，我們由水里直奔山中。一路行來，但見蓁蕪掩徑，絕壑猿啼。在眾人頻頻驚呼讚歎聲裡，攔道的松鼠慌忙沒入蔓草中，而各色花果則展開笑靨，夾道歡迎。

第一晚，夜宿東埔山莊。

遠近濃淡的雲氣隨著四闔的暮色逐漸消散。我盤腿趺坐，靜對一山無語，塵煩熱惱在眺眼盡碧中，渙然冰釋。

入夜後，室外林木森森，溫度急遽下降；屋裡人影幢幢，人手一杯熱茶。蒼白的日光燈，成了群山中唯一的溫暖。不知不覺的，遂團團圍坐高談。忘了是誰提議講鬼故事的，似乎是詩人商禽起的頭吧！一則則讓人震懾屏息的鬼怪傳奇被繪影繪聲的敘說著，魑魅狐妖的魔影在山林小屋裡流蕩遊走。……忽然，細瘦高長的李泰祥閃動著因感冒未癒而發紅的大眼，幽幽地自黝黑的內室走出，奇異緩慢的語調，配上誇張有致的動作，荒唐嚇人的情節流過室內，徐徐蛇行越出窗櫺，窗外參天的長林和沉默的蒼巖似乎都隱隱聳動起來。

翌日，群山在鳥啼中甦醒。

我們揹上行囊，向高山芒、玉山箭竹蒙密縈夾的山道前進。沿途，鐵杉、褐毛柳、刺柏……等，各自以萬種的風情誘人耳目。莽莽林木間，屢見寒鴉驚飛，發出怪異的叫聲，而各種小巧可愛的鳥類也不甘示弱的在枝上婉轉輕啼。我由此特別感覺到，山林之所以教人著迷，固然是由於它擁有壯觀奇偉的林木，其實，若無蝴蝶、鳥類、獼猴……等靈動的昆蟲飛禽點綴其間，便不免要遜色幾分。

奇險的棧道在崎嶇的山路間迤邐展開，每一踏步都是一種選擇，一種判斷。起初，我們拉著手，戰戰兢兢的摸索前進，唯恐稍一失足，便成千古遺恨。而這樣的小心翼翼終於也成陳跡，在回程時，我驚訝的發覺，棧道於我，竟如自家樓梯，豪邁的腳步已無須絲毫的踟躕。再困難的挑戰，只要經歷，便了無畏懼，我如是想。

行抵西山南稜附近，赫然看見一大片膚如凝脂、潔適敷粉的白木林巍然屹立半空中，是那麼的教人怵目心驚。據說，這本是臺灣鐵杉、冷杉的混合林，因爲火災焚燬而僅留幹椏，雖歷經多年，卻仍昂首挺立，頗有寧死不屈的氣概，這或者亦是大自然的另一種傲岸吧！

隨行解說的人員告訴我們，本省森林火災平均每年發生次數超過一百五十回，其中人爲因素佔七成以上。有的是造林工人烘烤飯盒而引致，有的是火車機關頭所冒火星而引起。民國五十二年，在鹿林山附近發生的一場延燒十四天的森林大火，就是獵者打獵所肇禍。據當時救火人員引述，在稜線處見成群山羌、長鬃山羊、水鹿等原生動物逃命飛躍，狀至驚心動魄。火災不僅毀壞地表、地被物之有機生命，使表土裸露而根部崩壞，尤有甚者，更會導致生產力降低，景觀破壞，而生態體系也將隨之瓦解，鳥獸失棲，造成非常嚴重的後果。人們都知道「星星之火可以燎原」，而燎原的後果，卻常爲人們所漠視。近年來，生態保育呼聲日高，其實，應由觀念著手，由基礎教育扎根。

火災到底還屬無心之過。更甚者，大約近一世紀以來，人類汲汲營營濫取資源的結果，已導致青山綠水盡付濁流的地步。森林的無度採伐，徒留斑駁大地而致水旱頻生；硬體文明的發展，剷除了絕大部分的國土天然保安層的植被，也因而引發山崩、路阻、落石頻繁、水旱迭起。昔日開發所得的短暫收益，潛伏了後代子孫必須承受大地追繳的滾滾複利，如果我們再不能從其中找到教訓，則後果何堪設想，畢竟我們只有一個地球。

入山愈深，愈覺背包的沉重。爲了應付山中多變的天候，我們分別準備了四季的衣裳。

路途未行過半，女生們紛紛丟盔卸甲，只剩了輕便衣物及雨具隨身，其餘概由管理處體貼的隨行人員代勞。我堅持在背包裡收留季季的一件薄毛衣，企圖因著這個象徵性的負擔，使我免於「百無一用」的自責，聊算此行之功德一件，此事想來，無非又是阿Q。

排雲山莊終於在千呼萬喚後出現於波瀾壯闊的雲海裡。我甚至來不及細看排雲的長相，便急急歪倒在它懷裡。

嘴唇發白，雙腿痲木不仁、汗下如雨，因著細雨而黏貼的頭髮，我不用照鏡子，就看到了自己的狼狽。有生以來，從來沒有過的辛苦。跌跌撞撞的仆倒在山莊爐火前的剎那，心裡只有一個疑惑：登山人如此辛苦，到底爲了哪樁？抬眼往窗外望去，一隻停棲於冷杉上的酒紅朱雀也正側頭望著我，彷彿和我遙遙地打著招呼。

又恢復到久遠以前沒電的歲月。

七點左右，所有人都在床上就位完畢。不知是被鄭寶娟無端的焦慮所感染，抑或氣壓變化的關係，大夥兒雖然爲了培養翌日攻主峰的體力而致力於入睡一事，卻都只是徒勞。黑暗中，除了不時因輾轉反側而引發的床板格格作響聲外，只有一蓬極其微弱的爐火靜靜地訴說著它的一生。

缺少了五光十色，神思頓覺無比清明。閉目凝神之際，日間所見的山容樹色，彷彿忽落枕上——山椒水湄悠悠蕩蕩的雲彩，枝葉間穿梭啁啾的林鳥，兀自端然盤坐的高山，若老龍

的：鱗的道旁青松，如詩如畫的彩蝶……還有霏霏的香霧，霑衣的落葉。我驀地想起孔子所說

「天何言哉！四時行焉，百物生焉，天何言哉！」

於是，白日的疑惑遂得自解。登山人凌虐自己的雙腳，原是為了與大自然相親，為了回歸一切生命與存在的本源。也許可以這樣說，為了從自然的原始面貌裡尋找失落已久的自我。

為了觀看難得一見的日出勝景，第一批人馬在梁景峰老師的號召下，進行拂曉出擊，可惜因中途下起小雨，裝備不足，鎩羽而歸。

天明，第二批人，前仆後繼，直攻主峰。通過了茂密的冷杉林後，滿目盡是高不逾丈、盤根虯幹、斜拖曲結的玉山圓柏和玉山杜鵑、玉山小蘗等低伏的灌木叢。為了抗拒高山上強勁的風速，它們長得低矮柔軟，順風傾倒，果眞印證了「柔弱生之徒，老氏誡剛強」的哲理。

再往上爬，亂石危綴，險阻難行，崩坍的稜脊幾無落足之處，我們一步一停的喘息前進。幸好天公作美，未下雷雨，否則，光憑意志，恐怕也不濟事。

終於登上了頂峰。

我疲累的匍匐在于右任先生銅像前，心中百感交集。凜冽的山風拂過臉頰，只覺塵土面

目，為之洗淨。回首來時路，但見屏山獻青、畫巒滴翠，忘了誰說的，山中無歲月，眞好。

昔人登泰山而小天下，我是見識過了玉山，才知虛心涵泳，學習與自然及一切生命相依相生，和諧共處。

——一九八九年七月・選自圓神版《紫陌紅塵》

楊柳、櫻花與紅葉

民國五十七年春天，屋子右側的幾株櫻花開得異乎尋常的燦爛！我讀書的窗口一片粉紅駭綠，攪得我神魂顛倒。即將在大學聯考的戰場上和人一決雌雄，我卻似乎完全沒有心思念書。白日裡，沉浸在對學校男老師瘋狂的愛戀情緒裡；一到黃昏，沒來由地，體溫便彷彿和西沉的落日頑強抗拒般地竄升；午夜則纏綿地與聯考的噩夢繾綣，無意間聽到母親憂心地和父親低語：

「是要安怎？安捏，哪考得上大學！」

我置若罔聞，當是說的別人家無關緊要事。屋前一株楊柳，有如向世人昭告青春期來臨般地，只要有風，便四下癲狂地潑灑似雪的楊花。客廳玻璃墊上，一逕白茫茫。那年，我十七歲，和怒放的櫻花、飛揚的楊花般，滿溢著無法言宣的熱情，無論生理或心理。多年後，方才憬悟那場長長的高燒，原來是對花粉的過敏！

發高燒的，原不只我一人，禍首原也並非只有楊樹、櫻花。那時節，台東延平鄉的豔瀲紅葉，才堪稱威力強勁的過敏原，招得臺灣島上的子民忽忽若狂。十三位來自紅葉村的布農族小朋友，揮動著球棒，擊敗了一向睥睨國際體壇的日本棒球隊，也擊出了不可思議的傳奇。舉國情緒沸沸揚揚，高燒延續多年，久久不退。那是自〈梁山伯與祝英台〉掀起的凌波熱過後，全臺最嚴重、也是最持久的一場快樂傳染病。

紅葉熱、少棒情，綜合我的花粉熱，那個夏季過得恍惚迷離。七月從考場走出，我的臉色泛白，無論三民主義或是三角幾何都失去了顏色。接下來的黃昏，體溫越來越高，身上的紅斑越來越嚴重，出入醫院的次數越來越頻繁。八月初，榜單出來，沒能考上公立大學，雖不意外、卻仍驚嚇。爲了我的虛弱，好強的母親硬生生吞下滿腹的不滿，可無法同時放下對昂貴學費的憂心。三千餘元的學雜費彷若天文數字，九月即將到來，父親四出借貸，形容勞悴，我則順理成章繼續蒼白著臉鎮日歪躺。八月二十五日，父親自外歸來，喜形於色，我當借貸成功，自沙發上欣然躍起，父親氣喘吁吁地宣告：

「贏啦！贏啦！我們打贏日本仔啦！世界野球冠軍的和歌山隊吶！……七比〇，我們紅葉野球實在有夠厲害哦！」

雖然並非預想的大學夢，但是「打敗棒球王國」是何其壯大的殊榮！在那個日日傳播、強調國家民族至上的時代，攸關中華兒女榮耀的巨大喜悅很快掩沒了可能無法註冊入學的失落。因窮困生活而面色經常如霜的母親，那晚綻現了難得的笑靨，在廚房做飯時，竟然幽幽唱起了睽隔已久的日本情歌；下班歸來的二哥，笑吟吟提著切好的鵝肉回來加菜；父親在飯桌上唱作俱佳地形容成功的接殺、盜壘動作，像是親眼目睹一般。那一頓晚飯，一直印象深刻！現實中的困境統統被拋擲到九霄雲外，印證了「以國家興亡為己任、置個人死生於度外」的生命哲學，這在當時的臺灣島上絕非特例！

好運接踵而來！「五比一，中華聯隊勝關西」、「五比二紅葉大勝」、「金龍隊揚威美國威廉波特」……中華兒女一路過關斬將，因為棒球，威廉波特成為臺灣人認識美國的窗口；因為紅葉隊的傳奇，棒球成為臺灣的全民運動；因為棒球的漂亮出擊，臺灣擺脫積弱的苦悶，開始大口呼吸、大聲說話。村子裡的孩子紛紛拾起球棒，冀望和睫毛長長的布農族小將一樣，向國際進軍！

也許是紅葉棒球隊帶來的好運，我急欲向世界探觸的夢想，居然在註冊前夕成眞，父親終於東拼西湊籌足了學費。在殷殷的叮嚀中，我坐上火車，向夢想飛去。如同紅葉成軍時克難地以砍削木棍為球棒、以生硬柳丁權充棒球，我也以萬分儉省的方式在陌生的臺北孜孜求知。而群醫束手的過敏症狀，竟奇蹟似地在異地不藥而癒！父親在寒假將屆之際，來信說：

馬路拓寬，你最喜愛的楊樹很可惜地被砍伐！幸而屋旁的櫻花樹依然欣欣向榮。……還有，聽說日本巨人棒球隊將來臺中集訓，到時候，金雞獨立的王貞治也會到我們臺中來。

父親的筆觸躍動，好像在字裡行間潛藏許多無名的快樂。

其後的日子，像乘坐快速噴射機，臺灣經濟環境一路攀升。婦人邊聽收音機的棒球轉播、邊努力地在家裡或工廠勤做加工；男人則多半像我的父親一樣，在少棒的捷報裡，掩嘴竊笑、奮力打拚；而我和我的同學們，每年夏天總會回到家鄉，徹夜不眠地和家人共守著收音機或電視，關注萬里之遙的棒球賽。中華隊贏了！無論城市或鄉村，鞭炮聲連綿響徹，燈火和爆竹的亮光足以照亮臺灣整個夜空；若是傳來失利消息，同仇敵愾者有之、相擁痛哭者也不在少數，凝肅的陰霾幾乎是經月不散地籠罩心頭。有幾年的時間內，臺灣人在棒球的號召下，展現了空前的大團結。

多年之後，屋旁的櫻花慘遭鄰近加工出口區潑灑出來的幾桶柏油溺斃，而不知從什麼時候開始，棒球熱已悄悄降溫。就像我年少時候對世界激烈的探觸熱情，也在不知不覺間日趨平淡。

——二〇〇一年三月・選自二魚版《五十歲的公主》

吃葡萄

吃葡萄也是一門學問。

「你吃葡萄時，是從大的吃起呢？還是小的？」有一天，一位朋友問我。從來未曾考慮過這個問題的我，突然被難倒了，怎麼也想不起答案，我那位充滿智慧的朋友其後鄭重其事的指導我：

「吃葡萄應該從大的開始吃起，這樣，你每次吃到的都是其中最大的。傻瓜才從小的吃起，永遠吃到的都是剩下的中間最小的，那種感覺眞壞！」

於是，回家後，我一直努力地回想自己吃葡萄時，到底從大的吃起還是小的，我甚至不死心的到外頭買了串葡萄在家裡現場實驗一番。葡萄洗好，擺果盤裡，我端坐水果前，伸出去的手，幾度猶豫，終於還是頹然的放下。我不得不承認，我深受那位朋友的影響，已經沒辦法做客觀的省察，我高舉的手一直受到「傻瓜才從小的吃起」這句話的干擾。誰願意做傻瓜？但是，經過長久認眞而仔細的思索過後，我得老實的招認，我的確就是他所說的那種傻瓜，千眞萬確的。吃葡萄時，我是從小的開始吃起。

小時候，難得有水果吃，葡萄算是很稀罕的。偶爾家裡有人拎了葡萄來做客，九個孩子圓滾滾的眼珠幾乎要射進葡萄裡。等客人走後，媽媽便按人頭及葡萄數目平均分配，因爲事關個人權益，所以，在我小學一年級時，這樣的除法，我便可以飛快的計算出來，一些也不會吃虧。

吃葡萄的感覺簡直說不明白，又快樂，又帶著那麼點兒壯士斷腕的悲壯。總是先挑其中最小的，放在嘴裡用舌頭捲過來捲過去，在腮邊滾出個圓球形，一直要等到不小心咬破了，才飲恨的吞下肚裡。最後剩了幾個最大的，怎麼也捨不得吃，端過來、捧過去，變相的引誘別人犯法。孩子中，我的年紀最小，記憶裡，從來沒眞正吃過大葡萄，因爲最後總是被兄姊拐走或搶去，然後才悔不當初，嚎啕痛哭，總要哭到媽媽嫌煩了，拿了棍子出來毒打一頓才收場。

年齡漸長，漸不耐煩這種剝皮吐籽，吃起來工程浩大的東西。但是，偶有機會，仍然積習不改，打最小、最醜的先吃掉，再如倒吃甘蔗般，漸入佳境。結婚生子後，開始主中饋，不知從什麼時候起，逐漸習慣於把最好的東西留給孩子吃，自然更和大葡萄無緣了。

問題終於有了答案。我也開始學我的那位朋友，拿這問題考考周遭的人。第一位應考的是當時年僅的七歲的兒子，兒子睜著大眼反問我：

「那要看是大家一起吃，還是自己一個人吃啊！」

「那有什麼區別？」我納悶的反問。

「區別大囉。跟大家一起吃，當然從大的開始吃起；如果是自己一個人，就無所謂啦！」

乍聽之下，簡直如雷貫耳。總算是見識到這一代兒童劍及履及的功利主義，不免心驚不已。從吃葡萄而看出人性，眞是始料未及。我開始沉思，我吃葡萄時的保守心態和兒子的現實作風，是否正是農業社會和工商業時代人們的典型區分呢？我突然對這個問題萌生起莫名的興趣。

接著訪問的是一位四十歲左右教書的朋友。當我剛表達完題目，他忙不迭的感嘆起來：

「唉！別提了。我們這一代的男人倒楣透了。當我們小的時候，爸爸是一家之主，好的東西留給爸爸吃，大葡萄哪輪得到我們吃；好不容易當上了爸爸，誰知道，時代跟著變了，孩子才是一家之主，好東西留給兒子女兒吃，再不然留給嬌妻吃，女兒戲稱我是家裡的垃圾桶，吃葡萄還能挑什麼大的、小的，剩下的才是我吃的。」

一位五十多歲的文化界人士一聽到我提到葡萄，壓根兒不想弄明白我的主題，便恨恨地大吐苦水：

「一講到葡萄，我就生氣！你不知道我家那個老太婆有多不講理。前一陣子家裡吃葡萄，我坐在電視機前，邊看邊剝著吃，不知不覺把整盤葡萄都吃光了，我太太氣得罵我：『留幾個會死啊，就非吃光不可！』好了，昨天又吃葡萄，我就一直記掛著她的這些話，特意留了些在盤子裡，這個女人真是不可理喻，居然又破口大罵：『留這幾個幹什麼呀！就不會吃光，好讓人家洗盤子嗎？一天到晚就知道折騰我。』你瞧！這說的什麼話。法律是由她規定的？凡事憑她高興！哪一天我氣起來，大家都沒好日子過……。」

說完，還心有餘恨的重重地捶了一下桌面。沒想到吃葡萄也會引起這樣的家庭風波。我看他脹紅了臉，新愁舊恨交加，嚇得趕緊趁隙逃走，免得遭受池魚之殃。

一位年約六十歲的老太太，在我重複了三回題目後，才慢條斯理的回說：

「大的、小的？你以為大的就好吃呀！這你就外行了。大的不一定甜，我葡萄吃了幾十年，有些葡萄小小的，看起來不起眼，才甜哪。吃葡萄挑大的，就是沒見識……」

然後，她開始教導我如何挑選葡萄，從形狀、色澤到表皮光滑程度，甚至扯到她家媳婦如何不相信老人言……等，我在多次技巧的引導她回歸本題失敗後，只好認命的忍受整整兩小時疲勞轟炸，而這兩小時下來，我確信已經對她們的婆媳糾紛有了通盤的了解。

一位就讀於國中的女學生聽到我談起吃葡萄的事，忍不住插嘴：

「我媽最神經了。每次洗葡萄，總要在鹽水裡泡上大半天，泡到蒂那兒都快爛了才罷休。還規定我們必須從爛的吃起，好不容易這次把爛的吃光了，到晚上，又爛了一些，每頓都在吃爛葡萄，我恨死了。跟她怎麼說都說不通，她說爛的不先吃掉浪費，我看像她這樣天天放著新鮮水果不吃，才是浪費。你說！是不是？」

我趕緊顧左右而言他，我可不願意介入別人的家務事。何況，說實話，我對這樣的事，也確實沒有什麼高明的建議，因爲我和她媽媽的作法其實也差不多。不過，這倒提醒我回去要特別留意一下女兒吃爛葡萄時的情緒。

多數已經做了媽媽的女人對葡萄的大小不感興趣，她們普遍對殘餘農藥表示了嚴重的關切，其中一位媽媽危言聳聽的說：

「現在你還敢吃葡萄啊！不怕被農藥毒死啊！我家裡是不買葡萄的，不管怎麼洗也洗不徹底，而且，怎麼吃都沒辦法不碰觸到表皮，太危險了！」

一位四十多歲的女人說：

「我的孩子已經上國中了，到現在還從來沒有剝過葡萄。每次吃葡萄，都是我先剝皮去籽以後，才送進他嘴裡，現在做媽媽可眞難哦，有一次他吃著吃著，還問我：『媽，你到底洗手了沒？』眞氣死我了。」

一個値得注意的現象是，當我提出問題後，百分之八十以上的人，都神情詭異、心存戒懼，懷疑我的問題中有什麼陷阱等在那兒，唯恐言辭稍有閃失，就會中了什麼圈套似的，所以，總是不肯爽快的回答。而多半拐彎抹角的先行試探一番。這百分之八十，倒是不分男女老幼的。由是，我們是否可以推論出現代人普遍的充滿疑忌、彼此不相信任呢！

有趣的是，多數的男人完全不知道自己吃葡萄是打哪兒下手的；百分之十八的媽媽仍然在為國小階段的孩子剝葡萄皮、掏葡萄籽兒；百分之三十的小孩壓根兒不知道葡萄裡有籽兒（邊看電視邊吃東西的結果），百分之九十九的人，經過我的提示後，認同了我兒子的想法——和別人（不包括兒女）一起吃葡萄時專挑大的下手。這項統計推翻了我先前所作傳統與現代的假設，證實了人性普遍自私的通則。

你呢？你是怎麼吃葡萄的，從大的還是小的吃起？請針對問題回答，不要像他們一樣，答非所問。

——一九八九年七月·選自圓神版《紫陌紅塵》

當微風與陽光私語

八月天，原本高照的豔陽，卻忽然溫柔嬌羞了起來。半遮掩的，猶抱琵琶。

莊嚴的追思活動，因爲祥德寺師父誦經腔調的忽高忽低、忽起忽落，而顯得有些滑稽。貴賓席上，昔日的築路人或神情嚴肅地低頭沉吟，或語調激昂地向後生晚輩敘述當年苦況。原本凝肅的空氣中，卻反常地洋溢著嘉年華會般的喜氣！深山中，穿袈裟的法師和旗袍上別著鮮花的女人穿梭往來；猶在襁褓中的嬰兒對著拄杖而行的老人吃吃發笑！長春祠殉職築路人的祭祀典禮遙對著起伏的山巒進行，更像是一場祈福的活動，向天祈求國泰民安。泰雅族傳統木琴和男高音深情的歌聲在立霧溪的峽谷中悠悠廻盪。聞風前來的民眾扶老攜幼、笑語喧闐；媒體記者扛著照相器材，忙著獵取鏡頭。充滿活力的山地歌舞結束，一位當年在橫貫公路上流血流汗的築路人，應媒體要求拿著工具對著山壁作狀敲鑿。精瘦的靦覥老人不慣作秀，在閃爍的鎂光燈下，不停地對著記者說：「可以了吧？可以了吧？不就這樣！沒啥啦！」

說著，放下工具，便不顧眾人的七嘴八舌，揚長而去。另一位穿著西裝、略顯發福的同伴，則興奮地繼起擺出各式的姿態，以滿足媒體記者的拍攝，並認眞解說當年英勇的冒險犯難。

老伯伯們穿西裝、打領帶，盛裝起來。談到打赤膊和天抗衡的日子，高亢的語調裡不免摻雜著辛酸、惆悵。由兒孫或友朋陪伴前來追憶似水年華的他們，面對孜孜叩問的年輕人，心中到底正想些什麼？是悼念命運乖舛、命喪黃泉的先驅者？是慶幸經歷艱險卻能倖免於難？是驕傲步步爲營、終於以小小刀斧敲出了一條耀眼的康莊大道！抑或是感嘆物換星移、流年暗中偷換？恐怕誰都不知道！大夥兒只是好奇，到底憑藉著什麼樣的力量，居然能以簡單的工具從榛莽中雕鑿出眼前的亮麗光景！

節目單上寫著，午後，將由築路人帶領大夥兒走過九曲洞步道，細說當年手工斧鑿中橫的種種！實際的情況卻是，大夥兒像誘蜂人般，領著垂垂老矣的築路人，讓他們辨識昔日戰場，導引他們娓娓訴說過往雲煙。在萬方禮讚的光環下，老人黧黑的臉上雖不時流露出驕傲的光彩。然而，不爭的事實是：曾經的手腳麻利，換成了今日的步履蹣跚；昔日的飛揚果決，變成了如今的囁嚅踟躕。總覺不忍逼視他們額上的縱橫皺褶，只要看路旁山壁上的紋路，就該了然當年曾經耗費的青春。而青春果眞喚不回，除了俛首沉吟，對命運，我們只能束手。

攤開手上的資料，浙江、河北、廣東、江西……從大江南北的各個角落出發，無意中，落腳在臺灣東部。或從事爆破、或搬運土石、或開挖土機，每一個年輕的生命都懷抱著稚氣的想望，期待成就各自璀璨的故事。然而，朝不保夕的工作環境，有人被水沖走、有人被落石擊中、有人被炸山的流砲炸傷……，每一次的行動，都充滿了不可知的變數。於是，有人說：「每天都有人被抬著出去，不知自己是不是下一個！吃了這一餐還有下一餐否？奈何家中妻小子弱，還是得硬著頭皮幹下去！」有人則感慨地表白：「開路比殺敵更危險；四處彈落的石塊比敵人更不可測！」

因爲不安，有人終生不婚，深恐拖累家人；也因爲不安，有人匆促成親，企圖穩住多變的人生。老榮民和橫貫公路的故事，堪稱五〇年代臺灣歷史最悲壯、也最迤邐的一頁。如今，如織的遊客，呼朋引伴前來飽覽山光水色之餘，是否有人曾經去揣想這一斧一鑿背後所隱藏的辛酸血淚！而我們又該如何來丈量生命的重量？老榮民以克服天險、攻下大片風光爲傲，卻也不掩隙縫裡求生的無奈與悲涼。也許，這才是眞實的人生吧！並非無怨無悔，而是既然沒得選擇，只好像過河卒子，拚命向前。

四十年後，他們重返曾經鞠躬盡瘁的現場。雖然「塵滿面、鬢如霜」，卻沒有想像的「淚千行」！走著、說著，大夥兒簇擁著出了九曲洞，在洞口拍下了一幀又一幀的紀念合照後，終於揮手道別，各自回到原先的軌道去。生命裡堆疊著層層的重擔，舊有和新添。若非太魯閣國家公園處的好意，我猜測，這些被目爲「開路英雄」的老人，也許一輩子不想、也不忍再回顧吧！

走出了九曲洞內聽來的黑白沉重人生，低低的雲靄隨著揮別的手勢被驅逐到遠遠的角落。雲開見日，花蓮的輕快愉悅霎時被還原！五顏六色的陽傘和穿著光鮮的遊客，將遊客中心的草坪妝點得五彩繽紛。舞臺的後方，雖見一輪紅日喜孜孜地露臉，但適時輕拂的微風，以柔弱的嬌嗔之姿，將陽光的威力吹向山巔海隅。難得的盛會，讓遠道而來的臺北人見識了文明和草莽渾然無間的融合！管弦樂、打擊樂器、山地歌舞，空曠的原野中，悠揚和粗獷奇異地結合成天籟般的聲音！顛仆學步的稚子不自覺搖搖擺擺地爬上舞臺，隨著旋律扭動身軀。充滿音樂和舞蹈的假日，是且走且看的人生風景中，會讓人時時想從檔案裡調出來再三回味的記憶！

風很輕，每一位傾聽者臉上的線條似乎都變得溫柔。遠方的太陽帶著微笑悄悄落下山頭，而貼心的公園處預先爲情人準備的玫瑰則一朵朵地被傳送到有情人的手上。原來明天便是七夕，中國情人節！許久不曾被如此優渥地對待，在粗礪的生活中盲目衝撞，得時時提醒自己，出門時莫忘帶著舌辯的唇和堅硬的心。即便是被熱情接待著坐在國家劇院裡聆賞美麗的樂音，亦是不得閒地以評判者的眼光和心境參與。曾幾何時，忘我地聆聽微風和陽光私語竟成不可或得的享受！我們坐在一株落光葉片的光禿大樹下，人人手持一枝鮮花，露出被寵溺的笑容，並假裝接受樹蔭的遮涼。當舞臺上原住民隨著節奏分明的歌舞，狂熱地扭動肢體。有幾度，我萌生衝動，差點兒衝上臺去，和他們共舞。終究，久經禁錮的心，一時之間仍未有足夠的能量來衝破藩籬，只有用野放的心來追隨拍紅的手。

次日，白楊步道靜靜地以多變的光影迎接我們。國家公園處的解說員以朝聖般的鄭重語調，提醒我們用眼睛和耳朵之外，別忘了帶著「心」一起來。起始點的隧道長三百八十公尺，黑暗中，耳朵顯示極度的靈敏，彷彿聽到潺潺的流水流經耳膜間。當光明在望時，不自禁想起川端康成小說《伊豆的踊子》裡的天山隧道，似乎隧道的另一端，將出現一位娉婷的小舞孃！出了隧道，踩著落葉前進。一路上，似曾相識的蝴蝶和蜻蜓會在不經意間出現在身邊，不知是我們追逐牠們前進？抑或牠們刻意追隨我們的腳步？我放慢了步伐，刻意和隊伍保持一定的距離，在蝶飛葉落的山間，用心尋索，似乎真的聽到了它們相互交談的聲音！

每一棵樹、每一朵花，甚至每一隻小昆蟲，在解說員的嘴裡，似乎都有個屬於牠自己的故事。說著牠們的故事時，解說員的眼裡總流露出掩飾不住的愛憐。幾次到公園處，印象最深刻的，便是這一種急切向遊客介紹大自然奧妙的心意。我常揣想：倘設對山林缺乏熱情，久居其間，日日夜夜坐對無言的山丘，將會是多麼殘酷的折磨！幸而這些解說員，個個活力四射，似乎從無片刻怠倦。他們在人類和山水間穿梭往來，扮演媒介的角色：讓大自然知曉人類的善意，也讓人類見識大自然的嫵媚。在促進雙方的了解上，解說員可謂居功厥偉！

立在吊橋上，赫見白楊瀑布奔流而下，雄偉壯觀。許是瀑布挾帶的風勢，在不提防間，遊客的帽子紛紛被吹落地，於是，人與帽的追逐於焉狼狽展開，引得一旁端坐的朋友呵呵大笑！瞭望的平臺上，人追著帽子，風追著人的衣袂。卸下了城市裡的工作擔子，一切似乎都變得輕快容易。隱約間，彷彿有一陣陣的咖啡香撲鼻而來，大夥兒都不信！以為久經咖啡麻痺的唇舌作怪，誰知眞的是咖啡！幾乎所有人的眼睛都霎時亮了起來！原來，工作人員體貼這群文字工作者的癮頭，眞的在山林間煮起咖啡來了。於是，聽到有人捧著杯子，陶醉地說：「有了咖啡，此行眞是太圓滿了！」

那日黃昏，火車帶著依依不捨的我們，又回到車水馬龍的城市。一下了火車，所有嚴重或不嚴重的心事都一起襲上心頭。我邁開步履，武裝起心情，走入臺北的夜！重新做個道地的臺北人。

——二〇〇〇年十一月・選自二魚版《五十歲的公主》

當高天民遇到陳進興

——媒體聞風起舞記略

高天民氣死了！一連串的新聞報導淨圍繞著當紅的陳進興打轉。於是，他決定背水一戰，終於以石牌路爲據點，用死亡來挽回近日備受媒體冷落的頹勢。

電視機裡，新聞記者冒著生命的危險，尾隨警察，深入虎穴。還殘留亢奮潮紅的臉孔，隔一段時間就被棚內主播強迫拿著麥克風、對著鏡頭結結巴巴說著一些連自己都仍胡裡胡塗的追捕狀況。

從五常街、德行東路到石牌路，所有的報導都顯得冗長而缺乏新意。不時爆出的所謂「內幕新聞」，大多來自道聽塗說。因此，幾乎每隔三分鐘，記者就得向屏息以待的觀眾更正先前的小道消息，如：嫌犯所騎摩托車的車號、搶去的越野車的顏色、或曾經出沒的地方、事故地點。甚至偶爾還告訴我們可能是場誤會之類的。讓人驚異的是，這時候，他們通常不會顯示任何報導失誤所應呈現的愧赧，反倒以一種發現新線索的姿態來向疲憊的觀眾邀功。

重複又重複的畫面，疲勞轟炸著相同卻不肯定的猜測。嫌犯的每一次現身，觀眾都被迫複習一回前幾次的攻堅行動，而唯恐觀眾得老年癡呆症似的，所有的電臺記者都不厭其煩從四月的白曉燕案話說從頭，有的甚至更追溯到劉邦友、彭婉如命案。

看似刺激實則無聊的現場報導結束過後，媒體趁勢追擊，在德行東路、石牌路上逡巡下去。號稱全臺最早出現的某家電視公司爲顯示它龍頭老大的風範，將報導率先深入民間，以表達它關心民瘼的悲天憫人襟抱：

「現在記者所在的位置是白案主嫌陳進興、高天民昨天曾經現身的天母德行東路，經過了警方徹夜的搜捕，嫌犯依舊從容逃逸，天母地區的居民驚魂未定，我們來問問他們現在的心情如何？」

一位匆忙行走的路人被逮住在鏡頭裡，臉上露出一絲迷惘的表情。

「陳進興、高天民昨晚沒有被抓到，你住在這個地區，心裡會不會害怕？」

受到記者言詞的引導，鏡頭裡的人，很快就收拾起剛剛睡醒的表情，做出適度的配合。對著鏡頭說：

「怕呀！怎麼不怕！昨晚我們都怕得睡不著哦！」

鏡頭一轉，換了場景。記者以高亢的聲音告訴聽眾：

「現在記者所在的位置是天母地區的醫院。陳進興、高天民的出現，已引起此地居民嚴重的不安。記者特別來到醫院的精神科，讓我們來請教醫師。……醫師，請問這兩天精神科的病人有沒有明顯的增加？」

醫師抬起頭，不解的說：

「啊……差不多啊！」

記者立刻搶回麥克風，開始暗示：

「陳、高二人在天母地區出現，居民精神上飽受威脅，難道醫院裡的精神病患沒有明顯的增加嗎？」

醫師這才恍然大悟，很識相地接口：

「當然！當然！情緒的緊張常常導致精神官能的失調……」

記者於是再度搶回麥克風，很權威地下了結論：

「陳進興、高天民一天不抓到，當地的居民就一天不得安心，天母地區的精神病患正急速增加中，有關單位應正視這個問題，全力緝兇，以免精神病院人滿爲患。」

另一家資深電視臺則另闢蹊徑。精壯的男記者在路口攔截一名正要上班的女子，說：

「請問經過昨夜的警匪槍戰，您一定很害怕啦！在這種情況下您有沒有考慮雇用保全人員？」

「當然想啦！但是有什麼辦法呢？聽說雇用保全人員不便宜哦！我們升斗小民怎麼負擔得起！……」

鏡頭一轉，記者又到了保全公司的門口，一位保全人員陷入長考似地回答記者的問題：

「客戶有增加嗎？……應該是有吧？……怎麼說好呢？大家都怕死嘛！對不對？……你問我怕不怕啊？怕當然怕啦，可是有什麼辦法呢？吃這行飯嘛！總是要以客戶的安全為第一嘛！……如果我碰到陳進興啊？不會那麼倒楣吧？……」

記者於是又開始發表議論，他清清喉嚨，又說：

「陳、高二人連續犯案，警方束手無策。不信任警方的人民，只有求助於民間的保全業者。保全業因之水漲船高，幾乎供不應求。然而，一般薪水階級的小老百姓，哪有多餘的錢來雇用保全人員！面臨日漸敗壞的治安，民眾恐怕只有自求多福了。以上是記者莊正在天母的報導。」

有了前述的示範，繼起者就容易多了。一家電視臺的記者於是前往停課的陽明山某校園，訪問學校的學生，問他們是否害怕？得到預期肯定的答覆後，他隨即前往學校訓導處，請教訓導人員有何具體對策。畢竟是知識分子，回答的話就明顯看出受過嚴格的修辭訓練，他說：

「本校已成立危機處理小組，由校長領軍，做好所有的防範措施。訓導人員和警衛並全天候戒備，家長和學生儘可放心。不過，我在這裡還是要呼籲所有學生，盡量結伴而行，絕對不要單獨進出！遇到可疑人物，馬上提報校方。歹徒雖然已經失去理性，但是，不用太過擔心，學校已有萬全準備。」

看來，記者對這樣聲東擊西的回答並不表意外，因爲，他接著對觀眾感性地說：

「學校訓導人員顯然已經成竹在胸，在停課一天後，學生的安全是否就已經得到保障？學生與學校雙方的認知，明顯有著嚴重的落差，這是一個頗値得細細玩味的問題。到底陳進興、高天民是否還藏身陽明山上，誰也不知道！但是，我們不禁要問：誰來保障這些學生的安全呢？」

身爲無線電視網龍頭地位的某電視臺在這件事的後續報導上，當然不肯瞠乎其後，也卯足了勁兒、挖空心思，終於讓他們想到另一個議題。記者也到了德行東路，逮住正提著垃圾去倒的一位老先生，問道：

「陳、高兩位白案兇嫌在這裡出沒，你們心裡害怕嗎？有沒有想到搬家呢？」

老先生睨了她一眼，不耐煩地回說：

「搬家？搬到哪兒？住得好好的，搬什麼家？你告訴我搬到哪裡才安全？」

記者聽到這一連串的反問，一點都不氣餒，接著轉到一家仲介公司，問裡面的職員說：

「陳、高二人出現在天母地區，大家都寢食不安。你們最近的業務量有沒有增加？譬如說，買賣房子的情況有沒有比較多？」

那位職員想了想，搔著頭，正考慮著如何應對，記者急了，暗示：

「賣房子的人應該很多吧？買氣少多了吧？」

職員被迫合演一齣戲，只好順勢說：

「是沒錯啦！但是，這邊的別墅房子平均坪數都很大，一時之間，也不容易找到買主，所以……」

記者不等他把話講完，急急下結論道：

「陳、高二人作案連連，有危機意識的天母居民亟欲搬家，但因該地買氣低迷，急於脫手的民眾憂心如焚。天母本是臺北市民擇居的優先選擇，誰知陳、高二人的一次現身，竟使它的身價急速下滑，……」

以下照例又是一番老掉牙的治安敗壞的嘆息。

陳、高兩人的出現率原本在媒體上平分秋色，然而，平衡報導終於在陳進興的投書出現後開始不平衡了！

幾天後，某報的頭版出現了陳進興的投書。他撂下狠話，如果檢調單位繼續對其家人刑求逼供，他將不惜讓更多無辜的民眾遭殃。搶得頭條新聞的媒體，以相當大篇幅刊載來函，向向隅的媒體示威；其他的媒體則不甘示弱，在字跡上大作文章。說文章清順、字跡清秀，不似出自陳嫌之手。這樣的報導眞氣壞了許多長年被媒體退稿的作家，他們一輩子兢兢業業在稿紙上寫下的嘔心瀝血之作，不但字跡蒼勁有力，而且內容鐵定有益世道人心，行文較諸陳的投書更加流暢自然，想在媒體最角落的地方安身立命猶不可得，陳進興那手其貌不揚的字，居然大受青睞，頭版頭條也就算了，內容文采還備受稱道，這世界還有公道嗎！

然而，記者才無視於作家的憤怒，他們仍起勁的追逐熱門話題。高天民無緣無故從媒體上失蹤，陳進興的愛家形象被大力炒作，電視一再播放陳進興陪兒子遊戲的畫面，太太含淚喊話；八卦新聞推陳出新，原來陳進興出現的地方都有特別的地緣關係，五常街是因爲陳進興的小舅子在這裡念小學；陽明山則是陳進興和太太年輕時談戀愛常去的地方，天母是張素眞小時候……，各種荒腔走板的推論充斥在各項媒體上，啊！有一天我們終於明白，原來陳進興之所以到處強暴無辜女子是因爲入珠的關係！記者又爲此事專訪泌尿科醫師：

「請問醫師，入珠是怎麼一回事？聽說陳進興是因爲入珠，所以沒有辦法自慰，必須強暴女子才能解決性衝動，有這麼個說法嗎？」

醫師無奈的說：

「會想要去入珠的人，本身就有錯誤的性觀念，就不正常嘛！」

記者於是接著推論：

「陳進興因爲入珠，所以有強烈的性需求。他之所以到處犯案，其來有自，我們只能提醒婦女同胞要格外提高警覺，免遭毒手。」

陳嫌的第二封信在幾天之後，又赫然出現，像連續劇一樣。這次口氣較溫和，於是犯罪防治系的主任無法倖免了，被迫出來解讀：

「嫌犯心態不平衡，這回措辭雖然明顯緩和，卻不代表他眞能信守承諾，大家還是不能掉以輕心。」

經過夜以繼日地奔波和漫天撒網式地胡亂瞎掰，這次，記者實在乏了，再也變不出什麼把戲，只簡短地說：

「謝謝黃主任！」

他們跑陳進興的新聞跑得累死了！他們鉅細靡遺地剝繭抽絲，幾乎包辦了檢察官和警察單位的所有辦案工作。除此之外，還把學校通識教育學到的文學想像技巧充分發揮出來，可惜的是，當年理則學一直沒學好，邏輯上經常不通，但是又何妨！看熱鬧的觀眾和讀者誰理會這些呀！

陳進興三個字氾濫在媒體的每一個角落，跟著躲躲藏藏的高天民可火了！明明兩人一起犯案，卻不明不白被搶去鋒頭，讓同樣心狠手辣的他怎嚥得下這口氣！再怎麼說，他都沒理由只當配角呀！於是，他單槍匹馬直闖石牌路，決定這次絕不讓陳進興跟！死也不讓跟！

果然，「高天民舉槍自戕」幾個斗大的七十二級字，登上了十一月十八日臺灣各媒體的頭版頭條位置！高天民終於轟轟烈烈地搶當上了最佳男主角！只可惜，高天民萬萬沒想到，他以生命換來的側目，不過維持了半日光景，陳進興隨即以挾持南非外交武官的手段，迅即又奪回了臺灣甚至國際民眾注目的眼光，媒體接力式的報導，讓千萬疲累欲睡者的眼睛不得休息。

當高天民遇到了陳進興，他只有俯首稱臣。

——一九九七年十一月・選自九歌版《讓我說個故事給你們聽》

一條道路的拓寬

九年多前的一個秋日，蓋房子的營造商，指著屋子前的狹小巷道告訴我們：

「前面這些違章建築已經準備搬遷，這條巷子很快就會拓寬爲二十米道路，你買下這間房子絕對不會後悔，保證很快增值。」

我環顧左右，用非常發達的想像力揣想拓寬馬路後的景觀，咬了咬牙，決定背水一戰，和微薄的儲蓄挑戰。

搬進屋子後沒多久，巷子口的空白牆上，果然張貼了一張市政府的告示，說明馬路即將拓寬，請違章建築內的住戶，準備搬家。我站在告示前，對同樣仰著脖子看著的鄰居說：

「哇！真的要拓寬了欸！」

鄰居面無表情告訴我：

「這種告示貼了不知道多少回了！一點用處也沒有！還早哪！不信，你等著瞧！」

果不其然，風吹雨打的，公文紙化爲灰塵，終於沒留下任何痕跡，而巷子依舊是靜靜地維持它小家碧玉的風貌。其後，每隔一些時候，就又有些風吹草動傳來，附近違章建築內的鄰居，撇著嘴說：

「哼！叫我們搬家！想都別想！住了一、二十年了。孩子在這兒長大，婆婆在這邊兒老去，叫我們搬就搬，那我們算什麼！欺負人嘛！搬遷費沒弄清楚，誰也別想讓我搬！政府做事就是這樣，柿子專挑軟的吃，同樣是違章，他怎麼不叫蔣緯國搬！就會欺負我們這種家徒四壁的小老百姓。」

憤恨的群眾在公文上用紅筆打了一個大叉叉，市府想是玩這種望空打拳的把式，也覺得沒意思了，索性就算了。然而，一天，巷子底的一幢屋子，不知怎的，突然著火了！一一九叫來的救火車，嗚嗚的響著，卻開不進狹小的巷子底，印證了「遠水救不了近火」。這時，才引起巷內合法住戶的危機意識。里長被迫領銜簽名陳情，要黃大洲市長拿出魄力。

陳情書上去了許久，沒有任何回應。聽里長說，好像補償費沒談攏，這一談，又耗去了好些年。除了安全堪慮外，其實，鄰居們都相處得很好。窄窄的巷道裡，自有一種小門深巷的靜謐。馬路拓寬後可能帶來的嘈雜，才是我們所擔心的。

陳水扁上任後，蔣家的房子被拆了！違章建築內的鄰居，開始同仇敵愾、惶惶不安。他們群聚在一起，拿著報紙議論著：

「這個阿扁！還玩眞的欸！有夠狠！連蔣家都不放過，再怎麼說，蔣中正也還是有功勞的，這樣做，未免太絕情了！……我們這些可憐的老百姓鐵定完了！」

接著，十四、十五號公園的拆遷新聞在報上以斗大的字刊載著。有退役軍人發誓死守家園，鄰人的心情越來越壞，同樣的告示又在巷口出現了！一位以收破爛維生的老先生憤恨地跟我訴苦：

「這個阿扁很可惡！專挑弱勢團體開刀，爲了討好多數的選民，不顧我們這些可憐人的死活！我們在這兒住了大半輩子了，能搬到哪裡去！」

雖說，有些人還是不滿意，但是，拆遷費到底還是談妥了。工作繁忙，我也沒去特別注意，只斷斷續續由群坐在屋外長板凳上喝茶、聊天的男人們口中，聽說補償費是分期領取的。一日，我由學校回來，無意間發現，怎麼違建戶幾乎每戶都在門上或窗臺上撞了個大洞，原來最後一期款項的領取，必須有「破釜沉舟」的誠意表現。但是，炎夏裡，門首的大洞除招惹些無傷大雅的蚊蠅外，也並未帶來重大麻煩。何況，沒幾日光景，所有的大洞都自動補回，似乎也沒有造成任何損失。

門口的板凳越來越多，參與議論市政的人有明顯增加之勢。有一天，甚至還看見一戶人家的電磁爐上，滾燒著香氣四溢的義大利咖啡。看見我經過，還熱情地招手，吆喝：

「來喝一杯咖啡吧！作家都喝咖啡的嘛！對嗎？」

像喊「狼來了！」的小孩一樣，不管市政府的公文張貼得多鄭重，再也沒有人理會它。夏天來了！轟轟的冷氣隔絕了裡外。有一天，我正為難以為繼的一篇文章傷透腦筋、繞室徘徊。從落地窗望出去，突然看見一隻怪手隆隆的開進巷內，隨即以橫掃千軍之勢，敲破屋瓦、撞開土牆，低矮的違建一間間應聲倒地。有人在屋內咆哮，被人半勸半扶的架了出來；坐在怪手上的工人，意興昂揚，銳不可當，撞了這邊、掃了那邊，左右開弓，不可一世。我們當他多神勇，誰知，不到兩日，進度突然緩了下來。就這樣，三天打魚，兩天曬網的，總算所有違建全被夷為平地。奇怪的是，屋子全倒塌了，矗立在巷道中間地段的明保宮卻屹立不搖，再會哭鬧的民眾也被擺平了，獨獨神明不吃這一套，聽說祂不肯搬家哪！

狼藉的巷子被瓦礫所佔領，有些人家趁機將家裡壞掉的家具丟出。更缺德的是，有人開始不守規矩地傾倒垃圾，蚊蠅於是滋生，怪手卻從此失蹤。整條巷子像剛被颱風肆虐過，有一種殘破荒涼的淒惻。沒有人告訴我們發生了什麼事？為什麼工程進行了一半就停止了進度？里長不知道，大夥兒全莫名其妙。蚊蟲可不管，興奮地四處奔竄，蟑螂爬進水管、堂而皇之地進了屋子；馬路上，挖壞的自來水管，日夜水流不斷；不時的，一覺醒來，門前就多了一張尿漬分明的彈簧床或幾張斷了腿的凳子。鄰居見了面，逐漸習慣用一連串的問號相互打招呼？用大大的驚嘆號來說再見！

在人們幾乎被逼得發狂後，怪手才姍姍來遲。垃圾清除後，以為問題總算解決，誰也沒料到，眞正的災難才算開始。

有一搭、沒一搭的，怪手一會兒兵臨城下，奮力翻掘，夙夜匪懈，連夜半時分，機器還隆隆作響。給人的感覺，像是明天一定要完工了；而正當你以爲完工之期指日可待，他又好些天停擺，任憑塵沙漫天飛揚，或者道路泥濘不堪、行人人仰馬翻。更讓人驚訝的是，不時的，整條道路被破肚剖腸似地掀開來埋設管線過後，隨即又被碾壓整平。過不了幾天，同樣的行動又再度重複，幾乎每隔幾天，就讓人驚呼一次。有一回，我實在太好奇了，攔下怪手的司機，探個究竟。司機若無其事地回說：

「上一次是埋設電話線，再上一回是地下水道，這一次是瓦斯管線，每次都不同呀！」

「爲什麼不一次一起解決呢？要這麼大費周章？翻過來又鋪回去的。」我不禁納悶地問。

「不同的單位沒辦法配合啦！你以爲做事那麼容易啊！今天這個單位有空，那個單位正忙。只好各搞各的，所有的公共工程攏嘛安捏！」

終於，我們了然民脂民膏是如何被耗費光的！我們是寧可相信政府機關的本位主義作祟，而不願去聯想利益輸送等的弊端。我悵然離開，心裡覺得悲傷極了！居住在此地的人，像任人宰割的「卒仔」，沒有任何知會行動，完全不知道自己居住的地方，明天會變成什麼樣子！

明保宮依舊巍然矗立在路中央。所有的工程就這樣繞過來、彎過去地避開它。有一晚，廟裡鑼鼓喧天，彷彿還請了樂隊唱起了卡拉ＯＫ，從黃昏起，廟裡的麥克風聲音就籠罩了整個社區。見面的鄰居都興奮地傳說可能是神明的告別儀式。所以，儘管鬧到很夜，都被寬厚地優容著。哪裡知道，幾天過去，依然沒有絲毫動靜。里長又爲此領銜陳情了一次，卻毫無進展，他說：

「可能後臺很硬！不知怎麼一回事！」

一位鄰居憤恨地說：

「聽說陳水扁市長也來看過了，一點辦法也沒有！他對公娼倒很悍的，怎麼就拿一尊神明沒法子了！」

灰塵仍像煙霧般繚繞著，端上餐桌的飯菜，不要一會兒的工夫，吃起來就窸窣有聲，像極了灑了奇怪的佐料。下過雨後，則是寸步難行。一回，樓下肢體殘障的胖小弟一個觔斗，倒在泥地上，半天爬不起來，哭得一臉泥污，媽媽心疼地苦著臉埋怨道：

「天殺的！眞該死呀！這個噩夢到底到什麼時候才能結束！每天上學，像是跋山涉水一般，這是什麼世界！外頭有陳進興一樣的惡虎，割喉之狼四下流竄，投資的股票崩盤，先生又傳出外遇，現在，連一條安穩的馬路也不留給我們！啊！死死咧卡緊啦！」

朋友拉著褲管，涉過坑坑洞洞的水窪，上樓來拜訪。笑著恭禧我：

「馬路拓寬，房子馬上增值，小心市政府要開始跟你們徵收受益費哦！」

我不禁怒火中燒！長期以來的鬱卒，一下子全湧上心頭。我氣憤地失去控制，臉紅脖子粗地張牙舞爪比畫著，說：

「未蒙其利、先受其害。政府要敢來跟我徵收受益費，我一定綁白布條抗議，他敢！我就跟他拚了！」

朋友被我兇狠的樣子，嚇得落荒而逃，至今下落不明。

十二月初，距離第一次怪手進入，已近半年。我忍無可忍，悲憤地起而行。估量主管單位可能是工務局，一通電話過去，工務局說：這不干他們的事，可以問問道路管理局；道路管理局的人根本不讓我把話說完，便給我另一支不知道是何方的電話；我話才說一半，接電話的人又轉介了另一支電話，……就這樣，一個下午，像電話旅行似的，團團轉，每一個單位都大踢皮球。我氣得差點兒發狂，決定不找到負責人，誓不為人。中國古諺說的好：「有志者事竟成」，在像流氓一般亮出教授兼作家身分之後，阿彌陀佛！最後終於有人給了我一個養護工程處的負責人姓名。我循線打過去，說明原由後，指明要找一位叫李殿件的先生，對方冷冷的回答：

「我們這裡沒有這個人！」

我大吃一驚，不大肯相信有人居然隨便拿一個子虛烏有的名字來應付我。我仔細地再次把名字說了一遍，對方仍斬釘截鐵地說：

「不是跟你說過了，沒這個人嗎？」

我氣了！氣這世界有這等荒唐的事，咬牙切齒地大聲問他：

「你確定這兒沒李殿伴這個人嗎？確定沒有嗎？再說一次！」

其實，我是生先前那個人的氣的，沒想到聲音大了些，倒有了意想不到的答案出來了：

「這裡是沒有李殿伴，只有一位叫林殿伴的。」

這下子，我的嘴，眞的吃驚地合不攏了！這傢伙正跟我玩著官兵捉強盜的遊戲哩！林殿伴在我憤怒得幾乎殺人的當兒出現了。他彬彬有禮，有問必答，只是沒有一個答案讓人滿意，他說：

「這個工期很長，大概要施工到二月左右。……我知道！我知道！我完全了解你們住在當地的人的痛苦，因爲我天天都在那兒嘛！灰塵眞的很大，眞的很抱歉，請你們再多忍耐！……是啊！是啊！我們是該開個說明會什麼的，這眞的是我們的疏忽……那個廟啊，啊！我們正極力遊說當中，一定給你們一個交代……您別生氣！我完全了解！完全了解！」

俗話說：「伸手不打笑臉人」，我在一連串的抱歉聲中，掛了電話，結果是對道路的工程進行進度，仍一無所知。但是，憤怒卻似乎明顯減少許多。啊！我終於知道，民眾要的其實不多，就是一點起碼的尊重嘛！而這個社會卻連這一些些也給不起，在呼籲營造富而有禮的社會，夸夸心靈改革聲中，毋寧是個最大的諷刺！

路，仍繼續挖；廟，還是屹立不搖；人們，仍是在煙塵、泥濘中，一邊恨聲不絕，一邊撩起長裙，小心翼翼的求生存。唉！

——一九九八年一月・選自九歌版《讓我說個故事給你們聽》

大家樂？大家瘋？

臺中人最近過得很不快樂，但是，非常刺激，也非常瘋狂。「大家樂」這個名字頗有意思，但如果改爲「大家瘋」，可能更切合實際。

中部郊區的精神病院人滿爲患，生意空前鼎盛。大家「不」樂之後，紛紛往這兒疏散。平日閒得打盹的精神科醫生，突然在一夜之間行情看漲起來。一位中文系的老教授搖著頭憂心如焚的宣告：

「臺中不再是文化城，根本就是個杜鵑窩。」

醫院裡，護士拿著針筒準備給一位因爲沉迷於大家樂以致傾家蕩產的精神病患打針，病人興奮地迎上前去，奪過針筒，說：

「來！來！先讓我簽一支。」

一位標準的大家樂迷，在經歷幾番風雨後，孤注一擲地把身邊僅剩的五十萬元全給押上。開獎時間將到，緊張得手腳發軟，是輸是贏，橫豎都是昏倒。於是，委請夫人出馬打聽。太太臨出門，先生遞上一把傘，顫聲交代：

「如果中了，回來時，就把傘打起來，我從陽臺上看下去，中或不中，一目了然。」

果然中了！太太當場興奮地尖聲大叫，撫著胸口，一腳長一腳短的奔回，匆忙間，忘了帶傘，先生一看，萬念俱灰，竟從五樓一躍而下。這不是現代傳奇，是事實。大家樂？誰說的？城裡紅著眼下賭注的男男女女，城外白著臉神魂俱奪的老老少少，其實是大家一起瘋。

那天，回臺中。一早起來，就覺得不對勁兒。雜貨舖關門，豆漿店歇業，翻開日曆，十五日。公休？沒聽說過。媽媽笑著說：

「傻孩子！今天下午愛國獎劵開獎，大夥兒忙著大家樂，哪有心情做生意！」

挽著菜籃，陪母親上市場。走在街上，空氣裡漾著一股詭異的氣息，好像大夥兒都忙碌異常，交頭接耳。這兒一群，那兒一堆，頭擠頭的研究什麼似的。

市場裡，人聲鼎沸。賣肉的老丁不再像往常一般親切的招呼我。豬肉攤上，除了肉外，還攤了張影印的靈籤，畫著稀奇古怪的圖案，好些人聚在一塊兒，埋著頭，嘰里呱拉，不知說些什麼，看起來挺緊張的模樣。我開口問：

「老丁早哇！好久不見。上肉一斤多少？」

老丁沒聽見。我問了幾次，有些生氣，老丁才慌慌張張的回答，頭都沒抬：

「二五好了！」

我嚇了一大跳，莫非連豬都得了豬瘟，這等便宜。媽媽拉了我一把：

「別聽他胡說，他暈了頭，玩大家樂。每十天發作一次。」

賣菜的金嫂放下菜攤不管，和一群女人圍在隔壁豆腐西施的店裡。我放聲問她：

「金嫂！空心菜一把多少錢？」

她聞聲抬頭，神情茫然，楞了足足五秒鐘之久，才下定決心似的朝我喊：

「八七，就是八七好了。」

瘋了！一把青菜八十七。母女相視莞爾。媽丟了一張五十元鈔票在金嫂的零錢盒裡，順手找了四十元，並拿了一把青菜，搖了搖頭，無可奈何的說：

「每到五、十五、廿五日，賣菜全採自助式。」

豆腐西施最乾脆，她沒空，請我們到別家買。市場上的人全瘋了！有些顧客拎了菜籃子來，到各攤位前交換情報後，飛快地騎著車子走了，連菜籃都不記得拿。

美容院也淪陷了！

太太小姐們拿了由各個廟宇求來的乩童畫的靈符，店東和顧客、認識和不認識的，水乳交融地彼此交換悟道心得，小孩兒在廊簷下打擺子似的學乩童全身亂顫。

有位太太髮捲上了一半，突然跳起來借電話打：

「喂！王先生嗎？我是大通街的張太太，吳素玉啦！我本來簽二三，現在改爲四四，是啦，雙生。拜託！拜託！」

師傅的雙手在我頭上亂抓，脖子向右伸了一尺長，不時揮動雙手在鄰座太太膝上的靈符上比來畫去，濺得我一臉泡沫。

老闆娘出來了，很快地進入狀況，加入切磋行列。足足有十分鐘之久，才看到我。口沫橫飛的對著我說：「你也回來簽啊？幾號？」

我笑著搖頭，大概被她看出不信邪的樣子，馬上跟我「曉以大義」：

「你不要不信哦！前一期乩童說是『三隻馬跑了一隻剩兩隻。ㄅㄧㄤˋ！ㄅㄧㄤˋ！』開獎結果，果然是七七！」

「爲什麼是七七？」

我楞頭楞腦的問。所有太太小姐都露出不可置信的表情，意思彷彿是「這麼簡單居然也不懂」。

老闆娘熱心的回答：

「十二生肖裡，馬不是排名第七嗎，三隻馬本來就是三個七，跑了一隻，變成二隻，不正是七七嗎？」

「那爲什麼最後還要ㄅㄧㄤˋ！ㄅㄧㄤˋ！兩聲？」

「就怕大家笨啊！都像你一樣。所以，又加上ㄅㄧˋㄤㄅㄧˋㄤ，表示兩枝手槍，你用手比比看！不也是七七嗎？多靈啊！」

平白被消遣了一頓，我惱羞成怒的反駁：

「爲什麼不是零零？ㄅㄧˋㄤㄅㄧˋㄤ兩聲，正好把上面的兩匹馬都射死了，不是應該是零零嗎？」

「不是這樣講的啦！你不知道啦！你沒有慧根！悟不到的啦！」說著，又從抽屜裡翻出兩張影印的籤紙，指著其中一張說：

「哪！你看這張。上面寫龜兔賽跑。龜不是王八嗎。兔在生肖裡排第四，龜兔賽跑結果不是龜走到前頭去了嗎？開獎結果居然就是八四！」

「你們都中獎了啊！」

「唉呀！中獎了還在這兒洗頭啊！這是後來開獎出來，大夥兒才悟出來的。眞可惜！都寫得這麼明顯了……」

從美容院出來，遇上一位遠房表哥正低著頭快步向前。幾個月前，聽說他開了家錄影帶出租店，因爲地段好，生意很順。我和他打了個招呼，他似乎一下子記不得我，很茫然的樣子。我趕緊補充：

「忘了啊？我是小晴！」

「我知道！你幾號？」

幾號？又是大家樂。不理他，我說：

「生意好嗎？我是說錄影帶店。」

他突然笑起來，把檳榔汁往旁邊的小陰溝一吐，說：

「錄影帶？早收了。現在誰有時間看錄影帶？開玩笑！你簽幾號？」

我氣得學他往陰溝裡吐一口口水，走了。

回到家，想到一位久不見面的同學，撥了半個鐘頭電話，就是撥不通。爸爸說：

「你湊什麼熱鬧！這是什麼時間！生死攸關吔！全臺中的電話全癱瘓了！」

我決定給同學一個驚喜，御駕親征。

一進門，一屋子的人。她的姨媽、表舅、街坊鄰居，像吃流水席般，有來有往。同學看到我，親熱的拉著我說：

「你也趕回來簽啊？你簽幾號？我們正在做最後的計算！」

我頹然的跌坐到沙發上。同學的先生架著眼鏡，手拿電子計算機，聚精會神的按著數字。擡起頭，寒暄話都來不及說，便道：

「你幾號？你們那邊都簽幾號？我按照公式算起來八五、四七、二三。鐵定沒錯！」

我一句話也懶得說，只是笑笑。他倒熱心，順手拎過〇〇七手提箱，打開來。裡頭所有配備，一應俱全。有各式靈符、愛國獎券發行以來八獎數字表，還有一大堆「八獎之謎」、「大家樂入門」、「八獎指南」等書。中間有一張奇怪的圖表，分成好多格，每格內有一百個號碼，號碼上有各式紅色圖形，三角形、梯形、不規則的……。見我疑惑，同學的先生權威的解說：

「這個三角形內的數字是『煞』、圓形內的叫『死門』、這邊這個『五鬼』，還有這個『不出』，凡是在紅色圖形內的數字大概都不會中，一期一格，每期不同。」

同學也不甘示弱地賣弄：

「我告訴你，臺銀那套搖獎機是從西德進口的，有一個規則性。只要把上期得獎的三個號碼照大小排列為六位數，再乘以八四三四三六，得出來的數字，從左到右，兩位數一組，一定有幾組是下期八獎號碼。已經連續七期了，不由得你不信！」

她丈夫皺著眉，一副先知先覺的模樣，指斥她：

「喂，不是跟你說過了嗎？這一招早就破解了，上期就被破了！聽說特地從英國請了一位電腦專家來動了手腳，再不破，臺銀的高級主管都完了！」

一位紅光滿面的老先生自始至終笑容滿面的點頭，這時忙不迭的附和：

「是啊！聽說現在臺銀緊張死了！每次開獎前三天都先行試開一次。你知道嗎？臺銀派了好多人混在廟裡，打聽消息，絕不讓乩童所預測的號碼出現。只可惜……嘿！嘿！他們不知道我們還有偏方哩！科學的！科學的！……」

說著，還高興的和鄰座的人夾夾眼。我被他那超乎年齡的可愛表情給逗得忍不住笑起來。

同學拎起皮包，走到玄關，衝著我說：

「小晴！你坐一會兒，我沒空招呼你。昨天算錯號碼，現在得趕去改一下，電話全死了，打不通。中午在我家吃飯，我從外頭買便當回來。……」

我急忙起身告辭。同學的先生喜孜孜的、豪氣的拍著胸脯說：

「晚上來！晚上我們再好好請你吃一頓，鐵定中大獎！這回錯不了了。」

灰著臉回家。甫進門，就聽到二哥爽朗的笑聲：

「……這回再錯不了了！是我自己去臺北三峽的廟裡問的，乩童說『看阿兵哥走路』，你看阿兵哥走路不是兩腳直直地、膝蓋彎彎地，像兩個七嗎？一定是七七。」

怎麼又是七七？爸爸慢條斯理的問：

「七七？上期不是才搖出七七嗎？」

特意從臺北南下的三哥神秘的回答：

「沒規定不許重複啊，天機不可洩漏！」

我忍不住語帶譏諷的說：

「怪了！臺北的神也管臺中的事！祂也未免管得太多了吧？……」

言猶未了，忽見小妹跌跌撞撞地衝進來，急驚風般的說：

「快！快！快！來不及了！我剛才突然靈光一現，看到一輛行駛中的摩托車的牌照最後兩個字是五一，我相信靈感，我得回來拿錢去簽幾支。」

姊姊也攜家帶眷回來了，笑得合不攏嘴的說：

「說起來好笑！上回坐表嬸車子，一路上聽她說六九一定會中，斬釘截鐵的。我回來就背著你姊夫簽了兩支，結果果然贏了一萬八千元。我心想，表嬸一定賺死了。誰知道，表嬸一口咬定她那天在車上說的是九八，是我聽錯了！誤打誤撞，居然中了。眞有意思，這期我又簽了五支……」

媽媽轉過臉，背對爸爸，壓低了嗓門，在我耳邊偷偷地說：

「不要讓你爸爸知道，這一期我也簽了一支，九二的，你舅舅去問來的。反正才三百元嘛……」

客廳裡，大夥兒談得熱烈，我逐漸由眾人的聲音中游離出來。坐在地毯上，茫然地往外看，耳朵裡只剩了一連串的二位數字。落地窗外的院子裡，繁花似錦。隔鄰的喇叭花越過圍牆在爸爸新架的絲瓜棚上炫耀著它的美麗。一、二、三……七，七朵喇叭花，我不自覺的在心裡數著。

妹妹從臥房裡拿了錢往外衝：

「十一點半了，再晚就來不及了……」

──七朵喇叭花。我身不由己的猝然脫口而出：

「七八。小妹，也幫我簽一支。七八的。」

──一九八六年五月・選自圓神版《今生緣會》

大丈夫何患無屋

有心購屋的消息不慎走漏後，親朋好友紛紛熱心建言，長輩們也殷殷耳提面命。由經濟景氣、物價指數、股市行情到購屋秘訣、房地產新趨勢，甚至地段、學區、價碼、設施，侃侃談來，無不擲地有聲，切中肯綮，儼然專家模樣。

外子和我，純屬外行。洗耳恭聽之時，除配合對方語勢，適時於臉上提供驚歎號和問號外，亦未敢置一辭，有人強調應以兒女學區爲首要考慮，有人提醒宜以土地增值爲最後依歸。保守者主張購屋猶娶妻，一娶定終生，眼光要長遠，否則將遺恨千古；前衛者揭櫫購屋如納妾，三、五年一換，不必顧慮太多，否則會痛失良機。眾說紛紜，莫衷一是，聽得目眩神迷之餘，但覺方寸大亂，卻於實際無多裨益。

夫妻二人閉門商量大計，決定坐而言未若起而行。與其廣徵民意，徒亂軍心，不如拿定主張，堅守陣容。於是報紙廣告和房地產招貼並行，舊屋和新宅齊下，開始爲期兩周的購屋大行動。

首次目標是坐落和平西路上的一間十樓舊宅。廣告上登的是四十五坪、四房兩廳，大小和價碼都和我們預定的理想十分接近。一家四口便浩浩蕩蕩出發。

女主人用一口濃厚的廣東腔國語說明賣房子是因爲要返回僑居地。室內的陳設，雅致清新，不落俗套，可見主人的品味不凡。我們看過後，相當滿意。因爲行期倉卒，所以主人暗示我們，如果尙覺滿意，價錢上還可再加商量，我們聽了，大喜過望。正當賓主談得盡歡之際，突然，一股濃烈的氣味兒撲鼻而來，主人連忙解說，是樓下中藥行的藥「香」，我大吃一驚，亂軍之中，慌忙撤退。因爲平生最怕藥味兒，實不敢和藥行毗鄰而居。於是，首次出師，宣告失利，這是個星期天上午。

第一回合的行動，雖告失敗，並未減損我們的熱情。當天下午，一位多年摯友告訴我們，他們居處旁的和平東路附近，正有一棟二十層大樓籌建中。打鐵趁熱，我們連忙馳去，正趕上車水馬龍的人潮。接待中心裡，一群俊男美女穿梭其間，男的西裝筆挺，女的婀娜多姿，笑容可掬的爲顧客解說著。一位彬彬有禮、有著一張娃娃臉和一口白牙齒的男士，哈著腰，送走了一對夫婦後，堆著一臉的笑迎了過來。

很快地，我們就被他的笑容和裝潢得美輪美奐的樣品屋給征服了。兩個孩子聽說還有游泳池、親子遊樂園和許願池、彩虹飛瀑，興奮得紅了雙頰。售屋的白牙先生親切地撫著小朋友的頭，說著幽默的俏皮話。

我一向豐富的想像力，在此充分的派上用場，我們想像著黃昏時分帶著孩子越過馬路到師大運動場跑步、星期假日穿過幾條街道到中正紀念堂徜徉。孩子將來念著設備最新穎的中正國中，大人還可以在附近的畫室裡重拾彩筆，……一切都如此美好的符合我們的願望，只除了偏高的房價和遙遠而生死未卜的兩年半施工期。

然而，買房子畢竟是樁大事。我雖然亢奮，卻仍時時不忘提醒自己保持理性。而且，先前諸多親友警告的「產權不清」、「一屋多售」、「偷工減料」、「半途停工」……等言語，一一浮上心頭。這時，才開始悔恨平時沒有累積足夠的知識來應付。當然！我們同時也懷疑，即使知識夠豐富，是否有足夠的時間來讓我們進行徵信。

售屋員拿出舌粲蓮花的本事，急如星火的催促搶購。大廳中間，時時聽到誇大的成交的熱烈掌聲。在這樣一個詭異的時代裡，欺詐、豪奪充斥在每個隙縫，天眞的心性早爲過度的懷疑所掩埋，我們並不眞正相信那些掌聲，總覺只是一種促銷的噱頭。然而，亦不免受到這種虛浮的熱烈所感染。外子和我細聲的商量，我知道自己的語句裡摻雜了過多的期望，白牙先生在一旁爲我浮動的心思推波助瀾：

「現在不買一定會痛失良機，這麼好的地段去哪裡找！只要先給一些訂金嘛！」

在外子篤定的堅持下，我們決定還是從長計議，回家再多思量，才做最後決定。在孩子們失望的埋怨和售屋員含恨的恐嚇聲裡，我們走出了接待中心。天色已暗，我覺得自己像極了唐代傳奇〈櫻桃青衣〉裡那位聽經時打瞌睡的書生，在夢中經歷了一場無與倫比的榮華富貴後，又被迫再度回到無情的現世。

兩年半的施工期變成一種愛恨交織的矛盾。因爲有了兩年半的分期繳納緩衝，使得我們有餘力考慮購買超出預算的屋子。可是，就另一個角度看，這麼長的時間也夠教人牽腸掛肚的，誰敢保證這段時間內絕不會有意外發生！在這樣的亂世，把希望變成唯一，是絕對的冒險，這是人人都知道的。可是，人生原不就是一場戰況不明的冒險嗎？在回家的路上，我和外子滔滔地雄辯著。

從那天以後的一星期，我每晚早早把孩子送上床，鬼迷心竅般地拿出價格分期表及鳥瞰透視圖、平面圖、基地配置圖、剖面示意圖等各式圖表，在燈光下，聚精會神的核計著、研究著。到情勢明朗的今天，我回想起來，依然弄不清楚，當時那般的鍾情，到底爲了什麼？是爲了大樓前的那排長長的紅磚地？是極目所及的師大運動場上那塊稀罕的綠地？抑或年少時的一些與和平東路有關的浪漫回憶？還是其他的什麼？總之，不管是什麼理由，在外子眼中看來，都是些「浪漫到不切實際的想法」。

本著貨比三家不吃虧的原則，外子堅持應多看幾家，多加比較。他同時列舉了一些理由，諸如樓太高，地震時麻煩，公共設施愈多，管理愈不容易完善等，幾乎就要被遊說成功的那晚，好友忽然又打電話來，說該屋銷售情況甚佳，有些低坪數者，已經全部售罄。好不容易才穩定下來的情緒，隱隱然又波動起來。

第二個星期天早晨，我們打開報紙，發現一棟坐落於敦化北路上的房子，條件不錯，是屋主委託建設公司代售的。在驅車前往的半路上，我們怯怯的討論著，不知講價十萬元，會不會太離譜。

當我們到達時，售屋小姐正在樓下和一對夫婦談著價碼，我們逕自上樓。五十餘歲的女主人帶我們參觀的同時，偷偷告訴我們：

「如果還算滿意，我們不必非要透過建設公司，可以私下成交，只要貼個廣告費給我們就可以，我可以依照建設公司的底價賣給你們。」

我們吃驚的發覺，底價居然少了三十萬元左右，瞠目結舌之餘，不禁爲建設公司的賺錢有方而歎服，同時也爲自己的孤陋寡聞而羞愧。

室內顯然是經過費心裝修過的，五顏六色的壁紙，壓得低低的天花板，複雜花俏的吊燈。風韻猶存的女主人絮絮的談著她幾個當空中小姐及電視明星的女兒。「刷」的一聲，拉開了一個陳列著近百雙各式皮鞋的鞋櫃。接著，又推開了兩、三座擠滿了花花綠綠的衣服的櫥子，看得我們目瞪口呆，孩子頻頻驚呼。她掩飾不住得意的說：

「孩子們孝順嘛！非要我移民到美國。我說呢？在這兒好端端的，有牌搭子。到美國去，人生地不熟的，可到那兒去幹嘛？連牌都沒得打。有什麼辦法？孩子孝順嘛！……」

說著，又打開了一間四面都是鏡子的房間，化粧臺上，瓶瓶罐罐各色顏料互相推擠著，玩具、雜誌跌得滿地。

看完所有房間後，我們順便請教她鄰居住些什麼人，孟母擇鄰而居嘛！女主人半是驕傲、半是靦覥的說：

「我們這棟樓住的可都比我們強多了。五樓住的是個電影明星，巷子裡那兩部賓士汽車就是她的；四樓是一家鋼鐵公司老闆，聽說是賺大錢的；三樓好像是舞廳的大班，看起來很有錢，常常出國哩！……」

我和先生互使了一個眼色，連忙藉詞離開。車子上，兒子興致勃勃的問：

「媽！什麼是舞廳的大班？」

接著的目標是杭州南路上的一棟四層樓房。屋主是位退休的老先生，房子滿寬敞的，採光也很好，就是舊了些，少說也有十多年的屋齡。萬一買下來，還得大肆翻修，價碼如果太高可不上算。

老先生長得虎虎生威，依稀可見昔日的丰采。他蹙著眉感歎的說：

「孩子大囉，都出國去了。原先蓋了這四層樓，打算一個小孩給他們一層。誰知道，到頭來，只剩了我們兩個老的。老囉！……」

接著，盤查人犯般的詳細詢問我們夫妻二人的姓氏、祖籍、現籍、學歷、職業、年齡、家裡人口……等，才主考完畢般的噓了一口氣，滿意的說：

「好！可以！家世不清白的，我們還不賣哪！大夥兒可要長久做鄰居的，我看不中意的，出的價錢再高也不賣，這可馬虎不得！」

我們一家四口簡直是感激涕零他的垂青，一旁越發恭謹的肅立者。老先生坐在房中唯一的沙發上，蹺起二郎腿，權威十足的給肅立一旁的我們打著分數，外子趁著他老人家不注意時，低聲附在我耳邊說：

「以前大概官做得不小！」

老先生索性點上菸，閉著眼，一邊吞雲吐霧，一邊嚴肅的告誡：

「年紀大了，不經吵，以後要是搬進來，可得約束一下孩子，不要太吵，不可以在樓梯間亂丟紙屑，不可以從四樓丟玩具下來，不要……。」

他諄諄地條列著規矩，卻始終沒有說出最癥結的價錢。在我們多次敦促下，他才停止叨念，慢吞吞的說：

「有人出我三百六十萬，我不肯，至少也要三百七十萬。」

這一驚，眞是非同小可。我和外子睜大眼睛互望一眼，差點兒叫出聲音來。報上登的是四百九十萬，居然三百七十萬就可以了，太不可思議了。我們按捺住太過興奮的表情，爲了不表現出過度的小家子氣，外子故意把嘴巴抿得緊緊的，清清喉嚨，再次試探：

「不能再少了嗎？」

老先生搖搖頭，慢條斯理的說：

「頂便宜了。這個地段，自己蓋的房子，真材實料，拿你四百七十萬算是頂便宜了！」

我們一下子從雲端掉下懸崖般的力圖掙扎：

「可是，您剛才說是三……」

話猶未完，老先生雙手一揮，專橫的打斷：

「頂便宜了！再不能便宜了。你去四處打聽看看。四百七十萬耶！太便宜了！」

我們失望的噤了聲。突然聽到兒子清脆的童音：

「老爺爺！你剛才明明說三百七十萬，不能騙人哦！」

我還來不及攔阻小孩，老先生嗤之以鼻的說：

「我怎麼會說三百七十萬，我再老也不至於那樣糊塗，小孩子，不要亂講話。」

雖說四百七十萬也不算頂貴，但是，幾秒鐘之內，經歷了那麼強烈的喜悅和失望後，對我們而言，似乎一切都變得意興索然。外子吞了吞口水，艱難地措辭：

「這個價錢，對我們來說，貴了些。……」正待告辭，老先生突然笑起來說：

「你就別客氣了，誰不知道，你們本省家庭，都有祖產。尤其你們清水蔡家是大戶人家，家裡總會給一些錢的。」

外子啼笑皆非的辯白：

「我們是沒有的，我們出來完全是靠自己的。……」

兩人突然偏離了主題，在祖產上大做文章起來。我見二人太過離譜，拉了拉外子的衣角，示意告退。出了門，我們開始在車上盡情的數落房屋的缺點：房子太舊、廚房太小、格局不理想、客廳的假壁爐太俗氣，直到覺得已經報了仇似的才停止。女兒天眞的接了口：

「而且，老爺爺好凶，又愛騙人！」

車子經過金山南路，忽然出現在和平東路時，我心裡著實一驚，故意不去看那高掛著的大幅看板。偏是孩子們眼尖，齊聲喊道：

「我們的游泳池，爸爸快停車。」

我假裝很意外的回頭看，外子歎了一口氣，寡不敵眾的說：

「好吧！算我輸，再去看看你們的游泳池吧！」

在孩子的歡呼聲裡，我們再度走進接待中心。白牙齒的先生眼尖地馬上迎過來。這回，人潮更洶湧了，屋子簡直要沸騰起來般。大多數人都是舉家前來，孩子們在大廳和樣品屋間逃來竄去，大人則一本正經的聽著售屋員的解說，像小學生聽課般，不敢造次。我們別無選擇的傍著僅存的一張空桌子坐下。白牙先生拿出一份價格分期表，翻到上回我們中意的K棟十三樓，這是同等坪數中最便宜的一樓，託「十三」之福，我們赫然發現價碼居然比上星期日多出了十萬元。我們有些不甘心，希望能照上星期的數目。這回白牙先生的架式大是不同於先前了，他踞坐著，露出愛莫能助的表情。幸災樂禍的說：

「是啊！誰讓你們上星期不訂，這是沒辦法的事，你要訂，就得趕快，你看人這麼多，你們到底決定怎樣，要不要？不要的話，別人就要囉！」

平白多出十萬，憑良心說，眞是生氣。正嘀咕著，白牙先生把坐在椅子上的屁股往外挪出了半邊，作勢再不決定，就將棄我們而去。我們正再度溝通著，他已開始下最後通牒：

「再給你三分鐘考慮！」

在我們錯愕的表情裡，他拉長了脖子又朝另一邊櫃臺上的小姐喊道：

「十三K，保留三分鐘！」

情勢萬分緊張，孩子在旁一邊倒數計秒，一邊十萬火急的催促：

「趕快啦！趕快啦！快三分鐘了啦！人家快不賣給我們了啦！」

兩個大人也無端的被緊張的氣氛攪得心緒大亂。外子一反往常的鎭靜，咬了咬嘴唇，狠狠地說：

「好！我們買了！」

白牙先生朝著剛才的方向，高喊：「十三K，賣了！」

我們正掏著錢，那邊的小姐突然回話過來：

「十三K？早賣了！喂！你們不要賣重複好嗎？」

白牙先生聳聳肩，輕鬆的說：

「你看！沒了！誰讓你們不早些決定。好了，現在K棟只剩下十五樓了。」

重新翻出價目表一看，乖乖！又比剛才的十三K多出十五萬元左右。緊張的氣氛再度升高，短短幾分鐘之內，平白多出二十五萬元，我們遲疑著，剛打完一場仗般的疲倦。白牙先生一點同情心也沒有，一邊張望著門外川流的人潮，一邊落井下石的說：

「哦！對了！還有你們上回說的地下停車位，三十萬元的也已經沒了，只剩了五十萬的。」

又加二十萬！腦子「轟」的一響，我和外子的臉都變了顏色。一人拉了一個孩子，很有默契的同時站起來往外走。到了門外，外子很有氣魄的朝著天空說：

「大丈夫何患無屋！要受這種氣！」

我和孩子三人委頓不堪，像是剛到手的棉花糖又被別人搶走了。兒子噘著嘴，弓著背，我生氣的遷怒，戳著他的背斥著：

「你有多高，要這麼駝背！」

爲了證明臺北市遍地「房屋」，我們信步而行，走進羅斯福路另一棟二十六層高的大廈。塗著濃厚藍眼膏的售屋小姐露著樣本似的笑臉，很自傲的指著宣傳圖表上的商標說：

「請看『花貝言』這三個字，大公司就是不一樣，我們蓋的大樓無數，你們該聽說過吧！」

我腦中一閃，不由自主的說：

「啊！前一陣子地震倒塌的××大樓，不就是你們蓋的嗎？」

小姐想是經歷過大場面的，心不急，臉不紅的說：

「呀！別提了。都是那些剛從國外回來的設計師爲求美觀，減少樑柱，忽略了臺灣地處地震帶。這件事，我們是不便說的啦！當然還有其他不足爲外人道的因素，這其中還牽涉到國家呀什麼的。」

她一口氣說到這兒，坐直了身子，換上一副微笑，又說：

「不過，話又說回來，也只有像我們花貝言這樣的大公司，房子倒了，還負得起責任來！要是換小公司，腰都直不起來！」

房子倒塌，倒變成證明他們實力雄厚的證據，眞是一派胡言，我們也懶得和她爭辯。倒是隔間上，我們有些不滿意：

「人家和平東路上那棟，好像格局好多了！」

小姐表情曖昧、避重就輕的回答：

「兩年多的施工期，不是短時間哦！你是不是該找一家信譽比較好的？這比什麼都重要。買房子最重要是要先打聽清楚產權清不清楚。還有，我們建坪一千四百多坪都不敢蓋游泳池，他們一千兩百多坪倒弄了個游泳池，將來管理如果不健全，遺禍無窮。」

說完，又很光明坦蕩的說：

「唉！我們是不說別人什麼的啦！我是給你一個忠告啦，最好眼睛睜大一點！其他，我們也不便再說啦！」

從一大早看房子到傍晚，全家人此時都筋疲力盡，頭昏眼花，再也無心戀棧，便匆匆回家。

一連兩夜，輾轉反側、無法成眠。我想，我大概是中邪了。星期二晚上，飯桌上，外子忽然說：

「你如果明天有空，乾脆去和平東路訂一戶好了。爲了房子，弄得茶不思、飯不想的，眞沒意思。」

我含著飯的嘴，突然微微發抖起來，一句話也說不出來。

第三天，我皮包裡裝著一大堆錢，打算看到白牙先生，什麼話也不講，就把錢丟在桌上。沒想到，價錢又調整了，又調高了廿萬元。我覺得一股血氣往腦門兒上衝，我得承認，一生從來沒有那麼生氣過，我恨恨地說：

「你們這是欺負消費者，太不誠實了！」

白牙先生猶自嘻皮笑臉的說：

「這是我們和銀行約定好的，銷售量到達七成以後，可以調整售價，這完全是合法的，不要說得那麼難聽嘛！」

我餘怒未消的指責：

「這不是合法，這是狼狽為奸！」

我氣極了，牙根兒差點兒沒咬碎，內心裡柔腸寸斷。

日子又重新回到軌道上來。眾人絕口不再提「買房子」這三個字，我坐在屋裡發呆時，常常試著去羅列那棟無緣的房子的缺點——樓太高，地震時難保不塌下來；游泳池也許會漏水，鄰居或者搬來一家賓館，孩子上學得穿過好幾個如虎口的十字路……想著，想著，竟有些慶幸起來。尤其有一天忽然想到因此而省下了五百多萬元，幾乎要敬佩起自己的聖明了。

天氣逐漸轉熱，前些天，我聽到孩子問他爸爸：

「那今年夏天怎麼辦？我們到哪裡去游泳？」

他爸爸沒好氣的說：

「往年怎麼游，今年就怎麼游！」

我站在廚房裡，想著，想著，不知怎的，突然有些傷心起來。

——一九八七年四月・選自圓神版《今生緣會》

讓我說個故事給你們聽

母親無來由地日漸委頓、憔悴，步伐越發遲緩，胃口越來越差！像她一樣的老年慢性病患，醫師總是缺乏耐性地敷衍我們的詢問，說：

「年紀大囉！各項機器都慢慢老化囉！多運動、少吃油膩！沒問題的啦！」

我不信邪！分明有些不太對勁，既然日益消瘦，臉孔怎會反倒逐漸豐腴！媽媽心灰意懶地開始交代後事，跟我說：

「這次一定沒法度了！度未過了！我感覺人越來越無力了。厝內那口新買的電子鍋，你若要，就拿轉來用！我恐驚無法度再轉去煮飯了啦！」

我聽了心如刀割，不知如何是好。一日午後，靜坐冥想，忽然想起市中心的一家私立醫院曾標榜一種所謂的美式門診。掛號費較費，但可即時預約心儀的醫師，既不必耗費大把時間去大排長龍掛號，也可有充裕時間和醫師慢慢討論。由母親日漸浮腫的臉頰，我判斷和腎臟科或新陳代謝科脫不了干係，當下和醫院取得聯繫，由櫃臺小姐幫我們介紹並排定了一位F醫生。

三十分鐘後，我們進到了寬敞潔淨的診療室。五分鐘後，F醫生跟進。弄清楚母親比較在行說臺語後，醫生開始使用生硬的臺語和媽媽溝通。話題從症狀開始，弄清楚症狀已持續了一段時日後，醫生轉頭不高興地用國語責備我們：

「爲什麼這麼久才來看病？」

我辯稱曾找過幾位醫師，只是每位醫師都說是年紀大、機器老化的關係。F醫生意味深長的看了我一眼，我雖然不是太聰明，但也察覺到他眼睛裡的懷疑！

接著是病史的追蹤。當醫生知道母親既有糖尿病，心臟功能也不甚佳，血壓又高時，他馬上接著質問我們：

「你們去上過課嗎？」

「什麼課？」一向見到醫生便必恭必敬的我，經過方才那一次眼光的交會，態度更是謙卑了！

「什麼課？你媽媽有這麼多的毛病，你都沒有想辦法去上有關的課程？了解應該注意的事項？好！我問你：你知道什麼是糖化血色素嗎？……不知道吧？你媽媽糖尿病已經七、八年，你還不知道？……」

「抱歉！我們眞的不知道欸！請問在什麼地方有開授這樣的課程？」

「每個大型醫院都有啊！你不知道那就太離譜了！可見你多麼不關心母親的健康！」

我吶吶地提不出反駁的話，只心虛地偷偷看了媽媽一眼，慶幸上面的對話是用國語的，媽媽似乎因還來不及翻譯成臺語而不致於感到太過悲傷！大夫看我不說話，竟乘勝追擊，又提出另一個問題：

「沒有去上課就算了！那你有沒有去請教營養師？我們醫院的一樓有專業營養師，你跟他們請教過沒？糖尿病患有哪些飲食的禁忌，或者該怎麼吃才安全？你的媽媽罹患糖尿病這麼久，你……」

我簡直慚愧欲死了！不過總不能這樣子坐以待斃。於是，我跳過第一個問號，採取迂迴地避重就輕：

「我知道啊！看病的醫生有告訴我們呀！糖尿病患不能多吃含糖食物，甚至米飯等澱粉性食物也要節制。」

「那你知道一顆芭樂的含糖量有多高？一碗飯又含多少卡洛里？一片土司又……」

一個問題接一個問題的提出，F醫生顯然跟我玩眞的了！我支支吾吾，不知如何回答，他忽然又重重出擊，問道：

「好！就算你沒時間或不知道醫院有營養師可供諮詢，那我再請教你：你家裡買過相關的書籍嗎？你做過這方面的研究嗎？你關心過你的媽媽嗎？沒去上課、不曾請教營養師，連一本書都沒買過……」

正當我窘迫地招架無方，幾乎要惱羞成怒之際，F醫生卻緩下了臉色，以高亢的語調嘉許我：

「不過，今天你知道帶媽媽到我這兒來，總算做對了一件事，這樣就對了！……是呀！你怎麼知道有這樣的一個美式門診？」

我無端被重重地打入地獄，又莫名其妙地被提升到人間來，心情眞是複雜，幾乎不想和他說話了！

他拿出一些他所寫的醫學報導文字，讓我們拿回家研讀。接著給我們三條路選擇：一是繼續類似的門診，掛號費貴之外，也沒有健保給付；二是轉到普通門診去掛號診治，那樣可以減輕負擔，但手續較繁瑣；三是乾脆住院做徹底的檢查。我請求他給我一個專家的建議，他回答道：

「這樣說好了！如果令慈是我的母親，我一定安排她住院檢查！這樣說，你明白了嗎？醫生只能提供意見，不能幫你們做決定的。」

被數落爲不孝子女的我們，不敢再有異辭，乖乖順從了他住院的建議。醫生開了住院單、叮囑我們去辦手續後，請我們靜候住院通知。他作勢送客，我走出門診室大門後，想想，不放心，又折回去問他：

「就這樣？不先開點兒藥，你不是說住院可能得再等上好多天？媽媽已經病奄奄的，能等上那麼久嗎？」

醫生攏齊了手邊的病歷，語帶玄機似地說：

「讓我說個故事給你聽：有一個人到火車站去，跟賣票的買票。賣票的問他：你要去哪裡？他說：我不知道要去哪裡，我只是要買票，你就賣我一張票好了！你這情形，就跟那位買票的人一樣。我當然能立刻賣票給你，或者隨便賣你一張到最遠的屏東的票。問題是，你眞的是要去屏東嗎？你去屏東的目的是什麼？到屏東去，解決得了你的問題嗎？……我這樣說，你明白了沒有？」

我搔搔頭，走出診療室。媽媽問我，爲什麼沒有開藥，我被醫師的故事搞胡塗了，只能假裝很智慧地回答：

「我們又不一定要去屏東！」

媽媽露出困惑的表情。

住院以後，身爲主治大夫的他，幾乎每日前來巡查病房時，總不忘記說個故事給我們聽。譬如：當我們請教他：媽媽的糖尿病已經控制得很好了，是不是以後就不會有大問題時，他就告訴我們：

「讓我說個故事給你們聽好了！小學時，我有一個同學好聰明！老師教的數學他都會，也都考一百分。他就想：我都會了，又何必再聽老師上課。於是，便有幾個月不專心聽課。後來再考試時，居然考不及格。他覺得好奇怪！明明以前都會的呀！怎麼會這樣……現在，你知道我的意思了吧？」

一回，醫生讓媽媽去做眼底螢光血管攝影，因爲必須簽下志願書，顯示檢查具有相當的危險性。媽媽因害怕而感到遲疑，和醫生討價還價說：

「醫生，可以不去做眼底螢光血管攝影嗎？我的眼睛看起來又沒怎樣！」

醫生微笑著，好整以暇地回答：

「讓我說個故事給你聽吧！我很喜歡登山，一回，又要去登山。前一晚，我的朋友就建議我：既然氣象專家任立渝是你的好朋友，何不先去請教他明天的天氣如何。任先生一看，就警告我說：『明天有颱風，千萬不要去登山。』當我轉達了任先生的意見後，另一位不信邪的先生就說：『怎麼會？天氣看起來又沒有怎樣！』結果，你知道怎樣嗎？他從那天去登山，一去四年，到今天都還沒有回來！……現在，你知道我的意思了吧！」

媽媽聽了霧煞煞，回頭問我是什麼意思？我聳聳肩膀，告訴她：

「醫生的意思是要聽任立渝的話，不要隨便去登山！」

F醫生其實眞是個親切的醫師！他不厭其煩地說故事給我們聽，企圖用詩經「賦比興」

筆法中的「比」，來讓病患從小故事裡知道大道理。他早上說，晚上說，說得我有些不耐煩。於是，我展開以毒攻毒策略，也不厭其煩地以一個接一個在他看來可能十分愚蠢的問題來請教他。我興奮地發現，有一回，醫生終於也開始乏了！居然一反常態地不耐煩回我：

「如果四、五分鐘可以跟你講解清楚，那我們又何必讀醫科讀了七年！」

檢查的結果陸續出來。甲狀腺激素明顯不足，腎臟功能略有缺失。F醫生看過檢查結果後，交代過幾天必須回到門診來看他及另一位甲狀腺科醫生。他簡單交代住院醫生後，就離去。腎臟開了藥，甲狀腺則必須等門診後再議。我憂心母親日益委頓，邊辦出院手續，邊死纏爛打地要住院醫師開些甲狀腺機能不足的補充藥品。醫生拗不過我，只好找來一位甲狀腺科醫生來問診。事情終於眞相大白！原來！母親甲狀腺多年前割除後，一直服藥補充。近幾個月來，她的家庭醫生突然建議她停止服藥，以致機能嚴重不足，造成雙腿無力、臉孔腫大、頭昏眼花。

在其後的追蹤門診時，我驕傲地告訴F醫生，我在出院前一刻的睿智發現。他以爲我強迫住院的腎臟科醫生開新陳代謝科的藥，又開始苦口婆心地教誨我：

「讓我說個故事給你聽：我們上小學時，因爲師資不足，所以，有一位音樂老師就被迫去教歷史，結果我們的歷史被教得亂七八糟。……現在，你知道我的意思了吧？」

教訓完畢後，他像老師一樣，問我：

「怎麼樣？給你的家庭作業帶來沒有？」

我丈二金剛，摸不著頭腦，只能露出尷尬的笑容。他接著說：

「我不是要你每天幫媽媽量血壓嗎？你有沒有做作業呢？」

我恍然大悟且如釋重負地急急回答：

「做了！做了！怎敢沒做呢？我每天都幫媽媽量了！而且還仔細做了記錄哪！」

醫生攤開手心，問：

「那記錄呢？帶來了嗎？」

我搓搓手，難爲情地回說：

「忘了！不好意思！匆匆忙忙地。」

醫生完全無視於外頭人潮洶湧的候診病患，慢條斯理地又說：

「我又要說個故事給你聽囉！我上小學時，有一位好朋友。每回早上繳作業時，他總是繳不出來。老師問他：作業寫了嗎？他總是理直氣壯地回答：寫完啦！老師就叫他將寫好的作業拿出來，他每次都說忘了帶！結果仍免不了被竹筍炒肉絲伺候……現在，你知道我的意思了吧？」

天哪！怎麼有那麼多的故事！我帶著媽媽倉皇逃出問診室，媽媽用疑惑的眼神問我醫生到底在說什麼？我苦笑著瞎掰：

「醫生說因爲他的小學歷史老師教得很糟糕，所以他常常沒繳作業！也因此常常挨揍。」回家的路上，我越想越不是滋味！一向只扮演說故事給學生或讀者聽的角色，如今，卻無端落得被迫乖乖聽故事。我不禁在心裡陰陰地盤算著：下次，再進診療室時，一定要跟醫生開個玩笑。在他的第一個故事開始前，搶先告訴他：

「且慢！這次先讓我說個故事給你聽：以前，有一位很愛說故事的醫生，天天說故事給患者和家屬聽。早上講、晚上講；入院時講，出院前還講；回去門診時也沒放過。生病的人及沒病的家屬都因此相繼得了聽故事症候群，頭昏、眼花，外加焦慮不安……現在，你知道我的意思了嗎？」

可是，我終究沒將這個想了又想的玩笑，付諸行動！因爲，我怕聽完我的故事的F醫生，也許又要說更多的故事給我聽！所以，我只能再三在心裡暗自揣想F醫生在聽完我的故事後的愕然表情，並阿Q地反芻報復後的快感。甚至，爲了免去這般地竊喜可能帶來的嚴重壓抑，我決定也說一個故事給你們聽。……現在，你們知道我的意思了吧？

——二〇〇〇年二月・選自九歌版《讓我說個故事給你們聽》

城市動員令

年關將屆，整個城市幾乎全動員起來了。

賣春聯的，已裁好了紙、研好了墨，攤販已做好了和警察捉迷藏的熱身運動，學生就等著期末考後扔掉可厭的書本，家庭主婦對著丈夫領回來的年終獎金做精密的預算表；做丈夫的則正偷偷地把私房錢投向聽說因「證交稅」調降絕對利多的股市。

採購人潮在迪化街和超市間穿梭比價，跳樓大拍賣的廣告招牌下，擁擠著撿便宜的男女。

這時候，農產運銷公司的負責人一定會出來信誓旦旦地說明果菜供應充足，保證絕不漲價；百貨公司的業務經理也照例會在電視上感歎百業蕭條，生意難為。臺灣雖堪稱豐衣足食，醫生一再警告營養過剩，但是過年啊！衣服總得買件新的吧！年夜飯裡魚翅總不能少的啊！雖然消基會正雙目炯炯地準備為大夥兒主持公道，但小糾紛雖然不斷，大問題則一個也沒有。

「衣食住行」中，住的問題不大，沒法考慮，衣食不虞匱乏，則不必考慮，剩下的就是交通部長的噩夢了。

飛行離島的機票買不到，砸毀航空公司的玻璃門；火車票還沒開始預售，先就扛著毛毯打地鋪排隊，高速公路上的大塞車，多年來一直是南下返鄉過年的人心中的最恨。各部會首長春節都在家含飴弄孫，只有交通部長忐忑不安，四處打聽，車潮淹到了泰安？抑或楊梅？

去年，一位朋友興奮地向我展示手中的火車票，說：

「我排隊排了十二小時才買到的。」

另一位朋友聽了，一派正經地告訴他：

「哎呀！你這太划不來了，爲了兩小時的車程，倒排隊等了十二小時。你應該買臺汽客運才划算，等十二小時，起碼可以在車上坐個五、六小時。」

奇怪的是，年年難過年年過。雖然一票難求，雖然一上高速公路就只能等著地老天荒，人們還是打破頭，排除萬難回家過年。前些年，因爲怕死了塞車，我們左哄右騙，企圖拐誘婆婆北上過年。婆婆左閃右躲，各項婉拒理由紛紛出籠，甚至包括花沒人澆啦！鳥會餓死啦！最後拗不過我們的廝纏，才使出撒手鐧，說「得在老家祭拜祖先」，我不管，繼續歪纏：

「祖先也許也想看看我們在臺北新買的房子哪！他既然成了神仙，一定找得到臺北的路。我們就在臺北拜，他們鐵定會趕來。」

婆婆笑而不答，這招太厲害了。我們拿她沒辦法，只好繼續忍受長途塞車之苦，回家團圓。

前年，我們狠下心，決定自己在臺北過。那年，我也和婆婆一樣，準備了豐盛的年夜飯，一家四口圍爐小團圓。不知怎的，有一種被發派到邊疆的淒涼感覺，四個人圍坐打撲克牌時，都有些意興闌珊。不必忍受塞車之苦，不必和大夥兒擠著睡，沒有人搶著玩撲克牌，沒有更小的娃兒啼哭喧鬧，冷冷清清的，連最愛玩鞭炮的兒子都失去了興頭，女兒苦著臉，首先發難：

「一點也不像過年，一點也不好玩，我們什麼時候回去？」

那個除夕夜，四個人早早上床，只聽得鞭炮聲此起彼落。第二天，天才濛濛亮，便急急驅車奔回臺中，家人執手相看，恍如隔世。

一位長期旅居海外的親戚和男朋友拍拖了好些年，終於答應結婚。不要求聘金，不計較蜜月旅行，唯一條件是男方得答應她婚後的第一個除夕夜回臺灣圍爐兼放鞭炮。她在給我的信上說：

「在海外多年，四處飄泊，最想念的是除夕夜裡團團圍坐的笑語和不曾稍歇的鞭炮聲。

他們洋人不作興放鞭炮，我要回去玩個夠。」

一位長輩，在兩岸相隔四十年後，正與高采烈整裝準備回大陸和八十五歲的老母親共度四十年來第一次團圓的除夕夜，誰知偏巧趕上國泰航空空勤人員罷工，他心急如焚，紅著眼激動地說：

「母親身體不好，錯過了今年，誰敢保證能有下一次的團圓飯！」

一位去年才失去了兒子的母親，拭著眼角的淚，感歎道：

「以前老嫌孩子不用功，比不上別人家的孩子，前年除夕夜，他就是因此賭氣不肯拿壓歲錢。早知道他這麼早就走，我……」

在公車上，我聽到一位似乎剛作新嫁娘的小姐憂心地同她的朋友說：

「我都不知道今年年夜飯怎麼辦？我都嚇死了，一家十口人全回來，我拿什麼餵他們？我是大嫂吔！」

在醫院的電梯間裡，一位吊點滴、坐在輪椅上的老先生，幾近懇求的問護士：

「除夕夜能讓我請幾小時假回去圍爐嗎？」

護士白著眼，沒有好氣地回答：

「你請假回去？那我呢？我留在這兒幹什麼？我值班吔！夠倒楣的！」

菜市場裡，一位富態的老太太在接受別人對她孩子的恭維後，以羨慕的口吻向另一位太太說：

「我倒羨慕你哩！孩子全回來過年。我四個孩子都在國外，眞後悔讓他們念那麼多書，到現在一個也不在跟前，有成就有什麼用？」

生死一線，時空兩遙遠。能夠團團圍坐下來，全家共守著一鍋滾燙的火鍋，原是人生最大的幸福。讓我們向打地舖買車票的朋友致敬，讓我們欣然忍受堵車返鄉的不便，因爲我們是同樣的幸運——老家有親人在守候我們回去；因爲我們是有志一同——我們同樣珍惜親情、重視團聚。

——一九九三年一月・選自九歌版《不信溫柔喚不回》

不信溫柔喚不回

整個城市陷入永無休止的激辯中。

華隆案是不是利益輸送？閩獅漁是防衛過當抑或蓄意搶劫？帶著孩子去投水的婦人是瘋子還是迷信？警察自殺是情感糾紛抑或工作壓力太大？刑法一百條應該廢止或只做部分修正？學生該不該接受體罰？……新聞媒體，觸目俱是聳動的標題。街頭巷尾，不管男女老少，無論對案情眞相了解幾分，人人都可振振有辭地談得頭頭是道。劍拔弩張的議事堂上的全武行，再也驚嚇不了我們；妻離子散的悲劇只換得事不干己的輕聲歎息；螢光幕上橫陳的屍體一點也不影響到晚餐的食慾。殺人越貨也只是尋常。

臺北被宣告進入交通黑暗期。其實，最黑暗的哪裡是臺北的交通！被強烈、刺激且密集傳遞的資訊所麻痺的人心才是最渾沌不清的，冷漠是現代人的標幟。在捷運系統工程灰飛的塵土中，整個城市顯得灰敗、躁動、鬱結，似乎隨時都有一觸即發的可能。每個人早晨出門都準備和這世界奮力一搏。像刺蝟般，四下尋找敵人。在擁擠的路口，緊握方向盤，彼此冷冷地怒目相視，絕不相讓；在家庭中，冷戰才開始，孫子兵法的十二詭道橫亙夫妻、父子間，正一道道地等待被拆解；商場裡，虛假詐僞充斥，只有在利潤上見眞章。書肆中，宗教、心理書籍，逐漸躍居暢銷書排行榜，人心疲累得無法自行擔負，一條平靜清淺的生命之流，成爲人心最迫切的期待。

溫柔不是世紀神話。

那日，經過麗水街。原本就不甚寬廣的行道，因爲兩旁的停車而顯得格外雜亂。來往的車輛小心的閃避著不合法的停車。南向的車道中央，赫然一部摩托車囂張地停放著。北向的行車正因不知情的因素也堵塞著，南向的駕駛人憤怒地按著喇叭，行人駐足議論，大夥兒同心譴責。這時，一位行經的摩托車騎士，停下車，熱心地跑過去把車牽到路邊，遞給憤怒的司機一個笑容及請過去的手勢，我看到前後左右的人的臉，都如解凍的春陽般笑了開來，麗水街因之回復了美麗如水的令名。人心原非陷溺啊！只是被驚嚇過度後的茫然罷了。每次開車行經斑馬線，守法地停駐，禮讓行人先行，行人所表現的受寵若驚的表情，總讓我情不自禁地感到失落。這蠻橫失序的世界，竟使得人們連正常的善意也承受不起了嗎？

報上喧騰著，電視報導著：「體罰學生，老師判處拘役，緩刑兩年。」被告的老師含淚辯解：「學生不服管教，才憤而出手。」學生家長哽咽陳述：「我的孩子並非頑劣，是個好孩子。」他甚至情急地要求：「不信，你們可以去學校查查她一向的操行成績。」事情的眞相不明，雙方各執一辭，莫能論定。旁觀的人急了，紛紛表明立場。教育會全力聲援被判刑的老師，民意代表也領先陳情，立委更據此要求開放適度體罰，甚至連各路家長都慷慨陳詞，支援體罰行動，輿論幾乎一面倒地指責法官判決不當。相對的，一些社福團體如人本、伊甸、婦女與兒童安全保護協會的反對體罰聲音，就顯得勢單力薄，孤掌難鳴。

我放下報紙，不禁深深歎息了。

左膝關節皮下瘀血，左下肢三處皮下瘀血均三乘三公分，左手腕挫傷，皮下瘀血三乘三公分。——這份驗傷報告，告訴我們，縱然老師聲稱糾正學生不當行爲，但傷痕累累，實在很難看出是善意的管教。高縣教育局派員慰問兩位老師不但是不信任司法，而且是變相鼓勵體罰，老師據此案例，灰心地說：「若動輒挨告，以後誰敢認眞導正學生不當行爲。」是避重就輕，混淆視聽，完全無視管教基本上應是「教」重於「管」的教育理念，不脫長久以來即備受訾議的威權教育模式。彷彿除了體罰，對學生就束手無策。當「愛深責切」成了體罰最美麗的護身符時，我不知道，愛的教育還剩了些什麼？

我們有最源遠流長的體罰傳統。《周禮》中就記載著有鞭扑的刑法。但是，體罰眞是教育的萬靈丹嗎？四、五十年代出生的一群，飽受體罰之苦，如今正大搞示威遊行、跳上議事桌的非理性行爲，我們不禁要懷疑，是不是當年體罰的副作用。小時候，也常遭體罰，卻似乎從不曾由體罰而得到什麼教訓，改變了什麼不良的習性。偷看小說，被揍一頓，仍不改偷偷摸摸偷看雜書的樂趣；考試粗心，手心挨竹筍炒肉絲，也沒有因此而變得較細心；和同學吵架，被老師賞了一記耳光，除了更加懷恨，也沒有變得比較合群。倒是母親難得的淚水教我格外檢點，老師婉言的笑容讓我眞心奮勉，記憶中最美麗的回憶，全是溫柔的體貼。每一個人心中都有一根脆弱的弦，外表再是強悍，當那根脆弱的弦被溫柔的挑起，誰也沒有辦法禁絕一首纏綿的歌。

人生原不盡然灰敗，社會總有一角翩躚亮麗的色彩。當我倚在陽臺上的欄杆，傾聽臨近中學的升旗典禮，幾年來，一成不變的，從頭到尾只有責備，從頭髮到秩序，似乎一無是處。我總是心傷，爲什麼教育工作只看到了缺陷，而不去讚美德行，那些孩子每日從我家門口經過，不是個個都活潑天眞，教人打從心底歡喜起嗎？當我的孩子甫上國中，從學校興高采烈取回第一張的通知書，上面最後寫著：「以上之註冊手續，若有不依規定者，將依情節輕重，予以懲處。」我就不免扼腕歎息。爲什麼要這樣寫呢？孩子開心地期待進入中學，學校卻如此嚴陣以待，誰會喜歡上學的日子。

不要談體罰吧！孩子再是頑劣，畢竟是孩子，是什麼原因造成他的頑劣，才是做爲老師的應深心探討，眞心憐惜的。只有體罰成爲歷史陳跡，才有資格談愛的教育，我們不信溫柔喚不回。只有彼此溫柔對待，才能治療現代人的冷漠，平息無謂的紛爭，對人間的善意重拾信心。

——一九九一年九月・選自九歌版《不信溫柔喚不回》

你有資格生病嗎？

你有資格生病嗎？看病前，請反躬自省：

你的體力好嗎？你禁得起長時間排隊掛號、等醫生嗎？

你的耐性足嗎？你耐煩得了醫護人員的百般刁難嗎？

你的臉皮夠厚嗎？你能夠不在乎醫療人員閒來的消遣揶揄嗎？

你有逆來順受的涵養嗎？你能忍受諸多的無禮待遇而仍不怨不悱嗎？

你的反應夠靈敏嗎？你能「望」出醫生的心情，「聞」出空氣中不尋常的氣氛，而善自珍攝，不觸大夫之怒嗎？

你能舉一反三、聞一知十嗎？你能由醫師惜「話」如金的嘴裡「問」出端倪而「切」中醫師的語焉不詳的判斷嗎？

你夠寬宏大量嗎？你能原諒醫療過程中醫護人員所犯下的所有過失而不氣壞了身子嗎？

以上數點皆備的人，也並非就能安枕無憂，放心生病。病情若大到須住院治療，則所須具備的德行，就非僅以上區區數端了。你還必須有達官貴人或醫生朋友爲你打電話、攀關係、訂床位；甚至還得有豐富的知識，足夠判斷醫院的量血壓機是否正常，緊急拉鈴是否仍能發生聲響（如能自行修理更佳），否則，還須鍛鍊強健體魄，培養有力的丹田，以備於血壓被降得過低時能僥倖活命，於緊急求援時得以聲聞數里……

以下是我的一次就醫經過，提供諸君參考。幸自珍攝，毋步後塵。

右肩上不知何時凸起了個硬塊，那日，看電視時不經意間摸到，有些兒詫異，也不拿它當一回事。直到周遭的人頻頻出狀況，相繼在良性瘤或惡性瘤間憂心落淚，才在家人催促下去公保大樓一探究竟。

「是腱鞘囊腫，沒大關係。開刀或不開刀都可以。」

醫生一邊在診斷書上寫著潦草的英文字，一邊輕鬆的回答。我鬆了一口氣，站起身，穿上外套，臨出門，多事地問了一句：

「不開刀會怎麼樣？」

「不怎麼樣，只會愈來愈大。」

愈來愈大？這還「不怎麼樣」！我大吃了一驚，轉回身，睜大了眼，問：

「變大以後，會不會轉成惡性瘤？」

「那我就不敢保證囉！」

醫生聳聳肩，簡淨地接著說：

「簡單！如果不放心，開刀拿掉，只要住院七到十天就可以了。」

那天晚上，我做了個奇怪的夢：客廳的茶几、沙發甚至地上都堆滿了衣服，我就坐在衣服堆中，俛首斂眉地用刀片拆著每件衣服上的右邊墊肩，因爲腫瘤已長成了墊肩般大小，右肩再用不著墊肩了。

半夜裡驚醒過來，按了按肩膀，似乎眞的又長大了許多，幽幽的暗夜裡，我感覺到它似乎正以極其驚人的速度膨脹著。我搖了搖在身邊呼呼大睡的人問：

「如果是惡性瘤死了，怎麼辦？」

「啊！什麼？好呀……」

他迷迷糊糊地回答著，翻了個身，又睡著了。我有些寂寞又有些生氣，決定找個時間去開刀，絕不便宜了他，篤定要和他周旋一生。

爲了怕診斷錯誤，第二回上公保大樓，我刻意找了別個醫師。可恨的是，這回，醫師連看都不看一眼，便說：

「你打算到哪兒轉診？」

我挑了離家最近的臺大，心裡盤算著住院期間，可以找什麼人來幫忙，沒想到大夫居然說：

「不需要住院，門診開刀就行了，回家多休息。」

我覺得奇怪，問：

「可是，上回那位醫生說得住院一星期左右呀！」

醫生跩得個二百五似的，頭都沒抬地說：

「得看是上哪一個醫院開刀呀！我們臺大哪有病床給你住一星期！」

這下子我才算茅塞頓開，原來住院與否端視有無病床，而不是病情如何，我學會了現代醫學第一課。

拿了轉診單後，心裡篤定多了，想到不須住院，肩上的腫瘤摸起來好像也小了不少。工作一忙，加上素來對針藥的恐懼，又拖延了大半個月，直到轉診的有效日期快過去了，才匆匆找了個下午到臺大醫院。

在醫院大廳服務臺人員親切的指引下，我循線找到了掛號處。乖乖！掛號隊伍長龍似的，從沒到大醫院就診的經驗，看了這長排隊伍，眞不知如何是好。積以往在各種排隊場合排錯隊伍之經驗，我決定先確定正確之路線，以免耗時又無功。我繞過迤邐的人牆，攀到窗口前，掛上謙卑的笑容：

「請問我掛骨科公保轉診，是不是也在這兒排隊？」

窗口裡的小姐板著臉孔，不高興的斥責：

「去！去！去！到後頭排隊！」

我帶著被羞辱過後的難堪，乖乖地循線回到隊伍的最後。看錶，一點十分。隊伍在一點三十分後開始像蝸牛般前進，兩點三十分左右，終於輪到我，我遞上證件，說明掛號科別，她看都不看一眼，順手把資料往旁邊一推，說：

「下午沒這科，明天早上再來！」

我楞在當地，麻木地被後面的人推擠出掛號窗口，心裡眞覺得慘痛。不知誰說的，人一到了醫院，便完全沒了尊嚴，我如今總算眞切的領悟了，耗費了大半個下午在一個原可避免的、無意義的等待上，有多少病患禁得起這般的折騰？這人世的冷漠是早已確知的，然而，一旦眞正落實到人生來，仍是教人心驚。

第二回，我有了經驗，帶了兩本書去排隊。長龍依舊，但是我有書爲伴，倒也不難打發，從早上七點十分到九點二十分掛完號爲止，正好看完一本《等待的哲學》的書，理論配合實際，我自認對耐心等候有了嶄新的認識。

等候門診的時間，我翻開第二本叫《如何抗拒焦慮》的書，由焦慮形成的原因開始細細看起。時間一點一滴地過去，我不時擡起頭查看閃著應診號碼的燈誌。到十點半左右，我確信自己已有足夠的理由加入焦慮者的行列了。家裡的髒衣服忘了放進洗衣機裡，學生的作文還有一大疊未批改，報社編輯的催稿電話鈴聲交相在腦海中鳴響，房子的貸款該繳了，女兒的數學像一盆漿糊，郵局裡還有一封等著前去領取的不知是誰寄來的掛號信，書桌上還有一篇等著結論的學術論文……而我像傻瓜一樣呆坐在這兒焦慮地看一本叫《如何抗拒焦慮》的書，只爲了排一個門診手術的時間，從早上七點直等到十點半，前面的燈誌仍遲遲不肯發出慈悲的光芒。管它什麼腱鞘囊腫！我本想拂袖而去，然而，既已等了那麼許久，只好拿常訓勉學生的「功虧一簣」的道理來自勉一番。

終於，再差一號就輪到我了。正當我重整委頓的旗鼓，想以昂揚的鬥志再度和焦慮抗衡時，燈誌突然一閃，又跳回了五號。我手腳一軟，那本抗焦慮的書終於潰敗的滑落醫院冰冷的磨石子地上，跌出了黯淡灰敗且充滿焦慮的容顏。

終於見到了醫師。憋了一整個早上，一肚子的委屈，正想和他細說從頭。他瞥了一眼轉診單上的記載，做了個制止的手勢說：

「你應該掛骨科，這是骨科大夫開出的轉診單。」

我嚇了一大跳，想到要重新再去掛號，我的臉都綠了，急得舌頭差點兒打結，說：

「可是，我還特別請教了掛號的小姐，她說這是外科手術應該掛外科的。大夫！就請你可憐可憐我吧！我從七點多開始排隊，一直耗到現在，要我重新再去掛號，我只好……」

「一頭撞死」的口頭禪差點兒脫口而出，大夫倒是個體貼的人，大概也不忍看我這般的知識分子發誓賭咒，忙接口：

「別急！別急！……蜜斯黃，幫她轉到八診骨科去。……你跟護士小姐從裡面過去。」

我感激涕零地再三彎身致謝。到了骨科，骨科大夫皺皺眉頭說：

「你是要開刀嘛！開刀到這兒做什麼？你到十三病房去安排開刀時間就成了。」

我捧著那張轉診單直奔臺大最後方的十三病房，七彎八拐的，終於在一個暗無天日的角落尋獲。燈光下，一屋子的醫生、護士各自忙著，我幾乎是卑躬屈膝地請教，總算找到了一位可以當家做主的醫師。他一邊和別人說著話，一邊拿出一張小紙片畫著，我莫知所以，惶恐地肅立等候進一步的說明，來向他請示的人絡繹不絕，得了個空，他說：

「現在沒有病床，先留下你的姓名、電話和地址，有病床時，我們再通知你。」

又要住院？丈二金剛的我被攪得糊裡糊塗的，納悶地問：

「要住院嗎？住多久？不是說不用住嗎？」

「大概三天左右。」

我長歎了一口氣，留下電話號碼。心裡忐忑不安地沿著中央長廊走回大廳。長廊上，各式人等面無表情地來來去去；有大踏步衝刺的醫師，有坐在輪椅上表情麻木的患者，有帶著水果探頭探腦尋找病房的探病人，也有佇立窗口茫然沉思的身分不明的人，當然，更多的是像我這般在大海中泅泳卻抓不到浮木的……像一場無聲的電影，鏡頭裡全是生死的掙扎，而長廊外的花草樹木卻活得恣肆囂張。

經過公共電話邊兒，聽到一位穿著制服的護士捂著左耳，語調匆促地對著話筒說：

「……對……幫我掛進一張農林的，什麼……就照牌價。啊……味全多少？就這樣，病人在等啦……」

這眞是一個荒謬的世界。護士擱下正和死神展開拉鋸戰的病人，而投身另一個金錢的追逐戰，而我，小題大做地爲了一個小小的腫瘤，放下大堆的工作，任憑這些故示鄭重的醫師擺布。

我遵照轉診服務臺小姐的叮嚀，回來和她們報告結果。小姐看了轉診單說：

「你的轉診單到明天就逾期了。如果今天沒排定開刀日期，你就得回公保大樓再重新來過。」

這時，我不得不承認，醫院的確是一個最能製造驚異效果的地方。這件事可眞是非同小可。好像玩一種過關斬將的遊戲，費盡了力氣，好不容易快接近終點時，突然有人出來宣布，剛才統統不算，一切得從頭來過，而且連什麼理由都沒有。我忙問有沒有方法補救？她埋怨地說：

「你們這些人就是這樣，總是等到期限快過了才來……現在除非你請大夫幫忙，今天就排定日期。」

我飛也似的原路折回。那位當家的醫師已不見蹤影。我束手無策，決定賴在那兒等。一位護士小姐說：

「沒用的啦！沒病床，他怎麼給你排時間！我看你還是重新到公保掛號吧！」

我垂頭喪氣的回到大廳，轉診處的小姐又說：

「哎呀！這不行的啦！如果沒排定時間，你這張轉診單今天就得繳回，我們得對公保處有交代，你得讓剛才那位大夫幫你簽名說明為什麼不能在期限內完成手術。」

「可是，他不在呀！」我無力地掙扎著。

「不會不在的啦！大概巡病房或到洗手間什麼的，應該會回來的，你等他一下嘛！」

我腳步沉重、神情委頓的第三度穿過中央長廊，由前廳直走到最後方的病房時，覺得自己和坐在輪椅上的病人幾乎已沒什麼差別了。再這麼可笑地奔走下去，我篤定自己不必等到手術開刀，就得因心臟衰竭或其他什麼的而提前住院了。我後悔沒把兒子的滑板帶來代步。

尋尋覓覓，使出了小時候看來的亞森・羅蘋的偵探工夫，終於在一個角落的研究室門口逮到那位醫師。醫師聽完了我聲淚俱下的陳述，不耐煩地抱怨：

「眞是官僚！醫生當這麼久，從來也沒遇到過這樣的事。還得交代未開刀的原因！」

我哈著腰，陪著苦笑，夥同著數落，他想是同情我的狼狽，施捨般地從上衣口袋裡掏出一枚印章蓋上，擺擺手說：

「我蓋章，至於什麼理由你自己寫，我才不寫，眞是豈有此理！」

經過這一番折騰，可謂元氣大傷。我休養了幾天後，找了個時間，決定再接再厲，重到公保掛號。沒想到快輪到我時，先前那位醫生的名字上突然亮起「額滿」字樣。不瞞您說，我眞是「萬念俱灰，了無生趣」呀！一位同時排隊的人，見我失魂落魄，好心地傳授我祕訣——等門診開始，再找醫生加掛。

我帶著姑妄信之的心情前去，醫生問明緣由後，輕描淡寫地說：

「哎呀！還掛什麼號！不是跟你說了，不必住院，只要門診開刀嘛！這些人搞什麼！你再去臺大，掛一號門診，就說排門診開刀時間，很簡單的。」

我實在快氣瘋了。怪不得有那麼多父母堅持強迫孩子學醫，受這麼多氣，還申訴無門，乾脆把醫院開在自己家裡。

我連奔帶跑，恨不得踩個風火輪，終於趕在掛號截止前奔至臺大。醫生排定日期後，只簡淨地囑我前去記帳繳款。繳款完，小姐讓我去取藥，我當是聽錯了，再問一次，小姐不答理，逕自叫下一位。我只好按照指示，訕訕然去大廳取藥。

爲什麼要取藥呢？是什麼藥呢？還是一些手術器材如手套、剪刀之類呢？如果是，又爲什麼發給患者保管呢？還是領取後交給醫護人員呢？我滿腹狐疑，不得結果。

領藥處遞出了一袋子藥，厚厚的，看起來挺可觀的。我虛心請益：

「請問這是做什麼的？」

小姐愣了一下，旋即反應靈敏的調侃我：

「藥是做什麼的，難道你不知道？小姐，藥是吃的。」

說著，還把食指往張大的嘴巴比畫了一下，引得四周的人哈哈大笑。我脹紅了臉解釋：

「不是啦！我是說這藥怎麼吃？」

「怎麼吃這上面都有說明，您認得字吧？」

小姐許是受到那些笑聲的激勵，益發地尖嘴利舌。我接過來匆匆瀏覽，不過說明「空腹食用」、「飯前」、「飯後」……等，我又湊上前去問：

「我是說什麼時候開始吃呀？」

那位小姐露出幾乎是不敢相信這世界還有這麼愚蠢的人的表情揶揄我：

「小姐！藥當然是生病的時候吃，你難道等病好了再吃嗎？」

我不敢逗留下去了，拋下一屋子的笑聲落荒而逃。

爲什麼要吃藥呢？我一直反覆尋思。到了夜裡，我突然想起來是不是這藥可以軟化腫瘤，使手術時較容易摘取。如果是，那麼距離開刀還有一星期，這三天份的藥到底該現在吃呢？還是等快開刀的前三天再吃呢？我把這些想法和外子研究，外子雖斥爲無稽，卻也想不出個所以然來。到學校和同事閒聊，同事一致的結論是：

「還不是些維他命之類的，反正吃不死人的。公保嘛！醫院就隨便開些藥賺錢呀！」

既然吃不死人，我就乖乖地按指示服用。三天，藥吃光了，便靜候開刀。

開刀那天早晨，女兒一大早揉著發紅的眼睛，神色倉皇的衝進我房裡，抱著我痛哭：

「我夢到你被切成兩半，雙成兩個細細長長的人，頭髮直直的，眼睛也直直的，臉細細的，我不知道要親你什麼地方才好。」

我被她說得毛骨悚然。然而，萬萬沒有被一個九歲小女孩嚇得打退堂鼓的道理。午後，我在外子陪同下，硬著頭皮上路。同時段開刀的還有幾位中年婦人，大家互探病情，有胸部硬塊、頭部腫瘤，也有腳踝異狀，大夥兒換上手術衣，彼此勉勵一番，分別躺上手術檯，任憑宰割。

醫生很年輕，全副武裝，口罩、帽子、手套，但由說話口音及五官露出部位判斷，絕非我接觸過的任何一位。手術刀和麻醉針交替使用，我感覺刀子在骨頭上刮過的痛楚，但非不得已，我不敢隨便亂喊痛，我想起一位老師說過，他曾在開刀時，因爲痛楚難當而沒辦法忍受醫生和護士輕忽地打情罵俏，出言制止，結果醫生悍然指揮護士：

「多給他打些麻醉藥，教他閉嘴。」

約一小時左右，終於大功告成。醫生吩咐護士扶我起身後，脫下手套，隔著口罩，語音模糊的說：

「好了！回去把藥吃了就可以了。」

我靈光一閃，大驚失色，忙問：

「藥！什麼藥？」

醫生奇怪地反問：

「上次排開刀時，難道沒開藥給你嗎？」

我腦子「轟」地一聲，霎時一片空白，頹敗地斜靠在手術檯邊兒，無力地問：

「那都是些什麼藥呢？」

「止痛藥、抗生素和胃藥呀！怎麼？……你該不會已經把它吃光了吧！……」

這未免太過荒謬，偌大的醫院，枉擔虛名，居然用這樣的態度來服務病患，怕是不知道有多少患者因爲如此的輕忽而喪命！我僵直著手，虛弱地沿著開刀房外的長廊往外走，坐上電梯，門開處，十數雙焦灼的眼睛齊齊地直射過來，我竟然有些愧赧，爲著這般的劫難卻依然能夠偷生。想到多少正和死神拔河的人是如此熱切對醫院寄予厚望，走到醫院外璀璨陽光地的我，沒有劫後餘生的喜悅，只是步履沉重。而一顆心，就如女兒所說的，被切成了細細長長的，好痛！

——一九九〇年一月・選自九歌版《不信溫柔喚不回》

廖玉蕙寫作年表

一九五〇年　三月，出生於臺灣省臺中縣潭子鄉。

一九五六年　八月，進入潭子國小就讀。五年級時，轉學到臺中市的師範附屬小學。課餘，持續被母親差遣到村中街市轉角的租書店幫忙租借言情小說，並冒著挨揍的危險，趁機偷偷閱讀。因之，由黃幹先生主持的那間租書店，堪稱文學啓蒙地，而母親則是間接的推手。

一九五七年　首度參與文學競賽活動，朗讀以折筷子爲例、強調團結之重要的課文，獲得亞軍。其後，舉凡作文、書法、注音、演講等文學性比賽，幾乎無役不與，常有不錯的表現。

一九六二年　七月，考上臺中女中初中部，欣喜若狂。

一九六五年　七月，因貪看言情小說並迷戀電影，加上分解因式從未正確分解過，高中聯考因之名落孫山。幸賴招生不足後的二度聯招，得以進入豐原中學高中部就讀。當年，代表學校參加臺中縣作文比賽，獲得全縣第一名，得到一枝派克鋼筆的獎勵。嶄新的鋼筆尚未開張，卻在第三天無故失蹤，簡直痛不欲生。

一九六六年　八月，背水一戰，將學籍由豐原中學取出，參加臺中女中轉學生考試，僥倖考回母校。

一九六八年　八月，考上東吳大學中文系。大三那年，擔任校刊《東吳青年》及《研究與實踐》主編。大三結束後的寒假，因參加救國團舉辦「全國編輯人研習會」活動，被當時《幼獅文藝》主編瘂弦先生延攬參與編務。除了向作家約稿、負責撰寫訪問稿及編輯案頭外，還因此閱讀了大量的文學作品。

一九七二年　七月，大學畢業，除持續幼獅編輯工作外，並留校擔任兼職助教。

一九七五年　八月，進入東吳大學中文研究所就讀。一九七七年與蔡全茂先生結婚。

一九七八年　七月，在張清徽教授指導下，取得碩士學位，寫就論文《柳毅傳書與張生煮海研究》。

一九七九年　八月，至中正理工學院擔任專任教職，教授「大二國文」及「影劇與人生」。

一九八一年　出版學術論著《唐人傳奇》（時報文化公司）。

一九八二年　八月，回母校東吳大學中文系擔任兼任教職，教授「明清小品」，其後陸續開授「中國現代散文」、「戲劇及習作」、「曲選及習作」、「影劇與人生」等課程。

出版學術論著《一竿煙雨》（時報文化公司）。

一九八六年　三月起至一九八七年間，擔任聯合文學責任書評委員及文訊書評委員，定期撰寫書評。

五月，出版第一本散文集《閒情》（圓神出版社）。

一九八七年　七月，出版散文集《今生緣會》（圓神出版社）。

一九八九年　一月，出版學術論著《唐代傳奇探源》（圓神出版社）。

七月，出版散文集《紫陌紅塵》（圓神出版社）。

一九九〇年　五月，獲得中國文藝協會頒贈散文獎章。

一九九一年　八月，考進東吳大學中國文學研究所博士班，攻讀文學博士學位。

一九九二年 四月，出版散文集《記在心上的事》（圓神出版社）。

一九九四年 一月，出版散文集《不信溫柔喚不回》（九歌出版社）。

十一月，以散文集《不信溫柔喚不回》一書，獲頒中山文藝散文獎章。

一九九六年 四月，在張清徽教授指導下，獲頒中國文學博士學位，博士論文爲《桃花扇及其相關問題之研究》，爲首度以電腦寫作的專著。

六月，出版筆記書《夾道楊柳》（漢藝色研出版社）。

十月，出版散文集《我把作文變簡單了》（幼獅出版社）。

一九九七年 六月，出版學術論著《細說桃花扇》（三民書局）。

七月，出版散文集《嫵媚》（九歌出版社），該書爲一九九六年到一九九七年間在《中國時報》人間副刊撰寫〈三少四壯〉專欄的結集。

十月，出版散文集《如果記憶像風》（九歌出版社）。

十月，在學生袁勤國先生的協助下，架設個人網站「嫵媚廖玉蕙」，在網站上和讀者及學生進行雙向交流。

一九九八年 五月，出版散文集《與春光嬉戲》（健行出版社）。

八月，離開擔任教職十九年的中正理工學院文史系，轉至世新大學中文系任教。

九月，出版短篇小說《賭他一生》（九歌出版社），該書爲一九九七到一九九八年間在《自由副刊》上撰寫的專欄結集。

九月，出版散文集《廖玉蕙人生情感散文》（湖南出版社）。

一九九九年

四月，出版散文集《沒大沒小》（九歌出版社），該書爲一九九八年在《聯合報》繽紛版撰寫的專欄結集。

五月，以散文集《嫵媚》一書，獲頒中興文藝獎章。

十月，出版散文集《隨時來取暖》（九歌出版社），是個人網站留言版的結集。

二〇〇〇年

四月，編撰《流星雨的天空》及《等待一隻蝴蝶飛回》（幼獅文化公司）二書。

八月，出版散文集《讓我說個故事給你們聽》（九歌出版社）。

八月，出版少年小說《淡藍氣泡》（幼獅出版社），是一九九九年到二〇〇〇年間在《幼獅少年》撰寫的專欄結集。

二〇〇一年

二月，出版《淡藍氣泡電子書》（博客來網路書店）。

三月，編選《八十九年散文選》（九歌出版社）。

二〇〇二年

四月，與先生蔡全茂合作出版散文繪本《曾經的美麗》（天培文化），是二〇〇〇年到二〇〇一年間，在《中央日報》副刊及《幼獅文藝》上的專欄結集。

七月出版《人生有情淚沾臆——唐人小說的美麗與哀愁》（九歌出版社）。

九月，爲執行國科會補助《世界華文文學典藏中心之建立、網路設置暨研究發展》計畫案，遠赴美國紐約，訪問知名作家、評論家琦君、林太乙、夏志清、王鼎鈞、莊信正、劉大任、韓秀、施叔青、王德威等人，並陸續於報端發表與他們所展開的深度對談。

四月將前述訪談記錄集結，出版《走訪捕蝶人》（九歌出版社）一書。

七月，與先生蔡全茂合作出版散文繪本《一本燦爛》（聯經出版公司），該書爲《幼獅文藝》、《青年日報》副刊及《人間福報》上撰寫的專欄結集。

八月出版散文集《五十歲的公主》（三魚出版社）。

八月，爲繼續執行國科會補助《世界華文文學典藏中心之建立、網路設置暨研究發展》第二年計畫案，再度飛往美國洛杉磯、舊金山、愛荷華、芝加哥、北卡、紐約等地，走訪紀弦、王藍、彭歌、聶華苓、思果、紀剛、白先勇、許達然、郭松棻、李渝、張錯、簡宛、莊因、李黎、非馬、吳玲瑤等人，也爲他們寫下訪談記錄。

九月，獲頒吳魯芹文學獎。

九月，採用非同步網路教學方式，於世新大學開授《中國現代散文欣賞」課程，實現遠距教學的夢想。

十一月，出版散文集《新世紀散文家：廖玉蕙精選集》（九歌出版社）。

廖玉蕙散文重要評論索引

評論文章	評論者	原載處	原載日期
此事非等閒	李明駿	聯合文學	一九八六年十一月一日
《不信溫柔喚不回》導讀	廖素卿	書評	一九九五年八月
我把作文變簡單了	陳健一	中國時報	一九九七年一月九日
你爬過蕃茄樹了嗎？	賴祥雲	中國時報	一九九七年三月十九日
對荒謬微笑——讀廖玉蕙《嫵媚》	張春榮	文訊	一九九七年七月
文到入情端不朽——《嫵媚》與命婉約的對話	王邦雄	金石文化廣場出版情報生	一九九七年七月

柔情舞動墨光——訪廖玉蕙談《嫵媚》	佳　怡	九歌雜誌	一九九八年二月十日
如果記憶像風	王錫璋	國語日報	一九九八年三月二十四日
用文學之筆記錄生活	蔡綺芬	金石文化廣場出版情報	一九九八年九月
以快樂的心情陪著廖玉蕙《與春光嬉戲》	湯芝萱	全國新書資訊月刊	一九九九年二月
隨時來取暖——廖玉蕙的烘焙機		台灣日報	一九九九年十一月二十六日
乘著時間的雙刃翼——廖玉蕙專欄散文的文學史意義	陳國偉	台灣文學研討會論文	二〇〇〇年三月二十五日
彩筆寫生主題豐富	王開平	聯合報	二〇〇〇年八月七日
體驗人生三溫暖——《讓我說個故事給你們聽》	林軒萱 薛丹琦	小世界週報	二〇〇〇年十月二十日
廖玉蕙與蔡全茂跳出亮麗雙人舞	張夢瑞	民生報	二〇〇一年四月十七日
美麗的雙人舞——《曾經的美麗》	林耀堂	中央日報	二〇〇一年四月二十二日

無處不生活無處不寫作的母親	林乃文	博客來網路書店閱讀版塊	二〇〇一年五月
聽廖玉蕙講故事	韓　秀	中央日報	二〇〇一年六月三十日
如果文章像風	王鼎鈞	青年日報	二〇〇一年九月十四日
走訪捕蝶人：赴美與文學耕耘者對話	瞿筱葳	博客來網路書店推薦書	二〇〇二年三月十七日
走進文學的後花園——閱讀廖玉蕙《走訪捕蝶人》	黃暐勝	文訊	二〇〇二年四月
資深公主的瀟灑與浪漫	卓清芬	中央日報	二〇〇二年八月九日

新世紀散文家 8

新世紀散文家：廖玉蕙精選集

Selected essays of Liao Yuh-hui

著者	廖玉蕙
創辦人	蔡文甫
發行人	蔡澤玉
出版發行	九歌出版社有限公司
	臺北市八德路3段12巷57弄40號
	電話／25776564傳真／25789205
	郵政劃撥／0112295-1
九歌文學網	www.chiuko.com.tw
印刷	晨捷印製股份有限公司
法律顧問	龍躍天律師・蕭雄淋律師・董安丹律師
初版	2002年11月10日
初版6印	2017年2月
定價	290元

書號	0106008
ISBN	957-560-933-X

（缺頁、破損或裝訂錯誤，請寄回本公司更換）

國家圖書館出版品預行編目資料

新世紀散文家：廖玉蕙精選集／陳義芝主編
--初版. --臺北市：九歌，2002〔民91〕
面；　公分. --（新世紀散文家；8）

ISBN　957-560-933-X（平裝）

855　　　　91016816